の頃より、成長したよ？
私の……見たい？

私……
今の

キ、た？
よ♡

おは
さっくん、起

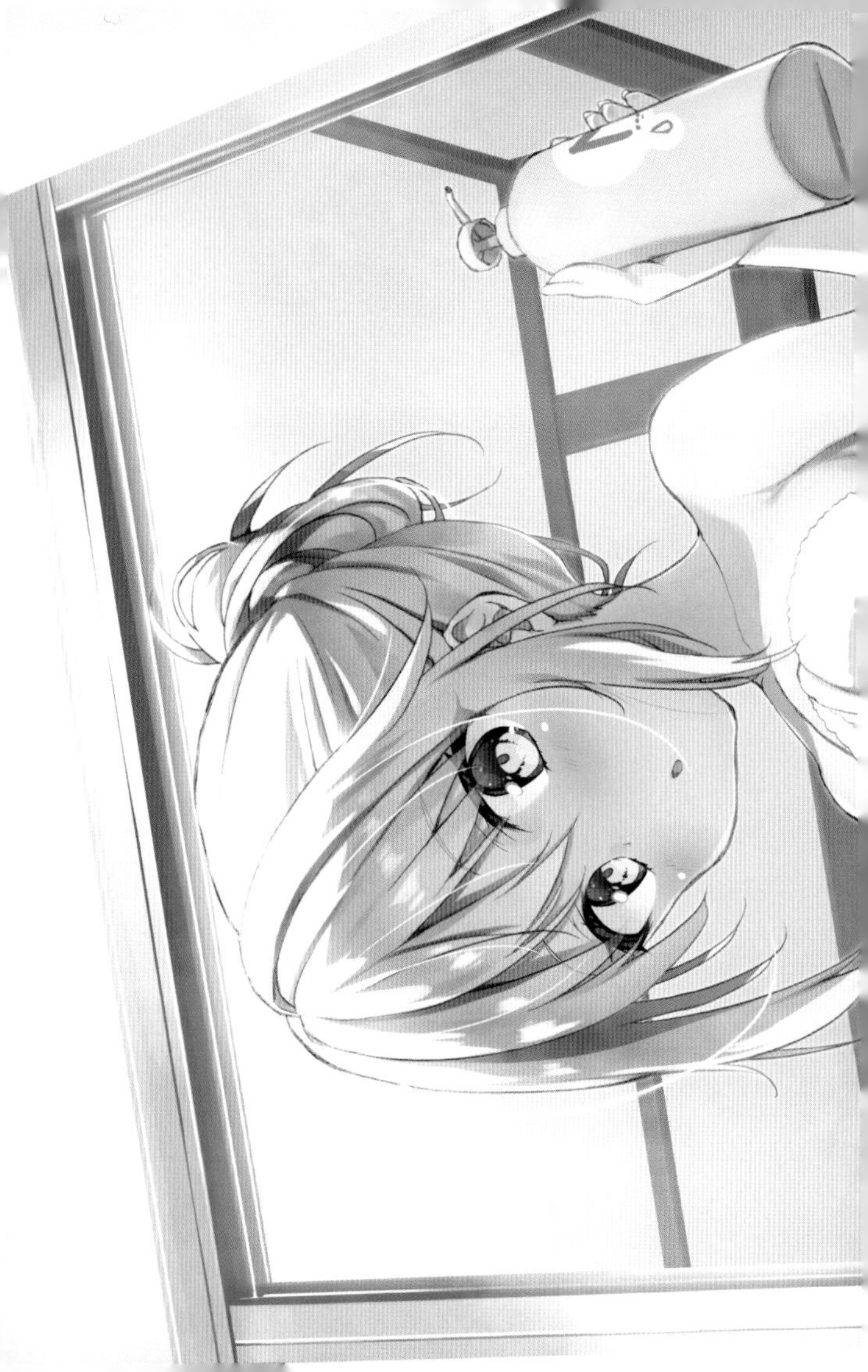

娘のままじゃ、お嫁さんになれない！

著 なかひろ
ill 涼香

I can't be a bride
if I'm still your daughter.

Author:Nakahiro
Illustrator:Ryohka

Character

見《み》取《どり》 桜人《さくらと》

26才、社会人五年目の高校教師。専門は地理歴史科。冒険家だった祖父の忘れ形見である藍良を引き取り、共同生活を送る。家では父として、学校では先生として藍良に節度ある関係を望んでいる。

星《ほし》咲《ざき》 藍《あい》良《ら》

15才、高校一年生。無国籍者。日本人離れした、銀髪碧眼色白の美少女。唯一の肉親である桜人の祖父が亡くなり、天涯孤独の身になってしまう。見兼ねた桜人が彼女を娘として引き取ることに。

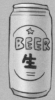

「さっくん。ちょっとそこに座《すわ》りなさい」

仕事帰りの俺《おれ》がダイニングに顔を出すと、エプロン姿の藍良《あいら》が腰《こし》に手を当てて待っていた。

もうすぐ晩ご飯ができるからテーブル席に着いていい子にして待っててね♡　なんて甘《あま》い空気じゃあまったくない。むしろ真逆で、剣呑《けんのん》な雰囲気《ふんいき》が漂《ただよ》っている。

俺《おれ》はいぶかりながらも、ひとまずダイニングとつながっているリビングのソファに座《すわ》った。

「そうじゃない。正座」

「……え」

「正座」

声が低くて怖《こわ》かった。その凄《すご》みに抗《あらが》えず、俺《おれ》はソファの下のカーペットに正座した。

「よろしい」

満足そうにうなずいた藍良《あいら》もまた、俺《おれ》の正面に背筋を伸《の》ばして正座した。

なんだコレ。俺《おれ》たちこれから座礼したあと戦うのか？

「ねえ、さっくん。私、さっくんが帰ってくる前に、さっくんの部屋を掃除《そうじ》してたんだけど」

「……おい。掃除《そうじ》はありがたいけど、勝手に人の部屋に入るんじゃない」

「そんなことよりも、これはなに？」

藍良《あいら》の手にはビールの空《あ》き缶《かん》が握《にぎ》られていた。俺《おれ》に見せつけるように高々と掲《かか》げる。

その姿はさながら自由《じゆう》の女神像《めがみぞう》。もしくは「獲《と》ったどー！」のポーズだ。

「さっくん。こんなものが収納棚《しゅうのうだな》の後ろから出てきたんだけど？」

「……なんで大掃除《おおそうじ》でもないのに棚《たな》の後ろまで掃除《そうじ》してるんだよ」

「そんなことよりも」

さっきから聞く耳を持ってくれない。今の俺《おれ》に発言権はないらしい。

「さっくん、私に隠《かく》れてお酒飲んだ？　飲んだよね？　まぎれもない証拠《しょうこ》がここにあるんだから、さっくんは私との約束を破ったってことなのよね？　これでさっくんの休肝日《きゅうかんび》は一日増えることになるわ。これまでは週に一日だったけど、二日に増やすからね。わかった？」

「い、いや、待ってくれ。約束ってのは、ビールは一日500ミリリットルまでだよな？　俺《おれ》がそのビールを飲んだのは日付が変わったあとなんだよ。だから約束は破ってない。休肝日《きゅうかんび》を増やす必要はないはずだ。俺《おれ》はここに無実を主張する！　どうか賢明《けんめい》なご判断を！」

「有罪」

血も涙《なみだ》もない。言っておくが俺《おれ》はアル中じゃない。藍良《あいら》が健康に対してとんでもなく厳しいだけだ。そこには大きな理由があるのだが……ここで説明するには少しばかり時間が足りない。

「でも……今日はお酒を控《ひか》えるって言ってくれるなら、しょうがなく許してあげる」

藍良《あいら》はそっぽを向いている。根が優《やさ》しい彼女《かのじょ》なので、なんだかんだでこうなると思っていた。

とまあ、これは同居している俺《おれ》と彼女《かのじょ》が、仮の家族から本当の家族になるまでの物語だ。

それじゃあそろそろ、俺《おれ》たちの想《おも》い出話《でばなし》から始めることにしようか。

プロローグ

『どうにもならないことは、忘れることが幸福だ』


これは祖父から教わったドイツのことわざだ。

まあ言いたいことはわかる。自分の力で解決できないのなら、変に固執《こしつ》したって仕方がない。放っておく以外に手段がないのなら、いっそ忘れたほうが生きる上で楽だろう。

たとえば夢を見るとき、夢もまた自分を見ている。深淵《しんえん》をのぞいているような感じで、夢のほうからも見られていたら落ち着かない。いつまでも苦しむことになる。

寝《ね》ている間に見る悪夢だけじゃなく、将来の夢だって、きっとそう。

叶《かな》えられない夢なら捨てたほうがマシだ。当たり前のことだと思う。

だけど。

冒険家《ぼうけんか》というのはそもそも、どうにもならないことを目指すのが生業《なりわい》なのかもしれない。

俺《おれ》の祖父は冒険家《ぼうけんか》だった。

冒険家《ぼうけんか》とはどういう職業か、昔とは違《ちが》って一言で説明するのは難しい。

GPSが発達した今、この地球上に空白の地理や文化圏《ぶんかけん》はほぼ皆無《かいむ》となってしまったからだ。

世界地図にまだ見ぬ世界があった時代に行われていた、処女地を探求するための冒険《ぼうけん》はすでに終焉《しゅうえん》を迎《むか》えている。なのに、それでも冒険《ぼうけん》を続け、そこに向かってなんの意味があるんだと誰《だれ》もがツッコみたくなるような僻地《へきち》に足を延ばそうとする冒険家《ぼうけんか》は、いまだ存在する。

その者たちは、どこを目指そうとしているのだろう？

すでに未踏《みとう》の地はないのに——求めるべきゴールがないのに、あえて冒険《ぼうけん》をしたがる人間とは、いったいなにを探しているのだろう？

ある冒険家《ぼうけんか》は、現代の冒険《ぼうけん》は芸術活動だと言った。

ある冒険家《ぼうけんか》は、現代の冒険《ぼうけん》は観光旅行だと言った。

ある冒険家《ぼうけんか》は、現代の冒険《ぼうけん》はアウトドアスポーツだと言った。

どれも正しいかもしれないし、どれも間違《まちが》っているかもしれない。

ただ、祖父は。

俺《おれ》が最も尊敬する人物である彼《かれ》は、こう言っていた。

今も昔もなく、どの時代の冒険家《ぼうけんか》も、どこかに到達《とうたつ》するために冒険《ぼうけん》をしているのだと。いくらゴールを設定するのが難しくても、そのゴールにこそ自らが求める秘宝が眠《ねむ》っているのだと。

そして、そんな彼《かれ》にとっての秘宝こそが、彼女《かのじょ》だった。

星咲藍良《ほしざきあいら》という名の少女だったのだ。


星咲藍良《ほしざきあいら》は、俺《おれ》の祖父——星咲朱司《ほしざきあかし》の娘《むすめ》だった。

とはいえ血はつながっていないようだった。

その頃《ころ》、中学生だった俺《おれ》は、藍良《あいら》とよく会っていた。

藍良《あいら》は幼女だった。小学校にも上がっていなかったと思う。

お人形みたいな風貌《ふうぼう》……フランス人形っていうか。それだと金髪《きんぱつ》になるのか？　だったら白《しら》雪姫《ゆきひめ》のほうがしっくりくるか？　いや、それはそれで黒髪《くろかみ》か。

とにかく彼女《かのじょ》は日本人離《ばな》れした、銀髪碧眼《ぎんぱつへきがん》色白の美少女だった。

動かなければ本物の人形と区別がつかない、それくらい精巧《せいこう》で精緻《せいち》な造形、人知を超《こ》えた神の御業《みわざ》で創られた美しさ。いや誇張《こちょう》でもなんでもなく、少なくとも当時の俺《おれ》はそう感じた。

だから最初は接するのが怖《こわ》かった。ちょっとさわっただけでガラス細工みたいに壊《こわ》れてしまいそうな恐怖《きょうふ》と畏怖《いふ》があった。

だがもちろん彼女《かのじょ》はお人形ではなく人間で、動かないどころか小動物のように落ち着きなく、ちょこちょこと歩き回っていることが多かった。

そのかわいらしい仕草に人形のような無機質さは微塵《みじん》もなく、笑顔《えがお》だって本当にかわいらしくて、ちょっと語弊《ごへい》があるかもしれないが彼女《かのじょ》にはペットのような温かみがあった。

だから時が経《た》つにつれ、俺《おれ》たちは仲良くなっていったのだ。

「さっくん！」

藍良《あいら》はその日も、俺《おれ》が祖父の家に顔を見せた途端《とたん》にパタパタと寄ってきて、俺《おれ》の腰《こし》に抱《だ》きついたあと、服の裾《すそ》を小さな手でぎゅっと握《にぎ》った。

さっくんというのは俺《おれ》のあだ名だ。本名は見取桜人《みどりさくらと》。

さくらとってのは呼びづらい。生まれたときからこの名前に付き合っている俺《おれ》でさえ、たまに舌を噛《か》みそうになるくらいだ。だから親しい相手はたいてい愛称《あいしょう》で呼ぶようになる。

「さっくんさっくん～♪」

語呂《ごろ》がいいのか、歌うように何度も呼ぶ。藍良《あいら》は俺《おれ》のこの愛称《あいしょう》を気に入っていた。

俺《おれ》のほうも悪い気はしなかった。彼女《かのじょ》の声音《こわね》はオルゴールのように澄《す》んでいて耳触《みみざわ》りがよく、むしろいつまでも聞いていたくなる。

でも服の裾《すそ》をぶんぶんするのはやめてくれないかな、伸《の》びるっての。

「遊びに来たのか、ドングリ」

一方、祖父は俺《おれ》のことをこう呼ぶ。

「……じいちゃん、ドングリはやめろって言ってんだろ」

「桜人《さくらと》なんて風流な名前、まだ子どものおまえにはもったいない。ドングリでちょうどいい」

桜人《さくらと》とは、さくらびととも読む。桜の花を見る人、桜の花を愛《め》でる人の意で、平安時代にはもう使われていた由緒正《ゆいしよ》しき日本語らしい。

そして俺《おれ》の誕生日は三月下旬《げじゅん》で、花見の季節。

苗字《みようじ》の見取《みどり》ともかけて、絶対シャレでつけただろ！　と文句を言いたくなる名前だが、俺《おれ》の両親は冗談《じようだん》が通じないカタブツだ。だから大真面目に名付けたのだ。よけいタチが悪い。

「なあ、桜人《さくらと》。だいたいドングリだって桜に負けていないぞ。イギリスのことわざにこんなものがある。オークの大樹も小さなドングリから育つ、とな」

じいちゃん、あんたはことわざマニアなのかよ。まあ冒険家《ぼうけんか》の祖父は児童養護施設《じどうようごしせつ》の慰問《いもん》として冒険譚《ぼうけんたん》を語る活動も行っているし、語りたがりで教えたがりなのは間違《まちが》いない。

「ワシは、桜のような儚《はかな》い美しさよりも、未来に大きく育つドングリのほうが好きだよ」

「こっちとしては、ボウズって言われてるようなものなんだよ」

「ボウズよりもドングリのほうが愛嬌《あいきよう》があっていいだろう」

「……じゃあ俺《おれ》が子どもじゃなくなったら、ドングリはやめてくれよ」

「難しいな。なぜならおまえがワシの歳《とし》を越《こ》さない限り、おまえはワシよりも子どもだ。だからおまえはワシが生きている限り、ワシにとっての子どもに違《ちが》いない」

祖父はなんでもないことのように言ってのけ、俺《おれ》から藍良《あいら》に視線を移した。

俺《おれ》たちが会話している間、彼女《かのじよ》はあどけない顔を俺《おれ》に向けたり祖父に向けたりと、いそがしそうにしていた。きょろきょろとよく動く大きな瞳《ひとみ》は、好奇心旺盛《こうきしんおうせい》な子猫《こねこ》を思わせる。

「お呼びじゃない客にも、最低限のもてなしは必要だ。今日は庭でバーベキューでもしようか。昼飯はそれでいいか、姫《ひめ》?」

「うん!」

じいちゃん、どうせあんたがバーベキューをやりたかっただけなんじゃないのか。それはそれで文句はないけど。俺《おれ》もあわよくばご相伴《しょうばん》にあずかるためにこの時間に訪ねている。

「でも、お父さん」

三人で庭に出る途中《とちゅう》で、藍良《あいら》が頬《ほお》を膨《ふく》らませた。

「私のことも、姫《ひめ》って呼ばないでっ」

祖父は豪快《ごうかい》に笑い、きっと彼《かれ》にとってのお姫《ひめ》さまである藍良《あいら》の頭を撫《な》でた。

「頭も撫《な》でないでっ。お父さんの手、痛いから!」

冒険家《ぼうけんか》の宿命か、ゴツゴツした手の祖父は気にするふうもなく、また笑っていた。

祖父はこんなふうに嫌《いや》みな言動も多いのだが、なぜだか憎《にく》めない。その理由を当時はわからなかったのだが、そこに愛情が感じられるからなのだろうと、今では漠然《ばくぜん》と理解している。

なあじいちゃん。

あんた、ほんと、なんで死んだんだよ。

冒険家《ぼうけんか》の祖父は、庭キャンプが趣味《しゅみ》だった。

職業柄《しょくぎょうがら》、インフラが整備されていない土地に足を運ぶことが多いため、キャンプの技術は必須《ひっす》となる。もしものときに身を守ることができるからだ。

仕事の延長線上にあるキャンプを趣味《しゅみ》にするなんて、祖父は根っからのアウトドア派だ。そんな彼《かれ》の呼びかけにより、家の広い庭を使ったミニキャンプが始まった。

庭キャンプはキャンプ場まで遠出するのと違《ちが》い、手軽にできるのが魅力《みりょく》だ。キャンプグッズ、いわゆるギアを運ぶ手間がない。

庭のウッドデッキにはテーブルや椅子《いす》も設《しつら》えられており、どれも無骨だが頑丈《がんじょう》で、野外にさらされているにもかかわらず壊《こわ》れているのは一度も見かけたことがない。

こまめに修繕《しゅうぜん》していたんだろう、祖父はDIYも趣味《しゅみ》だった。昔でいう日曜大工ってやつだ。

「じいちゃん、テントはいいのか？」

「ああ、タープだっていらんさ。まずは飯だ、おまえも腹が空《す》いてるんだろう」

タープとは、日除《ひよ》けや雨除《あめよ》けに使う防水シートの屋根のことだ。庭キャンプの場合は近所の目から隠《かく》す意味も持つが、この庭は名前のよくわからない高い木が塀沿《へいぞ》いに植えられており、その枝葉のおかげで外から見られることがない。

そもそもこのあたりは閑静《かんせい》な住宅街……いや、住宅街と呼んでふさわしいか疑問なほど、建物よりも緑や川が目立つ地帯なので、人通りがめっぽう少ない。

だから焚《た》き火《び》ができるし、バーベキューもできる。これらは本来、たとえプライベートな庭でも近隣《きんりん》に配慮《はいりょ》する必要がある。無許可だと煙《けむり》や匂《にお》いが原因でご近所トラブルが発生する。

そして祖父は抜《ぬ》かりなく自治体や消防から許可を得ている、というか許可を得られるからこの地域に住んでいるわけだ。

祖父はさっそくバーベキューの準備に取りかかる。火回りは基本、祖父の仕事だ。中学生の俺《おれ》には危険ということで、補助に甘《あま》んじるしかない。幼子の藍良《あいら》にいたっては見ているしかできないので、この時間はちょっと寂《さび》しそうにしている。

祖父は倉庫から持ってきた薪《まき》をナタで割り、火が通りやすい大きさにしたあと、焚《た》き火《び》台《だい》の上に重ねていく。それからナイフでフェザースティックを作る。薪《まき》を羽根が生えたように細く削《けず》ったもので、着火剤《ちゃっかざい》として扱《あつか》うことができる。

出来上がったフェザースティックに着火させ、組んだ薪《まき》の中に入れる。最初は小さかった火が、みるみるうちに全体に広がっていく。美しいオレンジ色に満ちていく。

祖父は火を育てるのが抜群《ばつぐん》にうまい。当時の俺《おれ》はそれが普通《ふつう》に見えていたが、今の俺《おれ》ならその手際《てぎわ》がどれだけ芸術的だったかが理解できる。

祖父は育った焚《た》き火《び》の周りに炭を詰《つ》めていく。この炭が、バーベキューの火力になる。バーベキューは焚《た》き火《び》台《だい》ではなく炭火台のほうで行う。

祖父いわく、炭火は最高の調味料。炭火で肉と野菜を焼く以上の料理はないらしい。

「ドングリ、風を頼《たの》む」

言われた通り、俺《おれ》は火《ひ》吹《ふ》き棒《ぼう》を吹《ふ》いたりうちわであおいだりと空気を送る。焚《た》き火《び》を育てたあと、今度は炭を育てないといけない。

「こら！　風向きと強弱を考えろ、それだと姫《ひめ》に煙《けむり》が向かうだろう！」

「わ、悪い」

「私、ケムリ好きだよ。お父さんとおんなじ匂《にお》いだもん」

祖父が愛用しているジャケットからは、いつも煙《けむり》の匂《にお》いがする。仕事でも趣味《しゅみ》でも焚《た》き火《び》をしているから、いくら洗っても落ちなくなったのかもしれない。

俺《おれ》も、その匂《にお》いが好きだったよ、じいちゃん。

「その言葉はうれしいけどな、姫《ひめ》」

「姫《ひめ》って呼んじゃダメなのっ」

「だがな、焚《た》き火《び》の煙《けむり》には灰が混じっている。吸《す》い込《こ》んだら肺に悪い。灰だけにな」

祖父はひとりでウケて笑っていた。オヤジギャグはあまり好きじゃなかったよ、じいちゃん。

「そろそろか」

祖父は炭バサミを使って、バーベキューコンロである炭火台に育った炭を移していく。

「それじゃあ、お待ちかねの時間だ。焼いていくぞ」

祖父はウッドデッキのテーブルで手際《てぎわ》よく肉をさばき、野菜を切って串《くし》に刺《さ》すと、炭火台の焼《や》き網《あみ》に次々と載《の》せていく。

ジュウジュウと音が立つ。食材から押《お》し出《だ》された水分が蒸発する音。食欲をそそられる。俺《おれ》はこのバーベキューと出会うまで、肉や野菜が焼ける音なんて気にしたことがなかった。

「今日の主役はこれだ」

それは北海道産のジャガイモだった。知り合いから送られてきたものらしく、北海道のジャガイモは旬《しゅん》がちょうどこの時期、九月とのことだ。

祖父のもとには、お中元を始めとする贈《おく》り物《もの》が多数届く。顔が広かったってことだろう。NPOの慈善事業《じぜんじぎょう》に参加したり、養護施設《ようごしせつ》に寄付をする人柄《ひとがら》もあって、こんなふうに多くのスポンサーを募《つの》ることができていたようだ。

世界を旅する冒険家《ぼうけんか》は諸々《もろもろ》入り用になるため、資金を集める必要があるのだ。

なのに、じいちゃん。あんたは親族からは嫌《きら》われていた。

親族の誰《だれ》ひとり、あんたの冒険《ぼうけん》に協力する者はいなかった。

その生き様は自由で奔放《ほんぽう》で、幸せそうだったから、嫉妬《しっと》を買っちまったのかもしれないな。

「新ジャガは格別だ。秋茄子《あきなす》は嫁《よめ》に食わすなと言うが、秋の北海道の新ジャガもまたそれに勝《まさ》るとも劣《おと》らんぞ」

ホイル焼きなので時間はかかるが、串焼《くしや》きを食べながら待っていると、祖父は出来上がったそれを皿に盛り、塩を振《ふ》った。どこぞの塩オジサンばりに、セクシーな仕草で。紅茶を高いところから注《つ》ぐやつみたいに。藍良《あいら》が瞳《ひとみ》を輝《かがや》かせて拍手《はくしゅ》を送る。

いつもの祖父のパフォーマンスなのだが、俺《おれ》は子ども心にそれになんの意味があるのか不思議だったし、むしろ衛生的にダメじゃね？　とか、風で塩があたりにばら撒《ま》かれてるじゃねぇかとか、無粋《ぶすい》なことを思いながらも、そんな姿がカッコよくて俺《おれ》もよく真似《まね》をしていた。

そして家でやったら親にこっぴどく叱《しか》られた。俺《おれ》の黒歴史だ。

「最初の一口はおまえだ、ドングリ」

「姫《ひめ》じゃなくていいのかよ？」

「さっくんまで姫《ひめ》って呼ばないでっ」

「なあ、桜人《さくらと》」

祖父の、嫌《いや》みったらしい目つきが俺《おれ》の奥深《おくぶか》いところを射貫《いぬ》いた、ような気がした。

「おまえ、なにか悩《なや》みがあるんだろう。だから今日、ここに来た」

「……………」

「話したいなら話せ。話したくないなら話さなくていい。だが、飯だけは食え。それが人間として正常な動物的活動だ」

俺《おれ》はしばらく固まったあと、最後にはその厚意《こうい》に甘《あま》え、新ジャガにかぶりついた。

「あっつ！」

思いっきり口の中をヤケドした。だけど、うまかった。ホクホクでうまかった。塩加減も絶《ぜっ》妙《みょう》で、これ以上ないくらいの美味だった。

「うまいか？」

「普《ふ》通《つう》だ」

そうか、と祖父は応え、なぜか藍良《あいら》の頭を撫《な》でていた。藍良《あいら》は嫌《いや》そうに逃《に》げて、俺《おれ》の背中にくっついた。

そういえばこの頃《ころ》の祖父は、冒険家《ぼうけんか》を引退したら畑を持ちたいと言っていた。自分で野菜を育て、収穫《しゅうかく》したかったんだろう。六十を超《こ》えてもまだまだ元気だし、むしろ憎《にく》まれっ子《こ》世にはばかりそうだし、それがいつになることやらと俺《おれ》は呆《あき》れたものだった。

いや、俺《おれ》だけじゃない。きっと、藍良《あいら》も。

焼いた肉を食って、焼いた野菜を食って、満腹のまま昼寝《ひるね》をする。

それが人生で最高の一時だと、祖父は食後のコーヒーを飲みながら満足そうにのたまった。

過去には、食べてすぐ寝《ね》ると牛になるといった言葉もあったようだが、どうやらそれは迷信《めいしん》のようで、今では多くの医療機関《いりょうきかん》がむしろ身体《からだ》にいいと喧伝《けんでん》している。

そんなわけで、バーベキューで腹を満たしたあとは、昼寝《ひるね》のためのテントを張った。

祖父の手際《てぎわ》がよすぎるので、俺《おれ》が手伝うところはほとんどないし、藍良《あいら》はやっぱり見ているだけなのだけど。しかも祖父はハンモックまで持ち出し、二本の庭木の幹に巧《たく》みなロープワークで固定すると、ひとりでさっさと揺《ゆ》られ始《はじ》めた。

「お父さん、夜もハンモックで寝《ね》てることあるんだよ」

「いやそれ、風邪《かぜ》ひくだろ」

「なんかね、モコモコにくるまってるんだよ。おっきな芋虫《いもむし》みたいになってるの」

完全防水のダウンシュラフ――寝袋《ねぶくろ》のことだ。キャンプのハンモック泊《はく》じゃないんだからさ……ていうか、どんだけ自然が好きなんだよ。いつか無人島にでも引《ひ》っ越《こ》しそうで怖《こわ》い。

祖父がうるさいいびきをかき出したので、俺《おれ》と藍良《あいら》もテントに入った。

広くないテントで三人ではぎゅうぎゅう詰《づ》めになってしまうと、祖父は知っていた。だからひとり、ハンモックを使った。実際、俺《おれ》と藍良《あいら》のふたりでもテントは狭《せま》いくらいだった。だけど、藍良《あいら》は狭《せま》くても困っていなかった。きっと祖父と一緒《いっしょ》でもうれしそうにしただろう。今も藍良《あいら》は、甘《あま》えた子猫《こねこ》のような仕草で俺《おれ》に寄《よ》り添《そ》って眠《ねむ》っていた。

子ども特有の体温の高さが心地《ここち》よかった。九月が終わろうとする今、夏の名残《なごり》で気温はまだ高めだが、緑を渡《わた》る涼風《りょうふう》のおかげで暑くない。開けたままのテントの入り口から、扇風機《せんぷうき》とはまた違《ちが》った塩梅《あんばい》の風が入り、そのゆらぎが眠気《ねむけ》を誘《さそ》う。

スズメの鳴き声に混じった藍良《あいら》の寝息《ね・いき》を聞きながら、テントの中でうとうとしていると、いつしか意識が落ちていた。

俺《おれ》が目覚めたときには、すでに陽《ひ》がかたむいていた。同じく起き出した藍良《あいら》が、くしゅんとかわいらしいくしゃみをしたのを合図に、この庭キャンプはお開きとなった。

テントやギアを片付け、洗い物をみんなで終わらせると、昼寝《ひるね》の前に消していた焚《た》き火《び》に祖父がまた着火した。

夕方になると、涼《すず》しかった風も肌寒《はだざむ》く感じる。俺《おれ》たちは冷えてきた身体《からだ》を焚《た》き火《び》に寄せた。

俺《おれ》は結局、この時間になっても、悩《なや》み事《ごと》を切り出せずにいた。

「桜人《さくらと》」

俺《おれ》の帰宅時間になる前に、祖父が言った。

「キャンプにおいて、テントはなぜ必要だと思う？」

怪訝《けげん》に思った。なんで今さらそんな当たり前のことを聞くんだろうと。

俺《おれ》は面倒《めんどう》ながらも答えた。テントは、雨風や虫の侵入《しんにゅう》から守ってくれる。そして一番は、寒さの緩和《かんわ》だと。標高が100メートル上がるごとに0・6度程度気温が下がり、風速1メートルにつき体感温度が1度程度下がると言われている。

だから、たとえば冬の高原キャンプ場の場合はよりテントが必須《ひっす》になる。就寝時《しゅうしんじ》にテント泊《はく》ではなくハンモック泊《はく》なんかしたら、下手をしたら凍死《とうし》する。

これら全部、あんたが教えてくれたことじゃないかよ、じいちゃん。

「そうだな。おまえは間違《まちが》っていない。人間は火がなければ生きていけない、それは食事もそうだが暖の意味もある。それと同じで、テントは生きるために必要な道具だ」

祖父は、俺《おれ》の言葉を待たずに続ける。

「だがな、ワシはな。テントは生きるためにあるんじゃない、居場所を得るためにあるんだと思っている」

なんだそりゃ。

俺《おれ》もテントは好きだ。そこはまるで自分だけの空間——いや、自分と親しい相手と共にあるための空間。たとえば祖父、藍良《あいら》。一言で言えば、家族の空間。

本当は家族じゃなくても、家族のように思える時間。

でもさ、それって生きるための道具となにが違《ちが》うんだよ？　あんたは、死んでさえ、居場所があるとでも言いたかったのか？　本当、なんなんだよ、それは。

じゃあさ、じいちゃん。

死んだあんたは、今はいったい、どこにいるんだよ……？

「ワシはまた、旅に出る」

その声は俺《おれ》にかけているようでもあり、藍良《あいら》にかけているようでもあった。

藍良《あいら》は、表情を強張《こわば》らせるだけで口を開かなかった。きっと知っているから。いくら止めても祖父が聞き入れないのがわかっているから。だから俺《おれ》も、なにも言わない。

藍良《あいら》を寂《さび》しがらせてまで冒険《ぼうけん》に向かうあんたを、俺《おれ》は一度も止めなかったんだ。

「ワシは冒険《ぼうけん》の旅に出る。一週間後だ。戻《もど》るのは来年になるだろう」

普段《ふだん》はうだつの上がらない遊び人にしか見えない祖父だが、仕事に挑《いど》む前の風貌《ふうぼう》は、威厳《いげん》を備えた冒険者《ぼうけんしゃ》に一変する。その相貌《そうぼう》は、弱肉強食の頂点に立つ獣王《じゅうおう》のそれになる。

「ワシはまた、藍良《あいら》をひとりにする。その間、住《す》み込《こ》みの家政婦に面倒《めんどう》は見てもらうが……桜人《さくらと》。おまえにも頼《たの》みたい。藍良《あいら》の支えになって欲《ほ》しい」

祖父は、頭を下げた。いつもは不遜《ふそん》なくせに、まだ中学生のボウズでドングリの俺《おれ》にさえこんな態度を取れるからこそ、俺《おれ》は祖父を尊敬していた。

じいちゃん。あんたは、俺《おれ》の師だったんだよ。

「おまえにも都合があるだろう。中学三年のこの時期は、高校受験でいそがしいかもしれん。ワシも、将来の夢をおろそかにしてまで藍良《あいら》を頼《たの》みたいとは思わん」

事実、九月下旬《げじゅん》の今は高校受験のシーズンに入っている。

俺《おれ》の志望校はそこそこの進学校だ。だが俺《おれ》の頭では、そこそこのレベルでも辛《つら》い。本音を言えばもっとレベルを落としたい。そうすれば、もっとこの家にも遊びに来られるのだ。

だが、親が許さない。両親は祖父を嫌《きら》っている。俺《おれ》がこうして遊びにいくのを快く思っていない。俺《おれ》の悩《なや》み事《ごと》は、これだった。

両親はどちらも公務員で、そもそも家系が公僕《こうぼく》一族であり、親戚《しんせき》のさらに親戚《しんせき》には官僚《かんりょう》すらいるらしい。いやそれってもう赤の他人だろと俺《おれ》は思うのだが、両親にとっては違《ちが》うのだ。

そのせいか、俺《おれ》の目の前には生まれた瞬間《しゅんかん》に人生のレールが敷《し》かれていた。

事あるごとに顔も知らないその官僚《かんりょう》を持ち出され、将来は大学の法学部に進学し、国家公務員試験をクリアして、省庁を始めとする役所に勤めろと言われ続けてきた。

それが最も幸福な生き方。人間は安定した生活に身を置くことで幸せになれる。耳にタコができすぎて焼いて食べてしまいたいほど聞いた言葉だ。

ある意味、冒険家《ぼうけんか》とは真逆に位置する生き方だろう。この窮屈《きゅうくつ》な教育方針に、俺《おれ》だって反《はん》抗《こう》したことはある。だがそのことごとくは打《う》ち砕《くだ》かれた。高学歴の両親による理論と理屈《りくつ》で言いくるめられ、あらゆる反論を封《ふう》じられた。まだ子どもの俺《おれ》には返す刀を持てなかった。

だから俺《おれ》は、高校受験で行きたくもない進学校を志望するしかなかった。

まるで呪《のろ》いだ。家系と言う名の呪《のろ》いの装備。

なのにさ、じいちゃん。

あんただけは、この窮屈《きゅうくつ》なばかりの親族の中で、唯一《ゆいいつ》自由に生きていた。

「……じいちゃん。この町って、田舎《いなか》だよな」

「そうだな」

「田舎《いなか》だから、遊ぶところなんかない。だから俺《おれ》は、じいちゃんのキャンプに興味を持った。勉強よりもキャンプが好きになったんだと思う」

祖父は無言で続きを促《うなが》した。

藍良《あいら》は俺《おれ》の言いたいことがわかっていないのか、無垢《むく》な眼差《まなざ》しを注いでいた。

「なのにさ、親は勉強勉強ってうるさいんだ。学校の勉強って、なんの役に立つんだ？　好きでもないのにやらされて、それで将来、幸せになれるって言うのかよ？」

「おまえは、学校の勉強が将来の役に立つかどうかわからないから、もっと遊びたいのか」

「ああ。だってそうだろ？　そもそもみんな思ってることだろ？　説得力のある答えがあるなら聞かせてくれよ、どうせそんなもんないに決まってるけどさ」

「だからおまえは、ドングリなんだ」

祖父は、俺《おれ》の愚痴《ぐち》を一刀のもとに斬《き》り伏《ふ》せた。

「おまえは勉強よりもキャンプが好きだと言った。その理由は、遊びたいからだと言った。じゃあ遊びとは、なんだと思う？」

俺《おれ》は答えられなかった。遊びの意味や意義なんて考えたこともなかった。

「遊びとは、自由に生きることだ。だから不自由な仕事の合間に、人は遊ぶ。バカンスはそのためにある。自由に過ごすことで、人は不自由な人生を生き抜《ぬ》く活力を得る」

自分の眉間《みけん》にしわが寄るのを感じる。祖父の言葉を素直《すなお》には受け取れなかった。

俺《おれ》は、藍良《あいら》のように無垢《むく》にはなれない。

「自由という言葉には、勝手気ままなイメージがつきまとう。言《い》い換《か》えれば、恵《めぐ》まれている。今の若者は度が過ぎた自由を享受《きょうじゅ》しているなどと、年配者から批判されることもある」

だがな、と祖父は言葉を重ねる。

「自由の前提条件とは本来、権力を持つことだ。要は説得力。でなければ、自由はただのわがままでしかない。おまえもまた、説得力がある答えを望んでいるんだろう？　ならばおまえは、親の期待に応えたあとに誰《だれ》もが納得《なっとく》する自由を得ればいい」

祖父は、焚《た》き火《び》で沸《わ》かしていたお湯でコーヒーを淹《い》れ、シェラカップを俺《おれ》に手渡《てわた》した。

「桜人《さくらと》。藍良《あいら》を支えるのは、おまえが自由になったあとでいい。それまでは、力をつけろ。ドングリから成長し、自由のための力を手に入れろ。受験で時間が取れないなら、この家に顔を出さなくていい。今はただ、藍良《あいら》を気にかけてくれるだけでいい。会いに来られなくても、心の片隅《かたすみ》に留め置くだけでいい。それだけでも意味がある」

「……じいちゃんは、俺《おれ》が遊びに来られなくてもいいのかよ」

「ああ」

なんでだよ。

あんたは俺《おれ》の気持ちに気づいているくせに……いや。気づいているから、そうなのか？

祖父に引き留めてもらいたかった。勉強なんかしなくていい、それよりも大切なことが人生にはある、それは藍良《あいら》を含《ふく》めた三人で一緒《いっしょ》にキャンプをすることだ。

俺《おれ》は、そんなふうな言葉を期待していたんだと思う。なのに祖父は、期待とは反対の言葉を口にした。俺《おれ》は憮然《ぶぜん》としながら祖父から受け取ったコーヒーをあおった。

「あっつ！」

祖父は豪快《ごうかい》に笑った。だがその笑いは、どこか自嘲《じちょう》めいて見えた。

「ワシは、勝手気ままに生きすぎた。行きすぎた自由は、やはりわがままのそしりを受ける。周囲は嫌悪《けんお》を抱《いだ》くだろう。だからワシは、頼《たよ》れる親族をことごとく失った」

今の祖父には、家族が藍良《あいら》しかいない。

だがその分、スポンサーは多くいる。祖父の思いに共感した人間は数多くいる。なのになぜ、祖父はそんなふうに寂《さび》しそうにするのだろう。

「自由はたしかに気楽だが、それと同じくらいわずらわしく、面倒《めんどう》くさくて、時には不快にさえ感じる代物《しろもの》だ。この人生のすべてを自らの判断だけで進むのは、生易しいことじゃないからな。自由の前提条件が権力であるのは、相応の責任が伴《ともな》うという意味もある。そもそも冒険《ぼうけん》における自由の対価とは、死だ。常に死と隣《とな》り合《あ》わせにあるから冒険《ぼうけん》と呼べる。だからこそその旅は、生きて帰らないといけない。死んだらそこで終わりだが、生きていればまた挑戦《ちょうせん》することができる。そう、冒険《ぼうけん》という名の、自由への挑戦《ちょうせん》だ」

そして祖父は、この話のまとめとばかりに言った。

「自由というのは、それはそれで苦しいものだが、ワシは自由を求めたからこそ、秘宝を手に入れることができたんだ」

祖父は藍良《あいら》の頭を撫《な》でた。

藍良《あいら》は、嫌《いや》がって逃《に》げることはしなかった。祖父の話に聞き入っていたから？　それとも祖父の話が長くて難しくて、また眠《ねむ》くなったのかもしれない。

「桜人《さくらと》、重ねて言う。藍良《あいら》のことを、よろしく頼《たの》む。本当の自由を手に入れた将来のおまえなら、託《たく》すに値《あたい》するだろう」

祖父は再度、頭を下げた。

……なんだコレ。あんたはどこまで、俺《おれ》を混乱させれば気が済むんだ。

あんたの考えがわからない。わからないが、ひとつだけ確かなことがある。

俺《おれ》は、どの親族よりも祖父が好きだ。どの家族より、祖父のそんな生き様が好きだ。

そうだよ、本人には恥《は》ずかしくて面と向かって言えないけど。俺《おれ》はさ、じいちゃん。あんたという存在に子ども心に憧《あこが》れていた。家族の誰《だれ》よりも、俺《おれ》にとっての家族があんただったんだ。

「さっくん」

藍良《あいら》の大きな瞳《ひとみ》が、まばたきを忘れて俺《おれ》を見ていた。

「さっくんは……勉強が嫌《きら》いなの？　学校が嫌《きら》いなの？　そのせいで家族まで嫌《きら》いになってしまいそうな自分のことも……嫌《きら》いなの？」

俺《おれ》は、敵《かな》わないと思った。まったくもって的を射ている。

血がつながっていないとはいえ、祖父の娘《むすめ》だ。嫌《いや》がらせのように勘《かん》が鋭《するど》い。

「じゃあね、学校に通いたくないなら、お父さんみたいに冒険《ぼうけん》に出ればいいんだよ」

「…………」

「三人で一緒《いっしょ》に冒険《ぼうけん》すればいいんだよ！」

……そうだな。まさか、かけて欲《ほ》しい言葉を祖父じゃなくて、おまえからもらうなんてな。

おかげで心が軽くなったよ。

「さっくん、私と約束してくれる？　えっとね、約束っていうのはね、私のことを……」

藍良《あいら》が続けた言葉に、俺《おれ》はうなずき、約束を交《か》わした。

俺《おれ》は内心、わかっていた。諦《あきら》めていたんだ。結局のところ親の意向には逆らえず、受験勉強に時間を取られ、祖父に言われるまでもなくこの家には遊びに来られなくなることを。

藍良《あいら》は、そこまで理解していない。祖父の言葉はまだ藍良《あいら》には難しいから、話の流れを把握《はあく》できていない。だから空気を読まない、冒険《ぼうけん》に出ようだなんて発言が生まれた。

……ありがとう。

この感謝の気持ちがあったから、藍良《あいら》が残念がる顔だって見たくなかったから、俺《おれ》は彼女《かのじょ》の頭を撫《な》でた。彼女《かのじょ》は笑顔《えがお》を浮《う》かべてくれた。

祖父が姫《ひめ》と呼ぶ笑顔《えがお》。俺《おれ》も好きだった、光のような笑顔《えがお》。

だから俺《おれ》は、守れない約束を交《か》わしたんだ。

それ以来、俺《おれ》が藍良《あいら》と会うことはなかった。

高校受験を終え、高校生から大学生となり、そして社会人となってからも一度も会っていなかった。祖父は俺《おれ》に、遊びに来なくていいと言っていたが、べつに出禁を食《く》らったわけじゃない。時間ができたら顔を出してもよかったはずなのに。

ただ、もともと祖父が冒険《ぼうけん》の旅に出ている間は、俺《おれ》はこの家を訪ねなかった。藍良《あいら》に会いにいくことはなかった。祖父がいなければ庭キャンプができないし、それ以外となると藍良《あいら》と一緒《いっしょ》になにをして遊べばいいのかわからない。幼女の趣味《しゅみ》なんて俺《おれ》には雲をつかむような話だ。

俺《おれ》には五歳下《さいした》の妹がいるのだが、そいつは本を読んでいた記憶《きおく》しかないので、やっぱり年下の女子との触《ふ》れあい方《かた》に慣れているとは言《い》い難《がた》い。

遊びとは、たしかにお気楽な自由だけで成り立っているわけではないらしい。

とまあ、いろいろと言い訳を並べてみたが、要するに俺《おれ》に勇気がなかったのだ。

一度足が遠のいてしまうと、次はどんな顔をして会えばいいのかわからない。

さらに言い訳を重ねさせてもらうが、両親からは相変わらず祖父に会いにいくことを反対されていたのも理由のひとつ。親が勧《すす》めた高校に無事合格したのはいいものの、そこは想像以上の進学校で、自由時間がなかなか取れなかったのも理由のひとつだ。

その後も俺《おれ》は大学に進学すると、祖父の家や俺《おれ》の実家があるこの町に帰ることがなくなった。都内の大学だし、そこまで遠方じゃない。だが俺《おれ》は両親と不仲だったので、帰省する気になれなかった。事実、大学時代は一度も実家に顔を出さなかった。

だからそう、社会人になった今も、俺《おれ》の想《おも》い出《で》には幼かった藍良《あいら》の姿しか映っていない。

藍良《あいら》と交《か》わした約束がなんだったのかも靄《もや》がかかっていて、もはや思い出せずにいる。

――夢を見るとき、その夢もまた自分を見ている。

だから俺《おれ》はその夢を、藍良《あいら》の夢と一緒《いっしょ》に捨てたのだ。

1章　銀髪碧眼の新入生

◎その1

三月も中旬《ちゅうじゅん》を過ぎれば、桜前線のニュースがテレビやネットを彩《いろど》ることになる。

春休みに入る学生にとってはバカンスの時期だろうが、あいにく社会人の俺《おれ》は長々と遊《あそ》び惚《ほう》ける時間が取れない。なけなしの休日を利用して、日帰りの花見キャンプをするのが関の山だ。

「おかげさまで、絶好のキャンプ日和《びより》だな」

というわけで、やって来た。千葉県成田市《なりたし》に広がる牧場キャンプ場。

ここはオートキャンプもできるのだが、俺《おれ》は車を持っていない。なので電車とバスを乗り継《つ》いで来た。俺《おれ》の住居はこの成田市《なりたし》に構えているので、近場なら徒歩キャンプも気軽にできる。

俺《おれ》はひとりで受付を済ませると、キャンプサイトに足を向ける。途中《とちゅう》、風に舞《ま》う白やピンクの花びらが頬《ほお》をくすぐる。桜はすっかり満開だ。

大学時代と違《ちが》ってグループキャンプはせず、今はめっきりソロキャンプばかりだ。友人をキャンプに誘《さそ》うことは難しい。俺《おれ》は仕事に忙殺《ぼうさつ》されて都合をうまく合わせられないし、友人のほうも彼女《かのじょ》がいたり、家庭を持っているのが多数なのだ。

皆《みな》、独り身の自分とは違《ちが》う。大学時代につき合っていた彼女《かのじょ》とも、すでに別れている。

「でもまあ、寂《さび》しくはないけどな」

ひとりは欠点じゃない、むしろ利点だ。自分好みのキャンプサイトで、自分好みのギアを用い、自分好みの時間を楽しむ。グループキャンプに勝《まさ》るのは、その圧倒的《あっとうてき》な自由度にある。

ソロキャンプは今やブームになっているくらいなのだ。おひとりさまという概念《がいねん》が浸透《しんとう》してきたこの現代を表しているかもしれない。

「さて、料理を始めるか」

俺《おれ》は炭火で肉と野菜を自由に焼いていく。

外メシ効果というやつで、空の下で食べるだけでなんでもない料理がおいしく感じる。野球でたとえたら、会社帰りにビールを飲むために屋外球場にふらっと立ち寄るようなものだろうか？　大学時代の彼女《かのじょ》から聞いた話なので、野球に詳《くわ》しくない俺《おれ》はよくわからないんだけど。

「祭里《まつり》は、今日はなにして過ごしてるんだろうな」

元カノである祭里《まつり》は、東京ヤクルトスワローズのファンだった。

祭里《まつり》は都内ど真ん中の出身だし、わからないでもないが、だったらなんで読売《よみうり》ジャイアンツじゃないのか聞いてみたら、弱きを助け強きをくじくほうが性《しょう》に合《あ》うかららしい。そのせいで俺《おれ》のことも好きになってしまったらしい。なんのこっちゃ。

俺《おれ》は結局、別れを切り出されたというのに。

……こんな具合の疲《つか》れる思考も、キャンプ飯が癒《い》やしてくれるはずだ。

肉も野菜も焼き目がたっぷりついたあとに頬張《ほおば》ると、炭火の赤外線によって閉《と》じ込《こ》められた旨味《うまみ》が舌の上で盛大《せいだい》に弾《はじ》ける。香《こう》ばしくてジューシーで、どれもこれもが美味だった。最高のツマミだ。缶《かん》ビールはすでに二本目に突入《とつにゅう》している。

そう。徒歩キャンプのメリットといえば、車の運転の必要がないので酒が飲めることなのだ。

「酒は、焚《た》き火《び》と並ぶキャンプの醍醐味《だいごみ》だからな！」

ひとりでいると心の声が多くなるし、独り言も大きくなる。

孤独《こどく》のグルメならぬ、孤独《こどく》のキャンプ。それは孤独《こどく》を超《こ》えた孤高《ここう》の時間であり空間だ、つまり至高の時空なのだ。言わば異世界転生だ。

日常で疲《つか》れた心身を、非日常で癒《い》やす。新しい世界で、新しい自分として、新しい人生を生きること。だからキャンプとは異世界転生と称《しょう》するに値《あたい》する。うん、酔《よ》っ払《ぱら》ってきたな。

メスティンの米が炊《た》ける頃合《ころあ》いだ。仕上げに火力を強くしておく。そうやってお焦《こ》げを作る。

「シメは焼きおにぎりにするか」

お焦《こ》げを内側にして握《にぎ》り、さらにそのおにぎりの外側も焼くことで、キャンプ飯ならではの焼きおにぎりを作ることができる。言わば完全体の焼きおにぎりだ。

俺《おれ》はさっそく握《にぎ》り始《はじ》める。握《にぎ》るときはラップに包んだ上で軍手を使う。素手《すで》じゃあヤケドまっしぐらだ。口の中と違《ちが》って手のヤケドはシャレにならない、明日からの仕事に支障が出る。

「月曜は嫌《いや》だ……働きたくない……」

……待て待て、その苦悩《くのう》は夜にベッドにもぐったあとでも遅《おそ》くない。

俺《おれ》はつつがなく握《にぎ》ったおにぎりを、網《あみ》の上に載《の》せる。醤油《しょうゆ》をかけるとジュワッと香《こう》ばしい匂《にお》いが昇《のぼ》る。味噌《みそ》やゆず胡椒《こしょう》、焼肉のタレもアリだが、俺《おれ》は醤油《しょうゆ》が一番好きだ。

缶《かん》ビールの二本目も空になった。さあ三本目といこうか。明日の仕事なんか忘れてさ！

完全体焼きおにぎりは、今日という日の最高のシメとなるだろう。


そのとき、スマホが鳴った。おあずけを食《く》らった気分だ。

相手を知り、俺《おれ》はさらにため息をついた。夢から現実に引《ひ》き戻《もど》された心地《ここち》で電話に出る。

『もしもーし、さっくん？』

「……なんだよ」

『なにその、うれしそうな声』

「嫌《いや》そうな声だろうが」

『彼女《かのじょ》からの電話なんだからもっとうれしそうにしてよね！』

「彼女《かのじょ》じゃなくて元カノだからこんな声になるんだろうが」

『それは元サヤに戻《もど》りたいってこと？』

「ねぇよ」

あははは、と祭里《まつり》は電話越《でんわご》しに笑った。

祭里《まつり》とは大学時代につき合っていて、社会人になろうとする頃《ころ》に別れることになったのだが、今でもこのように友だち付き合いは続いている。そのあたりはおたがい割り切っている。

祭里《まつり》と知り合ったのは、大学のサークル――野外活動を主とする探検部だった。

俺《おれ》たちは同期だったが、俺《おれ》は法学部で、祭里《まつり》は経済学部だった。だから幸か不幸か、唯一《ゆいいつ》の接点であるサークルで運命の出会いを果たしたのだ。

それでまあ、若気の至りで思い出したくもないクサいことをいろいろしてしまったのでそのあたりは省くのだが、俺《おれ》は祭里《まつり》とつき合うことになり、最後にはフラれた。

だから祭里《まつり》はただの女友だちだ。それ以上でも以下でもない。

『さっくん、焚《た》き火《び》の音が聞こえるよ？　キャンプしてるんだ』

「まあな」

『ひとりで？』

「ひとりで」

『寂《さび》しいねぇ』

「……そっちはどうなんだよ」

『私はさっきまで温泉に入ってたよ～』

「どこの？」

『伊豆《いず》の』

「誰《だれ》と？」

『ひとりで』

「じゃあおたがいさまじゃねえかよ」

『うん。私たち一緒《いっしょ》だね～、夫婦《ふうふ》みたいに』

どの口が言ってるんだよ。

ご機嫌《きげん》なのは、祭里《まつり》も俺《おれ》と同じく酒が入っているからだろう。

祭里《まつり》は大学時代から、温泉をめぐる旅行が好きだった。伊豆《いず》や熱海《あたみ》、箱根《はこね》なんかは都内から近いので、ふたりでよく出かけていた。というか強制的に付き合わされていた。

「そっちは、この時期でもあったかそうだな」

『うん。春っていうかほとんど初夏。伊豆《いず》キャンだって大盛況《だいせいきょう》なんじゃないかな？』

「キャンプは肌寒《はだざむ》いほうが人気だぞ。焚《た》き火《び》が楽しめるんだから」

『人によるってば。焚《た》き火《び》がメインじゃないなら、あったかいほうが過ごしやすいもん』

「そっちはべつにキャンプしてるんじゃないよな」

『そだよ、私ソロキャンなんかやったことないし。ていうか、さっくんがいないとテントも張れないし。むしろさっくんがいたってべつにキャンプなんかしなくてよかったし』

「温泉があればいいんだもんな」

『それとご当地グルメがあれば最高かな。伊豆《いず》っていえば、アレを食べないと！』

「うなぎパイか？」

『それは浜松《はままつ》のお土産《みやげ》でしょっ、伊豆《いず》でも超有名《ちょうゆうめい》だけどさ。でも有名どころのエースなんかファンが応援《おうえん》するまでもない！　伊豆《いず》ならやっぱ、イカスミで真っ黒な海賊焼《かいぞくやき》に決まってるじゃん！』

そんなB級グルメは知らねえよ。いや、ほんとはA級なのかもしれないけど。詳《くわ》しくないだけでディスってるわけじゃないんです、ごめんなさい。

『大学時代、さっくんと旅行デートしたときに一緒《いっしょ》に食べたことあったはずなんだけどね。忘れちゃった？』

……思い出さないようにしてたんだよ。未練がましい感じがするから。

「ていうか、なんの用で電話してきたんだよ……」

『む。なにその態度。私の声が聞けてうれしくないんだ』

「うれしくないって最初に言っただろうが」

『私、温泉から上がったばかりでまだ裸《はだか》なんだ……』

食通の祭里《まつり》は、俺《おれ》より食う。なのにまったく太らない。栄養は全部胸にいく。つまり彼女《かのじょ》は巨乳《きょにゅう》だ。

『想像した？』

「してない」

『もうっ、かわいくないんだから。昔のさっくんはかわいかったのになあ』

温泉街での食べ歩きを好む祭里《まつり》は、キャンプ目当てで探検部に所属したわけじゃなかった。だからサークル活動のキャンプでもテント泊《はく》はせず、宿を取ったり車の中で寝《ね》ていたりした。寝袋《ねぶくろ》は窮屈《きゅうくつ》だし、虫に刺《さ》されるのも嫌《いや》だったらしい。

しかも祭里《まつり》は、焼くだけよりももっと凝《こ》った料理を好んだ。味付けだって独自のソースやスパイスを作っていた。そのせいで、シンプルな塩や醤油《しょうゆ》を嗜好《しこう》する俺《おれ》とよくケンカした。

だが、祭里《まつり》が作る凝《こ》ったキャンプ飯は、たしかにうまかった。花より団子、花見よりグルメ。その点だけは俺《おれ》たちは似通っていた。

ともあれ祭里《まつり》がB級グルメやご当地グルメに目がないのは、弱きを助け強きをくじく精神を身上にしているからかもしれない。彼女《かのじょ》は世話焼きで、世話上手なのだ。

まあ本人には口が裂《さ》けても言わないが、俺《おれ》の得がたい相談相手になっている。別れた今でさえ。今の俺《おれ》は、祖父と連絡《れんらく》を取り合っていないのだから。

『さっくん、最近どう？』

「……どうって？」

『仕事やプライベートはどうかってこと。私が電話した理由なんだから、ちゃんと答えてよね。じゃないと裸《はだか》で海賊焼《かいぞくやき》食べてる自撮《じど》り写真送るよ？』

「……おまえは今、どこにいるんだよ。場所によっては露出狂《ろしゅつきょう》だぞ」

『ちゃんと旅館の部屋だよ。一人部屋だから裸《はだか》でも過ごせるよ』

それはそれで、浴衣《ゆかた》を着ろ。まあ、どうせからかっているだけだ。

「ていうか、泊《と》まりなのか？　明日って月曜だぞ」

『うん。有休取ったんだ〜』

うらやましい。うらやましすぎる！　俺《おれ》も取れるもんなら取りてえよ！

民間と違《ちが》い、公僕《こうぼく》に有休なんて概念《がいねん》は無きに等しい。働き方改革なんて言っているが、俺《おれ》のような公務員にはほとんど当てはまらない。

不景気であればあるほど、国民のヘイトは国に集まる。つまり公務員に向かう。休んでいる暇《ひま》があったら働け、この税金ドロボウが！　そんな罵詈雑言《ばりぞうごん》が世間に飛《と》び交《か》う。

そして行政トップの政府は国民には謝《あやま》り、部下にはストレス発散とばかりに尻《しり》を叩《たた》いて叩《たた》きまくる。こうして国益のために死ぬまで働かされる俺《おれ》のような奴隷《どれい》が生まれる。サイアクだ。

『さっくん、公立の高校教師だもんね。ブラックってよく聞くし、いそがしいの？』

「……ああ。おかげで今日もデイキャンプだよ」

『社会科の先生だから、よけいいそがしいのかな？　教科書の再編で、地理と歴史がいろいろ変わるってニュースで見たよ』

来年度から教科の大幅《おおはば》な改訂《かいてい》が行われ、地理歴史は地理総合と歴史総合に変わる。地理総合は防災などを学ぶことになり、歴史総合は日本と世界の近現代史を融合《ゆうごう》することになる。

『さっくん、鎌倉幕府《かまくらばくふ》が成立したのは１１９２年じゃなくてほんとは１１８５年だって、今時の生徒に教えてるんだよね？』

正確には、１１９２年と１１８５年のどちらでも構わない、が正解だ。

「ていうか、祭里《まつり》……俺《おれ》たちの学生時代だってもう１１９２年とは習わなかっただろ」

『そうだっけ？』

祭里《まつり》は小中高は知らないが、大学の成績は壊滅的《かいめつてき》だった。卒業できたのが不思議なくらい……というか、入学できたのがそもそも謎《なぞ》だ。

『そのあたり私はあんまり覚えてないけど、テレビのバラエティとかでよく話題になってたからさ。若者世代が学ぶ教科書の内容はどんどん変わってるって』

俺《おれ》たちはどちらも二十六歳《さい》だが、まだ若者と言ってもいいと思う。そう思いたい。

『若者世代はイイクニ作ろう鎌倉幕府《かまくらばくふ》じゃなくて、イイハコ作ろう鎌倉幕府《かまくらばくふ》なんだってね。私はどっちも聞いたことないけど。私の学校じゃ流行《はや》らなかったのかな？』

そういう問題じゃねえだろ。単におまえが授業中に寝《ね》てただけだろ。

基本的には十年ごとに学習指導要領が変わり、科目や時間割といったカリキュラムが改訂《かいてい》される。教科書の改訂《かいてい》は四年ごとで、新事実があればそのタイミングで記述も変わる。

時代によって教育は進化し、退化することもある。そのせいで振《ふ》り回《まわ》されるのは子どもたち、そして授業を行う教員だ。

『教科書がころころ変わると、教えるほうも大変だよね。なのに、教職って人手不足なんだってね。早く働き方改革の効果が出るといいのにって思うよ』

「まったくだな」

『でもさっくん、ソロのデイキャンプする暇《ひま》くらいはあるんだよね？』

「これでも、なけなしの時間を使ってるんだよ」

『もしその時間を私に使う余裕《よゆう》があるなら、今度一緒《いっしょ》に日帰りの旅行いく？　私が、仕事で疲《つか》れてるさっくんを癒《い》やしてあげるよ？　ふたりきりの休憩部屋《きゅうけいべや》で……優《やさ》しく慰《なぐさ》めてあげる』

一瞬《いっしゅん》、答えに迷ってしまった。

「……俺《おれ》よりも、そっちはどうなんだよ」

誤魔化《ごまか》すような答えになった。

「春休みシーズンだし、そっちが勤めてる旅行会社だっていそがしいんじゃないのか？」

『私は、自分のことよりさっくんのことを話したいの』

なんでだよ。……いや、なんでもなにもない。彼女《かのじょ》が世話焼きなのは知っている。

『ほかになにか、仕事で困ったこととかないの？　聞いてあげるよ？』

俺《おれ》はため息をついた。祭里《まつり》に気づかれないよう、焚《た》き火《び》の音に合わせて。

「えっと……実はな」

『そっか、よかった』

「まだなにも話してないんだが」

『電話してよかったってこと。うんうん、春はそういう季節だもんね。五月病っていうか』

今はまだ三月だろうが。

『なんでも話して、なんでも力になってあげる。お姉さんの私がね！』

俺《おれ》たちは同い年だろうが、という文句は呑《の》み込《こ》んで、結局は相談を持ちかけることにした。

俺《おれ》は今でも、彼女《かのじょ》の尻《しり》に敷《し》かれているらしい。

「実はな、新年度の新入生に見知った名前があってな……」

『さっくんの高校に入学する子？』

「ああ。その子、祖父の家に住んでてさ」

『祖父って、さっくんがよく言ってた塩振《しおふ》りオジイサンだっけ？』

「まあな。それでな、その子とは中学時代に俺《おれ》も会ったことがあるんだけど……」

――星咲藍良《ほしざきあいら》。

新入生の名簿《めいぼ》にこの名前を見つけたときには、驚《おどろ》いたものだ。オリエンテーションはこれからなので、まだ顔写真は確認《かくにん》できていないが、現住所を見る限りあの藍良《あいら》で間違《まちが》いない。

『その子、おじいさんのお孫さん？』

「いや……なんていうか。説明するのが難しいんだ」

事実、諸々《もろもろ》の書類を確認《かくにん》しても、彼女《かのじょ》の存在を一言で表すのは不可能だ。

藍良《あいら》は祖父と血縁関係《けつえんかんけい》がない、どころの騒《さわ》ぎじゃなかった。戸籍《こせき》すら持っていなかったのだ。

俺《おれ》は藍良《あいら》を祖父の養子だと考えていた。だが祖父は、冒険家《ぼうけんか》として各国を飛び回っているためか、養子縁組《ようしえんぐみ》の法的手続きをしていなかったらしい。

祖父が藍良《あいら》をどこで見つけ、どのような経緯《けいい》で娘《むすめ》としてあずかったのか？　行政機関にまともな記録は残っていない。藍良《あいら》は国籍《こくせき》がないし、親が誰《だれ》かもわからない。まさか不法入国者？　だとしたら人道的な理由があったのだとは思うのだが……実態はやはり不明だ。

日本では就学援助《しゅうがくえんじょ》により、無戸籍《むこせき》でも義務教育を受けられるため、その点は問題なかったようだ。彼女《かのじょ》は現に、小学校と中学校にちゃんと通っている。

だが高校となると、事情は変わってくる。彼女《かのじょ》の存在は、教育機関にとって問題児以外のなにものでもない。彼女《かのじょ》は隠《かく》し子《ご》のようなものなのだ。扱《あつか》いに苦労することが目に見えている。

「……まあ、とりあえずは、祖父の子どものように育てられた子って認識《にんしき》で合ってると思う」

『さっくん、たしかさ、先生と生徒が親族だと普通《ふつう》は同じ学校に通えないんだよね？』

「よく知ってるな」

『私が好きだった高校球児がさ、父親が監督《かんとく》を務める野球部で、甲子園《こうしえん》で活躍《かつやく》したことがあったんだ。その父親は教員でもあるから、子どもが同じ学校に入学することに問題があったみたいで。でも最終的には許可されたんだって。子どもの才能を伸《の》ばすためにってことで』

自治体の方針にもよるのだが、教師と生徒が親族の場合は、倫理的《りんりてき》な観点から問題視される場合が多い。教師の親が生徒の子にテストの内容を漏洩《ろうえい》するといった事例も過去にあった。

だが祭里《まつり》が言ったように、たとえばスポーツ校では生徒の才能を考慮《こうりよ》した例もある。もちろんこれは、あくまで例外的な措置《そち》だ。

『さっくんの悩《なや》みって、そのこと？　その子が同じ学校に入学してくるから、教育委員会に文句言われちゃってほかの学校に異動させられそうになってるとか』

「ああ、いや。そうじゃない。俺《おれ》は、法的にはその子の親族じゃないからな」

『ふうん？　難しいことはわかんないから、三文字でまとめて？』

できねえよ。

代わりに、できるだけ言葉を選びながら悩《なや》みを伝えた。

過去、俺《おれ》は藍良《あいら》と一緒《いっしょ》に遊んだりと、仲良くなった。だが、今は疎遠《そえん》になってしまっている。

俺《おれ》は祖父から藍良《あいら》を頼《たの》むと言われたのに、なにもしてあげられていない。祖父は怒《おこ》っているかもしれない。いや、怒《おこ》っているならまだマシだ。幻滅《げんめつ》され、嫌《いや》みもなにもない、赤の他人を見るような無機質な目を向けられたらと思うと、怖《こわ》くて今さら顔を出せない。

そんな祖父の娘《むすめ》がこの春、俺《おれ》が勤める高校に進学する。

新入生のクラス分けはすでに済んでいる。その結果、藍良《あいら》は俺《おれ》が担任するクラスに入ることも決まっていた。

学校のクラス分けは、スポーツのドラフト会議と同じだと関係者の間ではよく言われる。どの生徒を自分のクラスに迎《むか》え入《い》れたいか、ひとりひとり選んでいく。優良児から選ばれていって、残るのが問題児。今回、最後に残ったのが彼女《かのじょ》、星咲藍良《ほしざきあいら》だった。

そして俺《おれ》は、藍良《あいら》を自分のクラスに入れることに決めた。

なぜかと問われたら、罪悪感しかないだろう。祖父から頼《たの》まれたのに、これまで会いにいけなかったことの後ろめたさ。間違《まちが》っても正義感なんかじゃない。これは贖罪《しょくざい》でしかない。

藍良《あいら》が教え子になったら、祖父にまた会いにいく理由を作れる。生徒と保護者の三者面談で、学校で祖父と会う機会もできる。そのときは、俺《おれ》に勇気が出せるのなら、謝《あやま》るつもりでいる。

ごめん、と。俺《おれ》はまだ、ドングリのままだったと。

『そっか』

電話越《でんわご》しで、祭里《まつり》は小さく息をついた。ちょっと悩《なや》ましげに聞こえた。

『その子……藍良《あいら》って名前なんだ。女の子だったんだ』

そこをツッコむのかよ。

『私、さっくんのおじいさんのことは聞いてたけど、その子のことは一度も聞いたことなかったよ？　なんでだろ？』

「知らねえよ」

『さっくんにとって初恋《はつこい》の子だったからだよね？』

「ちげーよ。そもそも当時、彼女《かのじょ》は幼稚園児《ようちえんじ》だぞ」

『ロリコンだったってことだよね？』

「もっとちげーよ！」

『さっくん、ぺったんこの幼女が好きだったんだ……飲まなきゃやってらんないじゃん！』

酔《よ》っ払《ぱら》いの相手は面倒《めんどう》だ……。

『ふんだ。もう別れてるし、なんだっていいですけどー』

スネてる。本当、面倒《めんどう》くさいことこの上ない。

『でもまあ、さっくんから学校の裏側を聞けて新鮮《しんせん》だったかな』

裏側の話なら、まだ残っている。クラス分けのドラフトは、トレードや抱《だ》き合《あ》わせも一緒《いっしょ》に行われる。俺《おれ》は一番の問題児をあずかる代わりに、一番の優良児ももらったのだ。

その子は新入生総代だ。名前をたしか、泉水流梨《いずみるり》といった。

『ね、さっくん。大丈夫《だいじょうぶ》だよ』

祭里《まつり》は不意に言った。

『さっくんはなにもかもうまくいくよ。辛《つら》いこともあるだろうけど、辛《つら》い分だけがんばれば、絶対に報《むく》われるよ。寂《さび》しかったら私が裸《はだか》の写真送ってあげるからね？』

いらねえんだよ。恋《こい》しくなるからマジでやめろ。

『一緒《いっしょ》に旅行いってくれるなら、見るだけじゃなくてさわってもいいからね？』

「……………」

『じゃあね、さっくん。誕生日おめでとう。ばいばい』

そう最後に言い残し、電話が切れた。

三月下旬《げじゅん》のこの休日は、ちょうど俺《おれ》の誕生日だった。祭里《まつり》よりもずっと遅《おそ》く、二十六歳《さい》になった。祝われたのは、妹のぞんざいなメッセージをのぞけば、俺《おれ》が早生まれだからってなにかにつけてお姉さん風《ふ》を吹かせる彼女《かのじょ》が初めてだった。

焦《こ》げ臭《くさ》い匂《にお》いが鼻をつく。長電話のせいで放っておかれた網《あみ》の上の焼きおにぎりが、焦《こ》げおにぎりと化していた。見た目はもはやただの炭だ。

祭里《まつり》め……なにが、うまくいくだ。むしろうまくいってねえじゃねえか。

なのに気分はそれほど悪くなかった。俺《おれ》はシメの焼きおにぎりを諦《あきら》め、帰りの時間を計算に入れながら残った薪《まき》をくべることにした。なんとなく、すべて燃やしたくなった。

癒《い》やしの炎《ほのお》を眺《なが》めながら、俺《おれ》は藍良《あいら》のことを考える。

新入生のためのオリエンテーションは、もうすぐ始まる。そこで入学手続きの受付、体操服の採寸、教科書の購入《こうにゅう》、そして生徒証のための写真撮影《さつえい》が行われる。

俺《おれ》はその日に、彼女《かのじょ》と再会を果たすことになるのだろうか？　顔を合わせなかったとしても、撮影《さつえい》した写真で成長した彼女《かのじょ》の姿を拝むことになるのだろうか……？

再びスマホが鳴った。……また祭里《まつり》？　言い忘れたことでもあったのか？　一緒《いっしょ》に旅行にいく気はさらさらないけどな。ほんとだからな！

そう念を押《お》しながら確認《かくにん》すると、相手は母親だった。

俺《おれ》は驚《おどろ》きを隠《かく》せない。親からの連絡《れんらく》なんて、いつ以来だろう。大学時代にはよくあった。俺《おれ》を心配して、というより監視《かんし》のために。だが最近はめっきりなくなった。社会人になった俺《おれ》を信用して？　いや、諦《あきら》めたんだろう。

とにかく、いつ以来かわからないくらい久々の、親からの電話だ。

……嫌《いや》な予感がする。

俺《おれ》は、予感が当たらないでくれと願いながら、電話に出る。


連絡内容《れんらくないよう》は、祖父の訃報《ふほう》だった。

旅先で発作《ほっさ》を起こし、そのまま心不全で亡《な》くなった――

いつだって、良《い》い予感は当たらないのに、嫌《いや》な予感は当たるんだ。

なあ、祭里《まつり》。やっぱり、なにもかもが、うまくいってねえよ。

目の前の炎《ほのお》が、どこかくすんで見え、俺《おれ》をあざ笑ったように映った。

俺《おれ》はキャンプを中止した。ちょうどいい時間のバスがなかったため、最寄《もよ》り駅《えき》までタクシーで向かい、バックパックを担《かつ》いだまま電車に乗《の》り込《こ》み祖父の家に急行した。

ほかの親族も集まるらしい。祖父は旅先——海外で亡《な》くなったため、遺体に関する手続きが複雑になる。その処理のための親族会議が行われる。

俺《おれ》にとっては、そんな会議はどうでもいい。ただただ、信じられない。あの祖父が死んだなんて、納得《なっとく》できない。

なあ、じいちゃん。なんでだよ。憎《にく》まれっ子《こ》世にはばかるってのは、ウソだったのかよ？

冒険家《ぼうけんか》には危険がつきまとう。いつだって死と隣《とな》り合《あ》わせにある。祖父は自分でもそう話していた。じゃあ酔狂《すいきょう》にも映るそんな職業に、祖父はなぜ就《つ》いたのか？

俺《おれ》はいつかこう教わった。

祖父が最初に冒険《ぼうけん》というものを意識したのは、学生時代に伊能忠敬《いのうただたか》のことを知ったかららしい。江戸《えど》時代に日本国中を測量して回った地理学者で、大河ドラマの候補にもなっているほどの偉人《いじん》だ。その記念館が、通っていた学校の近くにあったことが影響《えいきょう》したようだ。

とはいえ、祖父も最初は公務員を目指していた。公僕《こうぼく》一族のもとに生まれたわけで、祖父もまた若い頃《ころ》は、特に疑問も抱《いだ》かずにそのレールの上を歩んでいたようだ。

だがひとつだけ、祖父には異色の経歴があった。

祖父は大学を卒業してすぐ、青年海外協力隊に参加した。開発途上国《かいはつとじょうこく》からの要請《ようせい》に基《もと》づいて派遣《はけん》される国の事業だ。ボランティアと同様、いやそれ以上にその活動は就職に有利に働く。恩師の勧《すす》めだったそうだが、当時の祖父はあくまで就職のためで、国際ボランティアの意識は低かったようだ。

だが、その活動によって、祖父の価値観は180度変わることになる。

帰国した祖父は、待っていたエリートコースを自ら外れ、地方の役所に勤めた。

理由は、そのほうが気兼《きが》ねなく余暇《よか》を利用できるから。その時間でボランティア活動に入《い》れ込《こ》みたかったからだ。原則的に副業を禁じられている公務員だが、ボランティアなら行える。二足のわらじってやつだ。公務員のマラソンランナーがいたが、そんな感じかもしれない。

不景気の昨今と違《ちが》い、好景気だった頃《ころ》の公務員は部署にもよるのだろうが、休みが多かったそうだ。遊んでいても国民のヘイトを集めなかった時代、俺《おれ》からすれば天国だ。

なのに祖父は、遊ぶどころか余暇《よか》をすべてボランティア活動に捧《ささ》げていたらしい。その精力には舌を巻く。青年海外協力隊の活動は、それほど祖父にとってブレイクスルーになったのだろう。

だから祖父は、国内だけではなく海外にも足繁《あししげ》く通っていた。開発途上国《かいはつとじょうこく》のインフラ整備、難民キャンプの医療援助《いりょうえんじょ》、地球温暖化対策のための南極地域観測協力まで行っていた。

すると、いつしか周囲は祖父のことを冒険家《ぼうけんか》と呼ぶようになったという。

冒険《ぼうけん》とは芸術活動であり、観光旅行であり、アウトドアスポーツ。それ以外にも、ボランティア活動でもあったようだ。

その頃《ころ》の祖父はあくまでアマチュア冒険家《ぼうけんか》だった。冒険《ぼうけん》を生業《なりわい》とするのではなく、趣味《しゅみ》の延長でしかなかったのだ。

だが祖父の活動が世間に知られるようになると、続々とスポンサーがつくようになった。慈《じ》善事業家《ぜんじぎょうか》に支援《しえん》することは企業《きぎょう》のブランドイメージが高まるため、そういった例はめずらしくないらしい。要は企業《きぎょう》の広告塔《こうこくとう》だ。

祖父は迷ったそうなのだが、最後には支援《しえん》を受け入れるために公務員を辞《や》め、アマチュアではなくプロの冒険家《ぼうけんか》に転身した。

そのせいか、祖父はこんなことを言っていた。

金が欲《ほ》しいならタダ働きをしろと。

わからないでもない。学歴よりもボランティア歴を重視する企業《きぎょう》は年々増えている。一流企《き》業《ぎょう》に就職しやすいし、出世もしやすいだろう。

語弊《ごへい》がありそうだから補足するが、祖父は拝金主義者じゃない。スポンサーからの支援《しえん》は冒《ぼう》険《けん》のため、ひいては慈善事業《じぜんじぎょう》のための費用を得ることだけが目的だった。

祖父は前人未踏《ぜんじんみとう》の記録を目指すスポーツに近い冒険家《ぼうけんか》じゃない。ボランティアを主として、旅先で写真を撮《と》り、その記録を本にして出版していた。冒険家《ぼうけんか》というよりも、写真家や作家に近かったのかもしれない。

その写真集や書籍《しょせき》も、冒険論《ぼうけんろん》を謳《うた》ったご大層な著作はひとつもなかった。旅行記を面白《おもしろ》おかしくまとめた、エンタメ本ばかりだった。

そんな中で、難民や貧困者《ひんこんしゃ》といった弱者の目線で、弱きを助け強きをくじく精神を込《こ》めていた。俺《おれ》もその作風が好きだった。

まあぶっちゃければ、俺《おれ》が祭里《まつり》を好きになったのは、祖父のそういったところに似ていたからだ。祖父は嫌《いや》みで、祭里《まつり》は天然って違《ちが》いはあるんだけど。

そういえば、祖父はこんなことも言っていた。

感動は人を変える。笑いは人を潤《うるお》す。そして夢は、人を豊かにするのだと。

そんなふうに気取っていた祖父は、やらない善よりやる偽善《ぎぜん》という言葉を座右《ざゆう》の銘《めい》にしていて、写真集や書籍《しょせき》で稼《かせ》いだ金の多くも当然のように寄付に回していた。

だからまあ、結局のところ俺《おれ》が主張したいのは、なにかと言うと。

じいちゃん。あんたは、死んでいい人間じゃなかった。

早すぎるよ。まだ七十代だったじゃねえかよ。

なんで平均寿命《へいきんじゅみょう》も生きられてねえんだよ……。

◎その2

千葉県香取市《かとりし》沢原《さわばら》——

歴史を感じさせる、風情《ふぜい》あるその町並みは、関東で初めて重要伝統的建造物群保存地区に選定されている。それがどの程度のものかわかるなら、地理歴史講師になる資格がある。

俺《おれ》は学校の通学路になっていた時期があり、この独特の町並みも慣れ親しんでいた。伊能忠敬《いのうただたか》記念館も建っており、一度くらい足を運んでも損はしない観光地なんじゃないだろうか。

ともあれこの町が俺《おれ》の故郷であり、祖父が冒険家《ぼうけんか》に転身したあとに家を構えた土地だった。

それだけじゃない。俺《おれ》が勤める学校——千葉県立沢原《さわばら》高等学校、通称沢高《つうしょうさわこう》も、この町にある。

べつに俺《おれ》が志望したわけじゃない。最初に採用された学校から異動になっただけだ。公立の教員に限らず、若手の公務員は国の方針によって三年程度で職場が代わることになる。

そして俺《おれ》はなんの因果か沢高《さわこう》に配属された。ここは俺《おれ》の母校であり、祖父の母校でもある。

この沢原《さわばら》は、先ほどまでソロキャンプをしていた成田《なりた》から電車で三十分程度だ。俺《おれ》がいま住んでいるアパートも成田《なりた》なので、通勤はそれに徒歩二十分程度を加えた時間になる。

だからこの町は、社会人になった今でも足を運んでいる。なのに俺《おれ》は、これまで祖父の家に立ち寄らなかったし、実家にも顔を出さなかった。どちらの住所も学校に向かう方向とは異なっていた。だから親族と偶然《ぐうぜん》、道中で顔を合わせることもなかった。

俺《おれ》は沢原駅《さわばらえき》に降りると、今となっては邪魔《じゃま》でしかないバックパックを駅のロッカーに強引《ごういん》に押《お》し込《こ》んで、祖父の家へと足早に向かった。

道は覚えている。足が遠のいていたとはいえ、忘れるわけがない。

駅から東に向かうと、小野川《おのがわ》に出る。そのまま川沿いを北に進み、利根川《とねがわ》方面に向かっていくと、田園風景が視界に入るようになる。それを横目にさらに歩くと、今度は河川敷《かせんじき》が見えてくる。高校時代の家出キャンプ——河川敷《かせんじき》キャンプを思い出すが、感慨《かんがい》に浸《ひた》る余裕《よゆう》はない。

そうして俺《おれ》は、約十年ぶりに祖父の家の前に立った。

外観はどこも変わっていなかった。想《おも》い出《で》のままだった。その事実にある種の感動を覚えた。そんな余裕《よゆう》はないはずなのに、俺《おれ》の心は震《ふる》えていた。

祖父の家は平屋で、二階がない。敷地《しきち》の多くを占《し》めているのは、広大な庭だ。中古物件を破格の安値で買ったらしい。祖父はもともと、この町の出身じゃない。だから俺《おれ》の両親は、祖父が近くに引《ひ》っ越《こ》してきたことであからさまに嫌《いや》な顔をしていた。

俺《おれ》は一度大きく息をついて、玄関《げんかん》に向かおうとした。

だが、足は動いてくれなかった。祖父の死を現実として受け止められないせいで、自律神経が異常をきたしていた。

祖父の遺体は旅先の病院にあると聞いている。海外なので、日本に遺体が送られるまでにまだ時間がかかるだろう。だったら、ここを訪《おとず》れるのは今日じゃなくていいんじゃないか？

親族会議と言ったって、どうせ内容は祖父に対する愚痴《ぐち》だけだ。死んでまで面倒《めんどう》かけるな、遺体の引き取りだって手間がかかるんだぞ。どうせそんなところだ。

そんな場に俺《おれ》が居合わせたところで、なんになる？　ていうか俺《おれ》、そんな会議に耐《た》えられるのか？　むしろ感情的になって、どいつもこいつもぶん殴《なぐ》ってしまいそうだ。

「いや……そんなのは、建前か」

俺《おれ》は結局、藍良《あいら》と顔を合わせるのが怖《こわ》いんだ。

再会が、こんな最悪なタイミングになるだなんて。どの面《つら》下げて会えばいいんだよ。うまい方法があるなら教《おし》えて欲《ほ》しい。

祭里《まつり》に相談したって、自撮《じど》りの裸《はだか》を送ると言うだけだろうし。それも癒《い》やされるだろうけどさ。でも祭里《まつり》は、そんな写真を本当に送ったことは一度もない。焦《じ》らしプレイだ。あいつは間《ま》違《ちが》いなく調教好きのサドだ、きっと人の世話を焼くのは食材を焼くのと同じだと考えている。

思《おも》い悩《なや》んだ末、俺《おれ》は正面玄関《しょうめんげんかん》ではなく裏口に向かうことにした。

そこは庭とつながっている。この家は正面ではなく裏手に回ると庭に出る造りになっている。

……家じゃなく、庭を訪《おとず》れることを選んだのは、なぜだろう？

その答えを見つけるよりも先に、俺《おれ》の視界に誰《だれ》かが映った。キャンプ場のように広がる庭の片隅《かたすみ》に、しゃがんでいる少女の後ろ姿が見えた。

少女の前には、一匹《ぴき》の猫《ねこ》がたたずんでいた。……こんな猫《ねこ》、いたか？　記憶《きおく》をたどるが、出てこない。俺《おれ》がこの家に通わなくなったあとに飼ったんだろう。

少女の後ろ姿は、寂《さび》しそうに見える。その心情が猫《ねこ》にも伝わっているのか、労《いたわ》るように彼女《かのじょ》の手をぺろぺろ舐《な》めていた。

彼女《かのじょ》はそんな猫《ねこ》の様子を、ただじっと眺《なが》めているようだった。あたかも、癒《い》やしの焚《た》き火《び》を眺《なが》めるように。

俺《おれ》は少し移動して、少女の横顔を視界に入れた。

新雪と見まがうほどの綺麗《きれい》な肌《はだ》。整った長いまつ毛に、青空のように透《す》き通《とお》った瞳《ひとみ》。自由を象徴《しょうちょう》したかのような、スカイブルー。

（……そうか）

後ろ姿を確認《かくにん》した瞬間《しゅんかん》に、そうだろうと思っていた。

その流れる長髪《ちょうはつ》はまるで青空の下の銀世界で。想《おも》い出《で》の中では幼いままだったのに。ハッとするくらい美麗《びれい》なその横顔は、俺《おれ》の想像以上だった。

この春から高校生になる星咲藍良《ほしざきあいら》は、光のごとく成長していた――

「煙《けむり》の匂《にお》い……」

藍良《あいら》はぽつりと、つぶやいた。

「お父さんと、同じ匂《にお》いがする……」

藍良《あいら》は猫《ねこ》の頭をお礼のように撫《な》でたあと、立ち上がった。

そして、俺《おれ》と向かい合う。

正面から見ると、その美貌《びぼう》はますます際立《きわだ》つ。顔だけじゃない、身体《からだ》のほうも過去よりずっと大人びている。スレンダーなのに、柔《やわ》らかそうな肉付き。服の上からでも、胸のふくらみがわかる。服で隠《かく》れていない箇所《かしょ》の素肌《すはだ》の瑞々《みずみず》しさもわかる。

幼女だった彼女《かのじょ》はまだかわいらしいだけだったのに、十五歳《さい》になった彼女《かのじょ》は少女の中に女の美しさが見《み》え隠《かく》れしている。大人と子どもの魅力《みりょく》が混在している。

そのせいか、背徳感が湧《わ》く。なにをしても彼女《かのじょ》を穢《けが》してしまうような気に駆《か》られる。

「あなたは……誰《だれ》？」

その声も想《おも》い出《で》よりも大人びていて、だけどやっぱり幼さも残っていて、そのアンバランスこそが思春期特有のものなのだと、女子高生を教え子に持つ高校教師の俺《おれ》は復習させられた。

俺《おれ》は彼女《かのじょ》の質問にとっさに答えられなかった。彼女《かのじょ》がすぐに俺《おれ》を見《み》取《どり》桜人《さくらと》だと認識《にんしき》するのは難しい。あれから十年くらい経《た》っているし、俺《おれ》の風貌《ふうぼう》は彼女《かのじょ》と違《ちが》って特徴《とくちょう》があるわけじゃない。

「ねえ。あなたは、誰《だれ》？」

再度、聞かれる。この間、彼女《かのじょ》の視線は俺《おれ》から一時も外れていない。

「……桜人《さくらと》。見取桜人《みどりさくらと》だよ」

結局、普通《ふつう》に自己紹介《じこしょうかい》した。俺《おれ》だとわかってもらうには、名前を名乗る以外になかった。

「そんな人、知らない」

彼女《かのじょ》はそう断じた。

理解した。彼女《かのじょ》は俺《おれ》のことを忘れている。昔、一緒《いっしょ》に庭キャンプをしたことも。

ありうる話だった。その頃《ころ》の彼女《かのじょ》の年齢《ねんれい》を考えれば、むしろ当然の帰結だった。

俺《おれ》はショックを受けていた。祖父の訃報《ふほう》とのダブルパンチで泣きそうだ。

もしも本気で泣いたら、それはいったい、いつ以来の涙《なみだ》になるだろうな……。

「さっくん」

……え？

今、俺《おれ》のあだ名を呼んだのか？

「私は、見取桜人《みどりさくらと》なんて知らない。私が知ってるのは、さっくん」

彼女《かのじょ》はいつしか俺《おれ》をにらんでいた。なにかを耐《た》えるように表情がゆがんでいてさえ、その姿はかわいらしくて美しかった。

「なんで……ずっと、会いに来てくれなかったの。私は、会いたかったのに……。お父さんも、口では言わなかったけど、さっくんに会いたがってたのにっ……」

にらんだ瞳《ひとみ》から、涙《なみだ》がこぼれた。

一粒《ひとつぶ》が頬《ほお》を伝うのを待たず二粒目《ふたつぶめ》が生まれ、その後はもう止まらずに数え切れなくなった。

そんな彼女《かのじょ》に猫《ねこ》がまとわりつき、涙《なみだ》が降る足下《あしもと》をぺろぺろと舐《な》めていた。さっきだって、猫《ねこ》が舐《な》めていたのは彼女《かのじょ》の手じゃなかったのだろう。涙《なみだ》だったのだろう。

その滂沱《ぼうだ》の涙《なみだ》のほとんどが祖父の死に対するものだろう。俺《おれ》とのやり取りで堰《せき》を切ったのは、ほんのキッカケに過ぎない。

だとしても、キッカケになってしまうくらい、ちゃんと思われていたただなんて。俺《おれ》のことを覚えていただけじゃない、待っていてくれたただなんて……。

「……藍良《あいら》、ごめん」

「許さないっ……さっくんなんか、大《だい》っ嫌《きら》い……！」

ああ、そうだな。嫌《きら》われて然《しか》るべきだ。

俺《おれ》、やっぱ、意気地無《いくじな》しだわ。自分で思ってた以上にヘタレだったわ。

だからさ、全部、俺《おれ》が悪いよ。

泣かせたほうが悪いに決まってるんだから……。

親族会議は予想通りの流れだった。親族のやつらを殴《なぐ》らなかった自分を褒《ほ》めてやりたい。

家族が海外で死亡した場合、まず現地の警察から外交官を通して日本の外務省に連絡《れんらく》が届き、そして遺族へとお悔《く》やみ申し上げる流れとなる。

その外務省には親戚《しんせき》の親戚《しんせき》が勤めていて、俺《おれ》にとって目の上のたんこぶであるその官僚《かんりょう》からの連絡《れんらく》なのかは知らないが、祖父の遺体搬送《いたいはんそう》についての手続きを事務的に伝えられたそうだ。

その電話を受けたのが俺《おれ》の母親だ。母は、祖父の実子だ。

母いわく、遺体を日本に搬送《はんそう》するためには、親族が現地に渡航《とこう》して必要な書類をそろえる必要があるとのことだ。

だが親族は、どいつもこいつも動こうとしなかった。自分は仕事があるから渡航《とこう》の時間を取れないやらなにやらと押《お》しつけ合《あ》っていた。母でさえも。

……クソッタレ。この場に藍良《あいら》がいなくて、心底安堵《あんど》したよ。

藍良《あいら》は、親族会議に加わらなかった。いや、加えてもらえなかった。良く言えば、藍良《あいら》の心労を気遣《きづか》って。悪く言えば、未成年の小娘《こむすめ》に口出しして欲《ほ》しくなかったから。

だから俺《おれ》が渡航《とこう》することに決めた。

祖父は、俺《おれ》が連れ帰る。藍良《あいら》の代わりに連れ帰る。大学時代、海外キャンプのために取ったパスポートが役立ってくれた。

藍良《あいら》はパスポートを持っていない。それでも親族なら、旅券の緊急申請《きんきゅうしんせい》という制度を利用できるのだが、藍良《あいら》の場合は身分証明が難しいため発行されるかどうか怪《あや》しいし、発行されるとしても時間がかかる。だから藍良《あいら》は同行できない。俺《おれ》の帰りを待つしかなかった。

藍良《あいら》は可能であれば、ひとりで祖父を迎《むか》えにいったろう。俺《おれ》の同行も拒否《きょひ》しただろう。

思いっきり嫌《きら》われちまったからな……。

◎その3

数日後、俺《おれ》は現地で手続きを終え、祖父を祖国に連れ帰った。

葬儀《そうぎ》も無事に執《と》り行《おこな》うことができた。

形ばかりを整えた、簡素な葬儀《そうぎ》。世間体《せけんてい》を考えただけの儀式《ぎしき》。参列したのを後悔《こうかい》するほど、実にあっさりとしたものだった。

火葬《かそう》のあとの遺骨は、先祖代々の墓に入れられることになる。四十九日法要で納骨する予定だが、俺《おれ》がその墓を参ることはないだろう。

そこに祖父はいない。こんな窮屈《きゅうくつ》で不自由な場所に祖父が留《とど》まるわけがない。

（じいちゃん……そういえば、言ってたな。テントは居場所を得るためにあるんだって）

なんとなくだけど、その意味がわかった気がしたよ。

葬儀《そうぎ》の間、藍良《あいら》は終始気丈《きじょう》に振《ふ》る舞《ま》っていた。表情を動かさず、一言も発さずに。まるで人形のようにして。

祖父が姫《ひめ》と呼び、秘宝だと言った彼女《かのじょ》は、その美しさも幼子の頃《ころ》より成長している。だからなのか、親族の誰《だれ》もが彼女《かのじょ》と接するのを怖《こわ》がっているように見えた。

葬儀《そうぎ》のあとに開かれた親族会議で、保護者を失った藍良《あいら》の処遇《しょぐう》を決めることになり、それが排除《はいじょ》と言うよりほかにない流れになったのもまた、恐怖《きょうふ》を抱《いだ》いていたからなのだろう。

まず始めに、祖父の家を売りに出す話が上がった。未成年の藍良《あいら》は児童福祉法《じどうふくしほう》により、ひとり暮らしをすることができない。誰《だれ》かの保護下に置かれなければならないため、どこかの家庭に引き取られることになる。この家を処分するのは必然の流れになる。

遺産相続の関係もある。家を売ったほうが分割《ぶんかつ》がしやすいのは、たしかにその通りだ。

祖父は遺言書《ゆいごんしょ》を残していなかった。命の危険がある冒険家《ぼうけんか》なので、逆に遺言《ゆいごん》なんて縁起《えんぎ》が悪いと思ったのだろうか。俺《おれ》だってこんな形で亡《な》くなるなんて想像だにしなかった。

祖父の死因は心不全だ。おそらく過労から来るものだろうと、診断《しんだん》した現地の医者から聞かされた。外国人である俺《おれ》にもわかるよう、とても簡単な英語で教えてくれた。

こんな話になるのは、つまるところ祖父の遺産がそれなりに大きかったからだ。

祖父は金融資産《きんゆうしさん》を効率的に運用していた。顔が広い祖父なので、良きアドバイザーがいたのだろう。葬儀《そうぎ》は身内だけで行ったが、そうでなければ大勢の参列者が集《つど》ったはずだ。

祖父がこうして大きな資産を残したのは、愛娘《まなむすめ》のようにかわいがっていた藍良《あいら》のために違《ちが》いない。もし祖父に遺言《ゆいごん》を残す時間が残されていて、全財産を藍良《あいら》にあげるとでも言ってくれていたなら、いけ好かない親族に遺産は渡《わた》らなかったのに。

（いや……違《ちが》う。そうじゃないんだ）

祖父はべつに、親族を嫌《きら》っていなかった。親族が一方的に、祖父を嫌《きら》っていただけで。なんでだよ。なんであんたは、嫌《いや》みなくせに、そんなに優《やさ》しかったんだ。

おかげで親族はみんなつけ上がって、家を売りに出す話どころか、藍良《あいら》を施設《しせつ》に入れる話までしているよ。

祖父がいなくなった今《いま》、藍良《あいら》には頼《たよ》れる相手が存在しない。親族の誰《だれ》ひとり、藍良《あいら》の面倒《めんどう》を見る気がない。法的な理由すら存在しない。

祖父は、住《す》み込《こ》みの家政婦を雇《やと》っていた。冒険家《ぼうけんか》の祖父は長期間、家を留守にすることがあったため、藍良《あいら》をひとりにしないようにとの措置《そち》だ。その家政婦は皆《みな》にお茶を出したあと、席を外している。今は藍良《あいら》の近くにいるのだろう。児童相談所が斡旋《あっせん》したハウスキーパーだそうで、その人の本職は児童養護施設《じどうようごしせつ》の職員らしい。親族会議の流れは、藍良《あいら》をその施設《しせつ》に引き取ってもらう方向に向かっている。こんな話が、藍良《あいら》を抜《ぬ》きにして進められている。

俺《おれ》、そろそろ我慢《がまん》の限界だよ。いいかげん殴《なぐ》っていいかな？　ああ、わかってる。するわけないだろ、暴力に訴《うった》えた側のほうが悪いのは当然だ。俺《おれ》は教職員だしな。体罰《たいばつ》には特に敏感《びんかん》だ。

俺《おれ》はこれでも、教え子を一度も叱《しか》ったことがないくらいだからな……。

俺《おれ》は適当な理由をつけて、親族会議が行われている客間を中座した。

リビングでは、俺《おれ》の五つ下の妹である彩葉《いろは》が暇《ひま》そうに本を読んでいた。

「あ、お兄ぃ。会議は？」

「途中《とちゅう》で抜《ぬ》けたよ。うんざりして」

彩葉《いろは》もまた大学生ということで、親族会議には同席することができなかった。こういう年功序列が公僕《こうぼく》一族の特徴《とくちょう》なのか？　いや、うちの家系の因習だろう。

「彩葉《いろは》。藍良《あいら》はどうした？」

「自分の部屋にいると思う。ひとりになりたいんじゃないかな。家政婦の人も、藍良《あいら》さんの気持ちを察して自室に戻《もど》っていったよ」

彩葉《いろは》はそこまで言って、本をパタンと閉じた。よく見ると、司法試験の参考書だ。

「お兄ぃ、少し話をさせて。怒《おこ》らないで聞いてね。じゃないと私が困る」

この予防線で、俺《おれ》が怒《おこ》って彩葉《いろは》が困る未来が確定した気がする。

「おじいちゃんは、どんな理由であの子と養子《ようし》縁組《えんぐみ》をしなかったと思う？　養子どころか里子にすらしなかったのは、なんでだと思う？」

「……冒険家《ぼうけんか》の仕事がいそがしかったからだと思ってたけど」

「その程度の理由？　親族のみんなが、仕事がいそがしくておじいちゃんを迎《むか》えにいけなかったことと同じだって言うの？」

言われてみると、祖父はあれだけ藍良《あいら》を愛していたのだから、こういった事態に備えて法的に守ることも考えていたはずだ。

日本の児童福祉法《じどうふくしほう》は、子どもの権利条約に則《のっと》っているので国籍《こくせき》の有無《うむ》を問わない。どんな子どもも必要な福祉《ふくし》を受けることができる。里親制度はその代表的な例だ。

無国籍者《むこくせきしゃ》の藍良《あいら》を養子にするのは難しくても、里子にすることはできたはずだ。祖父には優《ゆう》秀《しゅう》なアドバイザーだっていたはずだし、手続きに関して困ることもない。

なのになぜ、祖父はそれをしていない……？

「私は、おじいちゃんとはほとんど会ったことがなかったから、どんな人なのか知らない。だから悪く言いたくはないんだけど……ちょっと無責任だと思う」

「………」

「ううん、ちょっとじゃない。かなり無責任よ。おじいちゃんは保護者としての義務をなにも果たしていない。そこにどんな理由があるにせよ、私はおじいちゃんが悪いと思う」

彩葉《いろは》は髪先《かみさき》を指でクルクル回した。妹のクセだ。

「おじいちゃん、ほんとにあの子を愛してたの？　かわいがってたのかもしれないけど、ペット感覚で誰《だれ》かの子を引き取っただけなんじゃないの？　里親が里子をそんな気持ちであずかって、気に入らないことがあるとストレスのはけ口にするケースは存在する。男性の里親が女性の里子に性的に乱暴する事案すら発生してる。だから、もし虐待《ぎゃくたい》が疑われるなら……」

「やめろ」

自分でも驚《おどろ》くほど低い声が出た。

「言い過ぎだ。いくらおまえでも許さない」

彩葉《いろは》の表情が青ざめ、瞳《ひとみ》が激しく揺《ゆ》れた。

「……お、お兄ちゃん、怒《おこ》った？」

彩葉《いろは》は動揺《どうよう》すると、子どもの頃《ころ》のようにお兄ちゃん呼びに戻《もど》る。

「ご、ごめん……たしかに言い過ぎたかも。気に障《さわ》ったなら謝《あやま》る……。私は悪くないけど、お兄ぃと違《ちが》って大人だからちゃんと謝《あやま》る」

最後の一言いらなくね？　火に油を注いでね？

まあ彩葉《いろは》が髪先《かみさき》を指でクルクル回した場合、それは本心じゃない。ウソをつくときのクセだ。

だから彩葉《いろは》も、本気で虐待《ぎゃくたい》を疑っているわけじゃない。

「おまえ、そんなこと思ってないくせに、なんでわざとウソつくんだ？」

「う、ウソじゃない。なにをもってしてウソと言うのか証明してみせてよねっ、背理法《はいりほう》または数学的帰納法《すうがくてききのうほう》で！」

難解で学生に嫌《きら》われてる証明法のトップ1と2じゃねえかよ。

「お兄ぃが好きだったおじいちゃんのこと……べつに知りたいわけじゃないんだけど……お兄ぃしか知らない情報があるのが気に食わないから……それだけよっ」

どんな証明法よりもわかりやすい回答だ。

そもそも俺《おれ》は、彩葉《いろは》を責める資格がない。俺《おれ》のせいで、妹は背負わなくていい面倒《めんどう》な荷物を背負っている。両親の期待という、俺《おれ》が捨てた呪《のろ》いを。

「俺《おれ》、藍良《あいら》のところに行ってくるよ」

リビングを出ようとすると、彩葉《いろは》が慌《あわ》てて引き留めた。

「待ってよ！　お兄ぃ、藍良《あいら》さんに嫌《きら》われてるよね？」

藍良《あいら》の態度を見ていれば、彩葉《いろは》も簡単に気づくだろう。

「私が見る限り、お兄ぃがあの子に会いにいっても、無下にされる確率が高いよ？」

「そうかもな。でも、話すくらいできるだろ」

「私が計算する限り、話すらできない確率99％。当選確率はわずか1％」

「そこまでかよっ」

「こういうときってナイーブになるものだし、藍良《あいら》さんだって今日くらいひとりになりたいはずよ。私たちもそうさせてあげたほうがいい。うん、一般論的《いっぱんろんてき》には絶対そう」

「テンプレで話すなよ……おまえの悪いクセだぞ」

「お、お兄ぃのくせに生意気」

生意気なのはどっちなんだか。彩葉《いろは》はまた、髪先《かみさき》を指でクルクル回していた。

「お兄ぃの呪《のろ》いってさ……本当は家族じゃなくて、おじいちゃんなんじゃないの？」

「…………」

「お兄ぃが藍良《あいら》さんをやけにひいきするのって……おじいちゃんにありもしない義理を感じて、

ムキになってるだけなんじゃないの？」

俺《おれ》は反論しそうになって、どうにかこらえた。彩葉《いろは》は本心で言っているんじゃない、クセのおかげでそれがわかる。今だけじゃない、こういったことは過去にもよくあった。

なあ彩葉《いろは》。実はおまえ、そのクセ、自分でも気づいてるんじゃないか？　あえてクセを見せて、俺《おれ》に隠《かく》れた意図を酌《く》み取《と》るように促《うなが》しているのなら、とんでもないツンデレ妹だ。

「……ありがとうな」

「な、なにそれ。お礼の意味がわかんない」

「天才のおまえにもわからないことがあるんだな」

「私が天才なのは間違《まちが》いないけど、天才だからこそわからないこともあるのよ。そんなこともわからないお兄ぃはやっぱり凡人《ぼんじん》ね」

彩葉《いろは》、あまり髪先《かみさき》をクルクルしてると、抜《ぬ》け毛《げ》がひどくなるぞ。

俺《おれ》は藍良《あいら》の部屋の前に立ち、ノックする。だが、いくら待っても反応は返ってこない。

試《ため》しにドアノブに手をかけると、すんなり回った。カギはかかっていない。

……さすがに、勝手に入るわけにはいかないな。相手は年頃《としごろ》の女子だ。これでも仕事で女子高生を指導しているわけで、分別は必要以上にわきまえている自負がある。

「ジャー」

……え？　ジャー？　足下《あしもと》から、聞き慣れない声が聞こえた。

見ると、いつの間にやら猫《ねこ》がいる。名前は知らないが、この家の飼《か》い猫《ねこ》だ。さっきのは鳴き声だったらしい。

猫《ねこ》はおもむろに、俺《おれ》のズボンの裾《すそ》にガリガリと爪《つめ》を立てた。

「ちょっ、やめろ！　ほつれるだろ！」

俺《おれ》の言い分を聞いてくれたのか、猫《ねこ》は一声鳴いて離《はな》れていった。そして今度は、隣《となり》の部屋のふすまをペタペタと肉球でタッチした。

なんで俺《おれ》のときは爪《つめ》を立てたんだ……という文句はさておき、そこは祖父の部屋だ。

なんだ？　この中に、藍良《あいら》がいるとでも？　女子の部屋とは違《ちが》い、ここなら構える必要もなく入室できる。遺品整理のために、すでに何度か入っている。

だが、祖父の部屋にも藍良《あいら》はいなかった。肩《かた》すかしだ。

部屋の奥《おく》には仕事机、片方の壁《かべ》には本棚《ほんだな》がずらりと並び立ち、もう片方の壁《かべ》にはクローゼットと収納棚《しゅうのうだな》、そこにギアを始めとする冒険用品《ぼうけんようひん》が保管されている。

収納棚《しゅうのうだな》の扉《とびら》が、開けっぱなしになっていた。俺《おれ》と一緒《いっしょ》に入室した猫《ねこ》が、その棚《たな》にぴょんと飛び乗った。つられて俺《おれ》ものぞき込《こ》む。

俺《おれ》は違和感《いわかん》を覚えた。ここにあるはずのものが、ない。

「まさか……」

いつしか猫《ねこ》はいなくなっていた。もしかしたらと思い、祖父の部屋を出て玄関《げんかん》に足を向けると、すでに猫《ねこ》がスタンバっていた。まるで俺《おれ》が追ってくるのを見越《みこ》したように。

なんだこの猫《ねこ》……勘《かん》が良すぎないか？　この猫《ねこ》も、じいちゃんの家族だったってことか……。

「ジャー」

ニャーでもシャーでもなく、ジャーなんてわけのわからない鳴き声に気を取られている場合じゃない。玄関《げんかん》を確認《かくにん》すると、やはり藍良《あいら》の靴《くつ》がない。藍良《あいら》はこっそり外出したのだ。祖父の部屋にあったはずの、キャンプ道具が入ったバックパックを背負って。

庭キャンプで使っていたギアは、ウッドデッキや倉庫のほうにある。藍良《あいら》が持って出たのは、祖父が愛用していた冒険用《ぼうけんよう》のバックパック。俺《おれ》が、祖父の遺体と一緒《いっしょ》に持ち帰ったものだ。中には非常食も入っているし、家出をするには充分《じゅうぶん》な装備だろう。

その行為《こうい》はまるで、親族会議に対する反抗《はんこう》……。

「ジャー！」

猫《ねこ》はひときわ高く鳴いた。つられて俺《おれ》が玄関《げんかん》の扉《とびら》を開けると、猫《ねこ》は待ちかねたように外に飛び出していった。

藍良《あいら》のところまで案内してくれるのだろうか？　とはいえ俺《おれ》も、藍良《あいら》の行き先に見当がついている。祖父のバックパックを持っていったのなら、キャンプができる場所を探すはずだ。そしてここから最も近いキャンプ場は、家の庭をのぞけば利根川《とねがわ》の河川敷《かせんじき》になる。

庭を確認《かくにん》したが、誰《だれ》もいない。藍良《あいら》はやはり河川敷《かせんじき》に向かった可能性が高い。

猫《ねこ》は、早く来いと言わんばかりにもう一度ジャーと鳴いた。それから一目散に走っていく。

俺《おれ》はすぐに追いかけた。利根川《とねがわ》の河川敷《かせんじき》は広い。この猫《ねこ》がもし犬のように藍良《あいら》の匂《にお》いをたどれるのなら、俺《おれ》ひとりで探し回るよりずっと効率がいい。

猫《ねこ》は足が速かった。俺《おれ》は全力で走り、息を切らしながら利根川《とねがわ》の河川敷《かせんじき》に着いた。ソロキャンプが趣味《しゅみ》とはいえ、日頃《ひごろ》の運動不足は否《いな》めない。

土手の上から藍良《あいら》の姿を探す。どうにか人影《ひとかげ》は確認《かくにん》できたが、距離《きょり》が離《はな》れているせいでそれが誰《だれ》かは判然としない。

河川敷《かせんじき》は原則、自治体の許可を得なくても自由に使用できる。とはいえ、限度はある。公園だったり野球場だったりと、施設化《しせつか》しているところは運営者の許可が必要になる。ほかにも、ハザードマップで危険区域に指定されていたら立ち入り禁止になっている場合がある。

だがこのあたりは、散策や魚釣《さかなつ》りが自由化されている。ミニキャンプをしても、誰《だれ》にも咎《とが》められることがない。だから俺《おれ》も高校時代、この河川敷《かせんじき》でキャンプをしていた。

冒険家《ぼうけんか》の祖父に憧《あこが》れていたことだけが理由じゃない。一番の理由は、教育に熱心な親のプレッシャーから逃《に》げるためだった。

嫌《いや》なことがあったら、俺《おれ》はテントを隠《かく》れ家《が》と呼称《こしょう》し、幼い反抗心《はんこうしん》で家出キャンプをしていた。本当に家出をしていたわけじゃない。泊《と》まりはしないし、休日が限定だし、あえて平日を選ぶなら両親の帰宅が仕事で遅《おそ》くなるのを見計らっていた。

一泊《いっぱく》はもちろん、夜遅《よるおそ》くに家に戻《もど》ったら叱《しか》られる。いつもの理論詰《りろんづ》めで。捜索願《そうさくねがい》を出す手間や心労や世間体《せけんてい》の悪さをコストとして計算され、俺《おれ》という人間がそのコストに見合うのか冷徹《れいてつ》に判断され、釣《つ》り合《あ》いが取れないとなればさらなる叱責《しっせき》が飛んでくる。

おまえは最低でも、養育費に見合う働きをしろ。親の顔に泥《どろ》を塗《ぬ》る真似《まね》だけはするなと。

だから俺《おれ》は、親に隠《かく》れて家出キャンプを続けた。秘密基地よろしくテントを張り、パーソナルスペースを確保することで心を安らげていた。

寝袋《ねぶくろ》も好きだった。あたかも弱い自分を守ってくれるようで。現実よさようなら、おやすみなさい。まあ、できるのは昼寝《ひるね》だけだけど。

それでよかった。人に気遣《きづか》うことなくわがままになれればいい。ひとりが許されるこの空間は、自分だけの世界だったのだ。

その間、家でひとりになる彩葉《いろは》は、ちょっと寂《さび》しそうにしていたけどな……。

俺《おれ》がこじらせていたのは自覚している。今だって、思い返すだけで恥《は》ずかしくなる。反抗期《はんこうき》のガキの典型的な思考でしかないのだから。

ちなみにキャンプ道具一式は、祖父からもらった。家に送られてきたのだ。

それは高校の入学祝いだった。俺《おれ》が行きたくもない進学校に合格したことを、祖父はどこからか聞きつけたようだ。

その贈《おく》り物《もの》に親はいい顔をしなかったが、俺《おれ》にとっては宝物になった。結果、生まれたのが家出キャンプ。自由とわがままを履《は》き違《ちが》えてしまったわけだ。

祖父は事前に助言してくれていたのに。権力こそ自由の前提条件なのだと。その権力を勝ち取るために勉強しろと。逃《に》げずに立ち向かえと。要は、自分の力で親を黙《だま》らせろということだ。だから俺《おれ》にキャンプ道具一式を入学祝いで贈《おく》ったのは、逃《に》げ場《ば》を作るためじゃなかった。じゃあ、どんな意図があったのか？　思い当たるのは、ひとつだけだ。

藍良《あいら》を頼《たの》むと頭を下げた、祖父の姿。藍良《あいら》を守るために、俺《おれ》にキャンプの技術を磨《みが》いて欲しかったのだ。

それはつまり、どういうことかと言うと……。

「ジャー！」

猫《ねこ》がまた鳴いた。物思いにふけった俺《おれ》の目を覚まさせるように、高く。そのまま土手を駆《か》け下《お》りていった。

気づけば、すでに陽《ひ》がかたむいている。陽《ひ》が完全に落ちる前に、藍良《あいら》を見つけ出したい。俺《おれ》は夕陽《ゆうひ》で赤く染まった利根川《とねがわ》を横目に猫《ねこ》を追う。

今日の利根川《とねがわ》の水量は多かった。そういえば、最近は雨が続いていた。祖父の訃報《ふほう》を報《しら》された日の夜から、俺《おれ》が渡航《とこう》している間はずっと雨だったらしい。

その天気を、誰《だれ》かの涙《なみだ》のように感じる。水かさが増した川にこれ以上近寄ると、吸《す》い込《こ》まれてしまいそうになる。悲しみの涙《なみだ》に溺《おぼ》れてしまいそうになる。

俺《おれ》は結局、藍良《あいら》と違《ちが》って、祖父の死で泣いてないってのにな……。

猫《ねこ》は、遠くに見えていた人影《ひとかげ》を目指していた。沈《しず》みそうな夕陽《ゆうひ》を前に、地面の影《かげ》が長く伸《の》びている。その影《かげ》はせわしなく動いている。人影《ひとかげ》は、なにかをしているようだった。

近づくにつれ、その動きがテントの設営であることがわかった。夕陽《ゆうひ》の赤が、キャンパーにとって有名なあのウユニ塩湖《えんこ》のように、銀色の髪《かみ》に鏡のごとく反射していた。

「藍良《あいら》……」

俺《おれ》のつぶやきは、風上にいる藍良《あいら》の耳に届かない。

時間帯もあって、ほかに人気はない。そのせいか、彼女《かのじょ》の小さな背中が誰《だれ》かに見《み》つけて欲《ほ》しい、手を差《さ》し伸《の》べて欲《ほ》しいと願う迷子のように映る。そもそも家出とは、そういう意味があるのかもしれない。過去の俺《おれ》もそうだったのかもしれないな……。

猫《ねこ》は藍良《あいら》に駆《か》け寄《よ》らず、どこかにいってしまった。あとは俺《おれ》に任せたと言わんばかりに。

おかげで藍良《あいら》は、まだこちらに気づいていない。目の前の作業に夢中で、周囲を確認《かくにん》する余《よ》裕《ゆう》もないようだった。

「たしか……最初に、シートを広げて……」

自分だけでテントを張るのは初めてなんだろう、藍良《あいら》は慣れない手つきで設営を進める。

ていうか、藍良《あいら》。インナーテントを広げるのはいいんだが、そっちは裏地だぞ……。

「えっと……次に、ペグを打って……」

先にポールを組み立てようぜ。こんな状態で固定したら、テントはただのカーペットだ。

だいたいそのテントは見たところ自立式だし、この河川敷《かせんじき》は平坦《へいたん》で風も強くはないから、ペグは特に必要ないと思うぞ。

まあ手つきが危なっかしいとはいえ、テント設営自体を止める理由はない。さっきも言ったが、私有地と違《ちが》って国有地や県有地である河川敷《かせんじき》はキャンプを許可している。

ただ、利根川《とねがわ》の河川敷《かせんじき》は焚《た》き火《び》を禁じている。もし彼女《かのじょ》が火を使おうとしたら、すぐに止めなければならない。周囲の迷惑《めいわく》もそうだし、彼女《かのじょ》がヤケドでもしたら大変だ。

「あ……違《ちが》った？　ペグより先に、ポールを組み立てないとダメなのかな」

気づいてくれてよかった。

「あれ……？　このポール、長すぎない？　これじゃ、テントのポケットに入らない……。もしかして不良品なんじゃない？」

じゃなくて、そのポールは簡単に曲がるんだよ。見た目と違《ちが》って驚《おどろ》くほど軟《やわ》らかいんだよ。

キャンプにおける最初の関門が、テントの設営だと言われる。

俺《おれ》もそうだった。祖父なら五分で終わる設営も、俺《おれ》が初めて自分の力だけでチャレンジしたときは、一時間も格闘《かくとう》するハメになった。今の彼女《かのじょ》のように。

とりあえず、彼女《かのじょ》がキャンプ初心者なのはわかった。

（じいちゃんは、藍良《あいら》に技術を教えていなかったんだな……）

俺《おれ》も直接は教わらなかった。祖父に言われて補助をすることはあっても、それだけだった。

「はあ……テントって、難しい」

藍良《あいら》は、ああでもないこうでもないと格闘《かくとう》していたポールを、ポイッと放り投げてしまった。

「テントは後回しにして、先に焚《た》き火《び》しようかな……」

「待った待った！」

不穏《ふおん》な発言が聞き捨てならず、俺《おれ》はついに飛び出した。

突然《とつぜん》の俺《おれ》の登場に、藍良《あいら》は目を白黒させていた。

「……藍良《あいら》、ここは火気の使用が制限されてるんだ。焚《た》き火《び》が見つかったら罰金《ばっきん》ものだぞ」

俺《おれ》も過去、それを知らなくて焚《た》き火《び》をやろうとして、ちょうど近くで犬の散歩をしていた人に注意されたことがある。

藍良《あいら》は無言。ぶすっとしている。口をとがらせるその顔は、年相応に幼い。

僥倖《ぎょうこう》だった。そこになんの感情も見て取れず、俺《おれ》を赤の他人としてしか見ていなかったら、これ以上のことはできなかった。

教職員なら、子どものサインは見逃《みのが》さない。どんな些細《ささい》な兆候も見落とさない。それくらいの訓練は受けている。

彩葉《いろは》……喜べ。当選確率1％、どうやら勝ち取ったみたいだよ。

「藍良《あいら》。じいちゃんのバックパックをここまで背負ってくるの、重くなかったか？」

「……ぜんぜん」

藍良《あいら》はそっぽを向く。ありがとう、無視せずに答えてくれて。

「テントを張るなら、手伝うよ」

「いらない」

「なら、見ていていいかな」

「……え？」

「キミがテントを張るのを見守りたい。その過程で、もしキミが許してくれるなら、やり方を教えてあげたい。これでも俺《おれ》は教師なんでな」

「さっくんが先生なのは……知ってる」

「……そうなのか？」

さすがに驚《おどろ》いた。

「私が入学する沢原《さわばら》高校で、先生をやってるんでしょ」

教員が新入生を事前に把握《はあく》するのは当たり前のことだが、その逆は聞いたことがない。

「さっくんは先生だから、教えたがりってこと？」

「……あ、ああ。ある意味、じいちゃんと同じかな」

「でもお父さんは……私にキャンプのやり方は、教えてくれなかった」

それは、藍良《あいら》がまだ子どもだからだ。もう少し大人になれば祖父も教えてくれたに違《ちが》いない。

「藍良《あいら》。じいちゃんの代わりに、俺《おれ》から教わってみるか？」

「……なんで？　さっくんが、なんでそんなこと言うの？」

藍良《あいら》は、耐《た》えるように唇《くちびる》を噛《か》む。

「私と……お父さんに、ずっと会いに来なかったのに。私たちのこと、忘れてたくせに」

「忘れてない。ずっと覚えていた」

「ウソっ……！」

「じいちゃんに言われた言葉がある。今はただ、藍良《あいら》を気にかけてくれるだけでいい。会いに来られなくても、心の片隅《かたすみ》に留め置くだけでいい。それだけでも意味があるって」

ドングリから成長し、本当の自由を得たら、そのときに藍良《あいら》を助《たす》けて欲《ほ》しいと請《こ》われたのだ。

俺《おれ》は、あたりの石を拾っていく。

「……なにしてるの？」

「整地だ。テントを張るために石を取り除いてるんだ。じゃないとテントを傷つけてしまう」

祖父の家でキャンプをしていたときは、こんな必要はなかった。祖父がこまめに庭をメンテナンスしていたからだ。

「整地……この河川敷《かせんじき》で、お父さんもやってた気がする」

そうか。藍良《あいら》も祖父と一緒《いっしょ》に河川敷《かせんじき》キャンプをしたことがあるんだろう。

藍良《あいら》は不機嫌《ふきげん》そうながらも俺《おれ》の真似《まね》をして、石を取り除いていく。整地が終われば、次は本格的なテント設営だ。

「ポールって、見た目より軟《やわ》らかいんだ。うまく曲げて、インナーの四隅《よすみ》のポケットに差《さ》し込《こ》んでいけばいい。それからフライをかぶせてインナーに固定すれば、もう完成だ。斜面《しゃめん》だったり風が強かったりでテントが不安定なら、ペグを地面に打ってさらに固定すればいい」

俺《おれ》は、代わりにやることはせず、藍良《あいら》を促《うなが》す。

「ひとつひとつ丁寧《ていねい》に手順を踏《ふ》めば、失敗しない。いや、べつに失敗したっていいんだ。むしろ失敗したほうが自分のためになる」

過去の歴史がそう教えてくれる。一度も失敗をせずに成功を収めた者などこの世に存在しない。社会科の教師である俺《おれ》が断言する。

「藍良《あいら》。俺《おれ》が後ろで見てるから、ひとりでやってみようか？」

「……うん。絶対、見ててね」

藍良《あいら》はそっぽを向きながらつぶやいた。

「昔みたいに、途中《とちゅう》でいなくなったら……許さないんだから」

「やった……できた！　テント、ちゃんと組み立てられたよ！」

俺《おれ》が助言したとはいえ、藍良《あいら》はものの十分でテント設営を攻略《こうりゃく》した。

「すごいな。藍良《あいら》は筋がいいよ」

「ほんと？」

「ああ。さすが、じいちゃんの娘《むすめ》だ」

「っ……」

藍良《あいら》は息を呑《の》んだ。……失言だったか？

「えっと……悪い」

「……ううん」

藍良《あいら》は首を振《ふ》った。左右に揺《ゆ》れる銀髪《ぎんぱつ》の軌跡《きせき》が、時間帯もあって流れ星のように見えた。

「お父さんも……天国で、褒《ほ》めてくれてるかな」

ああ、きっと。いや、絶対に。

あたりが暗くなってきたところで俺《おれ》はランタンを点灯し、近くに置いた。

「藍良《あいら》、ちょっと待ってろ」

焚《た》き火《び》やバーナーでお湯を沸《わ》かすことはできないので、代わりに自販機《じはんき》で飲み物を買ってくる。その間、用意したチェアに藍良《あいら》に座《すわ》って待っていてもらった。

「お待たせ」

肩《かた》で息をしながら戻《もど》ってくる。

「……コーヒー？」

「ああ。キャンプでは定番だ」

幼い頃《ころ》の藍良《あいら》は、コーヒーではなくジュースだったけど。

「ジュースのほうがよかったか？」

「ううん……それより、そんな走って買ってこなくても」

薄暗《うすぐら》い河川敷《かせんじき》に、藍良《あいら》を長い時間ひとりにさせるわけにはいかない。

「これでも教師なんでな」

「さっきも聞いたセリフね」

藍良《あいら》は、受け取った缶《かん》コーヒーを頬《ほお》に当てた。

「……あったかい」

焚《た》き火《び》はできなくても、少しでも癒《い》やし効果を果たしてくれたらいい。

「さっくんも、立ってないで座《すわ》ったら？」

だがチェアは、藍良《あいら》が使っている分しかない。祖父の冒険《ぼうけん》バックパックは、ソロ用だ。

「テントに入れば……一緒《いっしょ》に座《すわ》れるじゃない」

藍良《あいら》はそっぽを向いている。それが彼女《かのじょ》の照《て》れ隠《かく》しのクセらしい。職業病か、子どもが見せるサインには敏感《びんかん》になってしまう。

じいちゃん。あんたの娘《むすめ》は、あんたと同じでやっぱり優《やさ》しいよ。

とはいえ、さすがにテントに入ることは遠慮《えんりょ》する。このテントもまた一人用だ。至近距離《しきんきょり》で座《すわ》ることになり、下手をしたら肩《かた》と肩《かた》が触《ふ》れあう。

過去の庭キャンプで張ったテントもこのサイズに近かったが、その頃《ころ》は気にしていなかった。

それは藍良《あいら》が幼かったからだ。だから身体《からだ》を寄せ合うことに抵抗《ていこう》がなかった。

だが、もうすぐ高校生になる藍良《あいら》が相手だと話は別だ。俺《おれ》は地べたに座《すわ》った。

「走ったせいで暑いんだ。風に当たりたいし、これでいい」

「……そう」

藍良《あいら》は短く答え、コーヒーに口をつける。俺《おれ》も自分の分を一気飲みした。

「私……お父さんとこの河川敷《かせんじき》で、何度かキャンプしたことがあったの」

まだあたたかい缶《かん》を手の中で転がしながら、藍良《あいら》がつぶやく。

「私が幼稚園や小学校の頃《ころ》は庭キャンプばかりだったけど、中学校に上がってからは河川敷《かせんじき》キャンプもやるようになったんだ」

祖父は、藍良《あいら》の成長に合わせていたんだな。高校に上がったら、祖父は遠出のキャンプにも誘《さそ》ったんだろう。

「藍良《あいら》。河川敷《かせんじき》キャンプでは、どんなことをしてたんだ？」

庭キャンプと違《ちが》い、火気厳禁の河川敷《かせんじき》ではバーベキューができない。

「河川敷《かせんじき》キャンプでは……トレくんとよくフリスビーしてたかな」

トレくんというのは、あの飼《か》い猫《ねこ》のことらしい。愛称《あいしょう》だろうし、本名が別にありそうだが。

「ていうか、フリスビーって犬のイメージだったけど……猫《ねこ》でもできるのか？」

「普通《ふつう》にできるよ。それにトレくん、器用だから。凧揚《たこあ》げだってできるのよ」

猫《ねこ》が凧揚《たこあ》げ……？　想像できない。

「お正月は特に、凧揚《たこあ》げが定番だったな……。お父さんは私たちのそんな姿を、よく写真に撮《と》ってたわ」

藍良《あいら》は懐《なつ》かしそうに瞳《ひとみ》を細めた。

「フリスビーに凧揚《たこあ》げに……遊びに疲《つか》れたら、お昼寝《ひるね》の時間に入って。新しく買った、ファミリー用のテントでね。それならお父さんも私も、トレくんもみんなで寝《ね》られるから。お父さんはいつも真っ先に寝《ね》ちゃうのよね。いびきがうるさくて私は寝《ね》られなくて……でもべつにそれが嫌《いや》ってわけでもなくて。私は、寝《ね》ているお父さんのそばでよく編み物をしてた」

「へえ。編み物」

「今でも、私の趣味《しゅみ》になってるかな」

古風な趣味《しゅみ》だと感じた。彼女《かのじょ》くらいの歳《とし》で編み物ができるなんて、今時めずらしいだろう。悪い意味で言ってるんじゃない。祖父の娘《むすめ》らしくてむしろ好感が持てる。

「じいちゃんとの河川敷《かせんじき》キャンプ、楽しかったか？」

「楽しかった。べつに、さっくんなんかいなくても」

「そっか」

「……それだけ？」

藍良《あいら》は頬《ほお》を膨《ふく》らませた。そのかわいらしい姿が、想《おも》い出《で》に重なる。

「さっくん……ほかに、言いたいことないの？」

謝《あやま》っても怒《おこ》らせるだけだろう。藍良《あいら》はそもそも、最初から俺《おれ》に謝《あやま》って欲《ほ》しいわけじゃなかった。そう、約十年ぶりの再会となったあのときもまた。

「えっと……そうだな。俺《おれ》も、もしかしたらその近くにいたかもな」

「え……？」

「ふたりが河《か》川《せん》敷《じき》キャンプをしている近くで、俺《おれ》も家出キャンプをしていたかもしれない。そんな日があったかもしれないんだ」

俺《おれ》は、あまり他人には語りたくない黒歴史を話す。藍良《あいら》だから話すことができる。

祖父から贈《おく》られたテント道具を、隠《かく》れ家《が》のように使用して。自分だけの空間で、好きな漫画《まんが》やラノベを読んだり、スマホでゲームをやったりしていた。親は携帯《けいたい》ゲーム機《き》の所有を禁じていたが、防犯のためにスマホは渡《わた》されていた。

スマホでゲームしているのを親に見つかったら怒《おこ》られる。漫画《まんが》やラノベだって怒《おこ》られる。許してくれるのは教科書か参考書か新聞だけだった。

だから、遊ぶための隠《かく》れ家《が》を欲《ほっ》した。秘密基地を築く必要があった。思いついたのが家出キャンプだった。

格好つけて表現するなら、マイクロアドベンチャー。短時間のアウトドアアクティビティによって生産的な逃避《とうひ》をすることだ。

「さっくんも……キャンプ、してたんだ」

「ああ。今だって、キャンプが唯一《ゆいいつ》の趣味《しゅみ》になってるよ。そのたび、キミのことを思い出してた。じいちゃんのことも思い出してたよ」

「私は……さっくんが、キャンプに飽《あ》きたんだと思ってた。だから、私たちの家に遊びに来ないんだって……」

「違《ちが》う。そんなわけがない」

「だったら……なんで、会いに来てくれなかったの？」

「俺《おれ》はドングリのままだった。ガキだったんだよ……どうしようもなくな」

「……よく、わかんない」

わからなくていい。むしろわからないで欲《ほ》しい。俺《おれ》はべつに、自分の恥部《ちぶ》をさらけ出すことで悦《えつ》に入《い》る露出狂《ろしゅつきょう》じゃない。

「さっくんが……お父さんとのキャンプを嫌《きら》ってなかったのなら……よかった」

それだけじゃない。俺《おれ》は、藍良《あいら》。おまえとの庭キャンプも好きだった。

俺《おれ》がもっと無垢《むく》なら、今だって一緒《いっしょ》のテントに入ることができたんだろうな。

「私も……お父さんのキャンプが好きだった。だから河川敷《かせんじき》キャンプが好きだし、庭キャンプも好き。なのに、その庭がある家を離《はな》れるなんて……したくない」

藍良《あいら》はそう、心情を吐露《とろ》した。

「私は、施設《しせつ》には行きたくない。お父さんが残した家で、暮らしたい……」

だから藍良《あいら》は、家出キャンプのような真似《まね》をした。施設《しせつ》にあずかってもらう話は、藍良《あいら》はまだ聞いていないはずだが、察していたんだろう。思春期の子は特に、周囲の空気に敏感《びんかん》だ。

「藍良《あいら》……聞いていいか。キミの今後に関わることだ」

「……なに？」

「じいちゃんは、なぜキミを養子や里子にしなかったのか……キミはその理由をじいちゃんから教わってないか？」

藍良《あいら》は表情を隠《かく》すようにうつむいた。長い時間、黙《もく》していた。

そこにどんな葛藤《かっとう》があるのか、子どもの機微《きび》を汲《く》み取《と》るべき教師の俺《おれ》でも、今度ばかりは推《お》し量《はか》れなかった。

「私は……」

藍良《あいら》はようやく顔を上げると、俺《おれ》を直視した。その美貌《びぼう》では圧力がとんでもない。だが俺《おれ》も、視線を外すわけにはいかない。

「私は、お父さんから聞いたことは……ないわ」

目と目を合わせて会話ができる彼女《かのじょ》は、自分に自信を持っている。もしくは、虚勢《きょせい》を張っている。そうするしかなかったこれまでの環境《かんきょう》を表しているのかもしれない。

「お父さんは、私を養子や里子にしなかった。代わりにお父さんは、私の出自を探していた。私の故郷を探していた。お父さんが高齢《こうれい》になってまで冒険《ぼうけん》の旅に出ていたのは、私の家族を見つけるためだった。このことだけは、間違《まちが》いないと思う」

藍良《あいら》はそして、わかる範囲《はんい》で自らの生《お》い立《た》ちを語ってくれた。

祖父が藍良《あいら》と出会ったのは、藍良《あいら》が物心つく前の話だそうだ。だから出会いがどこなのか、藍良《あいら》も覚えていない。

普通《ふつう》に考えれば、祖父はどこかの国の乳児院で藍良《あいら》を見つけたのだろう。だが祖父は、藍良《あいら》にすらその乳児院の所在地を教えていない。

祖父は、藍良《あいら》とそういう話になったとき、必ず秘宝の話を持ち出した。藍良《あいら》という存在は、大冒険《だいぼうけん》の末に発見した秘宝であり、授《さず》かることになった神の子なのだと。

たしかに祖父は、冒険譚《ぼうけんたん》を大仰《おおぎょう》に話すことがあった。各地で講演していることが影響《えいきょう》したのか、聞き手を楽しませるためにいくらか誇張《こちょう》を入れていたようだ。

俺《おれ》は祖父のそんな性格を知っていたので、いつも話半分で聞いていた。たまに塩振《しおふ》りを真似《まね》してしまうような悪影響《あくえいきょう》も受けたが、さすがに藍良《あいら》を言葉通りの秘宝だと信じたことはない。

だから当時の俺《おれ》は、藍良《あいら》が祖父の養子なんだと、勝手に思《おも》い込《こ》んでしまっていた。

「まあ……お父さんが私を見つけるためにがんばった大冒険《だいぼうけん》っていうのは、あの有名なインデイジョーンズのストーリーにそっくりだったんだけどね」

藍良《あいら》もまた、すべては祖父の作り話だと考えているようだ。

「ただ、お父さんが毎年のように過酷《かこく》な冒険《ぼうけん》に出ていたのは、本当なの。高齢《こうれい》の身体《からだ》に鞭打《むちう》って、旅を続けて……その結果、過労で命を落とすことになって……」

祖父は難民キャンプを巡《めぐ》ったりと、危険な場所によく足を運んでいた。その苦労は想像に難《かた》くない。過労死に納得《なっとく》なんて到底《とうてい》できないが、受け入れなければならない説得力がある。

「お父さん……死んじゃうくらいなら、冒険《ぼうけん》に出《で》て欲《ほ》しくなかった。そばにいて欲《ほ》しかった。家族として、もっと一緒《いっしょ》に暮らしたかった……」

……なあじいちゃん。

もしかしたらあんたは、藍良《あいら》の本当の家族を探すために、自分はあえて家族にならなかったのか？　法的に縛《しば》ることをよしとしなかったのか？　遺言書《ゆいごんしょ》を残さなかったのも、実はそれが理由なのか？　たとえば、藍良《あいら》が日本と国交を結んでいない国の出身だった場合は、その法的保護が本当の家族と出会うための足枷《あしかせ》になることもあるんだ。

祖父はかつて言っていた。冒険家《ぼうけんか》はどこかに到達《とうたつ》するために冒険《ぼうけん》をしているのだと。そのゴールにこそ、自らが求める秘宝が眠《ねむ》っているのだと。

祖父は一度、藍良《あいら》という秘宝を手に入れたけれど。それでもまだ満足していなかった。満足するわけにはいかなかった。

なぜなら、自分の秘宝だけじゃない、藍良《あいら》にとっての秘宝も見つけたかったから……。

（……じいちゃん。俺《おれ》、まだドングリだからさ。じいちゃんの代わりに、藍良《あいら》の秘宝を見つけることはできねえよ）

だけどさ、俺《おれ》なりに力を尽《つ》くしてもいいか？

このなけなしの力を。じいちゃんのように特別でもなんでもない、この凡百《ぼんぴゃく》の力を。あんたの秘宝に捧《ささ》げても、許してくれるか？

「藍良《あいら》……今度は俺《おれ》が、キミのそばにいようか」

藍良《あいら》の、幼少期と変わらない好奇心旺盛《こうきしんおうせい》そうな大きな瞳《ひとみ》が、まばたきを忘れて俺《おれ》を見た。

吸《す》い込《こ》まれそうなそのスカイブルーは、星の光が宿ったように濡《ぬ》れていた。

「俺《おれ》が……じいちゃんの代わりに、キミの親になるよ」

この一言には勇気が要《い》るはずだった。なのになぜだろう、俺《おれ》は自然に告げていた。こうなることが運命であったかのように。

「……さっくん。私が、どこの生まれかもわからないのに？」

「ああ」

「もし私が、どこかの国どころか、どこかの星――この世界じゃない別のところから来たお姫《ひめ》さまなんだとしても？」

「ああ」

「いつか……その星まで、私を連れていってくれる？」

「ああ。約束する」

「……ウソつき」

ああウソだ。首肯《しゅこう》するまでもない。

そもそも前提がウソじゃないか。藍良《あいら》はなにか、宇宙人だとでも言うつもりか？　もしくは異世界人？　それだとじいちゃんは異世界への扉《とびら》を探していたことになるじゃないか。

……え、あれ？

「な、なあ。キミって……ちゃんと地球人だよな？」

「さあ？」

藍良《あいら》は気取ったように、肩《かた》にかかった髪《かみ》を後ろに払《はら》う。

「お父さんだって突《つ》き止《と》められなかったんだから、私がわかるわけないじゃない」

ごもっともだ。

「さっくん。こんな私なのに……それでも、親になりたいだなんて言うの？」

「……ああ」

動揺《どうよう》を隠《かく》してうなずく。

「どうして？　さっくんには、そんな義理も責任もないじゃない」

「義理や責任がなかったとしても、理由がある」

「どんな？」

俺《おれ》は、言い訳がましくその理由を答える。

「俺《おれ》もじいちゃんの家に住みたい。そのほうが、勤め先の学校に近い。通勤に一時間くらいかかってたのが、かなり短縮されるからな。朝が弱い俺《おれ》にとってはメリットしかないんだよ」

「……それだけ？」

「それだけだよ」

「ウソつき」

藍良《あいら》はそっぽを向く。照《て》れ隠《かく》しの合図。

つまり彼女《かのじょ》はウソを看破して、俺《おれ》の本当の気持ちに気づき、そして恥《は》ずかしくなった。

俺《おれ》は、妹の彩葉《いろは》のようにウソをつくときのクセなんてないはずなんだがな……。

それとも、俺《おれ》が気づいていないだけなのか？　俺《おれ》が藍良《あいら》のクセに気づいたように、向こうも気づいたのかもしれない。もしかしたら、過去に庭キャンプをしていたときには、もう。

「さっくん。ランタン、消していい？」

藍良《あいら》は不意に言った。

「いいけど……なんでだ？」

「そっか。さっくんは、知らないものね。私とお父さんは河川敷《かせんじき》キャンプの最後に、必ず星見をしてたのよ」

藍良《あいら》はイタズラっぽく微笑《ほほえ》んで、ランタンの明かりを消した。

いつの間にか陽《ひ》が落ちていたようだ。夕空は、満天の星空に移り変わっていた。

藍良《あいら》は服が汚《よご》れるのも厭《いと》わず、両腕《りょううで》を広げて河原に寝《ね》そべった。俺《おれ》もそれにならい、藍良《あいら》の隣《となり》に寝《ね》そべった。ふたりで春の星空を見上げた。

それは、明かりが多くて光害にさらされる都内では決して見ることのできない、星座の競演。

「春の星座といえば……北斗七星《ほくとしちせい》。それに、おとめ座。全部、お父さんから教わった……」

祖父は星に詳《くわ》しかったはずだ。冒険家《ぼうけんか》はいつの時代も、星の位置で方角を知る。ＧＰＳが発達した現代でも、それは同じだ。機器には故障というアクシデントが必ずつきまとうからだ。

そういえば大学時代、祭里《まつり》と星見キャンプをしたことがあった。壮大《そうだい》な天の川を前にして、ふたりではしゃいでいたっけな……。

「おとめ座の一等星、スピカは、ラテン語で穀物の穂って意味なんだって」

藍良《あいら》が、夜空に語りかけるようにささやいた。

「おとめ座の神話では、豊穣《ほうじょう》の女神《めがみ》デメテルが語られることが多いのよ。だからなのか、自然を愛していたお父さんは、春の星座が一番好きだったみたい。ううん……もしかしたら桜とかけて、さっくんのことを思い出してたのかもね」

語り口はまるでプラネタリウムのアナウンス。耳触《みみざわ》りのいい彼女《かのじょ》の声は、俺《おれ》を夢心地《ゆめごこち》にする。

「北斗七星《ほくとしちせい》、おとめ座のスピカ、うしかい座のアークトゥルスを結ぶと……ほら」

「春の大曲線か」

「うん。あと春の星座って言ったら、やっぱりアレね。スピカとアークトゥルスのロマンチックな神話。春の夫婦星《めおとぼし》って呼ばれてるくらいなのよ」

「織姫《おりひめ》と彦星《ひこぼし》みたいな感じか」

「そうね。そうなのかもしれない。夫婦《ふうふ》で……家族、なんだと思う」

「そっか」

「うん」

「藍良《あいら》。俺《おれ》と、家族になってみるか？」

「うん……」

藍良《あいら》がどんな表情でうなずいたのかは、見なかった。

ただその声は、少しだけ震《ふる》えていて。そして、少しだけ弾《はず》んでいた。

2章　お酒とご飯と同居生活

◎その1

ソロキャンプは引《ひ》っ越《こ》しと似ている。いや、引《ひ》っ越《こ》しがソロキャンプと似ているのだろうか。

俺《おれ》の同僚《どうりょう》である男性教師に、渡《わた》り鳥《どり》と呼ばれているやつがいる。

鍵谷《かぎや》という名のそいつは、常勤講師——臨時的に任用された教員だ。

臨時教員は正規教員と違《ちが》い、生徒指導や保護者の対応といった授業以外の校務《こうむ》分掌《ぶんしょう》がない。

そのため勤務時間が明確で、うらやましいことに残業がほとんどない。

そのぶん立場や待遇《たいぐう》は不安定だ。給与《きゅうよ》水準《すいじゅん》が低く、有期《ゆうき》雇用《こよう》であるためにいつまで教壇《きょうだん》に立てるのかわからない。たった一年勤めただけで辞《や》めさせられることもざらなのだ。

だが鍵谷《かぎや》は、それを楽しんでいるように見える。本人はこう言っていた。何年も同じ町、同じ家に住んでいると、違《ちが》う生活が無性《むしょう》にしたくてたまらなくなるのだと。

だからなのか知らないが、噂《うわさ》では恋愛問題《れんあいもんだい》が起こりそうになるたびにほかの学校に異動しているらしい。鍵谷《かぎや》は教え子である女子高生との恋愛《れんあい》、上等のスタンスだ。もちろん倫理規程《りんりきてい》違反《はん》なので、発覚すればクビが飛ぶ。下手をしたら教員免許《きょういんめんきょ》が取り上げになる。逆に言えば、発覚しそうになったら罪に問われる前にさっさとオサラバできる身軽さがある。

鍵谷《かぎや》はそんなふうに軽い性格なのだが、俺《おれ》とは気が合った。同年代の仕事仲間ということもあり、仕事帰りに一緒《いっしょ》に飲みに行くことも多い。

まあ気が合うのは、俺《おれ》が鍵谷《かぎや》の考えに共感できるからかもしれない。いや、女子高生との恋《れん》愛上等《あいじょうとう》の部分じゃなくて。鍵谷《かぎや》が引《ひ》っ越《こ》し好《ず》きなところと俺《おれ》がキャンプ好きなところに共通する部分があるからだ。

キャンプとはこれまでの日常から脱却《だっきゃく》し、非日常を求める行為《こうい》だ。加えて、自分の居場所はテントでちゃんと確保できる。だから安心するし、テントから出れば新鮮《しんせん》な別世界が待っているので、安心と刺激《しげき》を行ったり来たりできる。危険の少ないアドベンチャーといったところだ。

だから引《ひ》っ越《こ》しは、ソロキャンプに似ている。まあ引《ひ》っ越《こ》しはキャンプと違《ちが》って荷造りの面《めん》倒《どう》さが段違《だんちが》いだけど。しかも業者に頼《たの》んだりと、金もかかる。

とどのつまり、これは俺《おれ》の引《ひ》っ越《こ》しの話だ。俺《おれ》は今日より、祖父の家で藍良《あいら》と同居することになっている。

ついさっき、自宅だったアパートから引《ひ》っ越《こ》し業者に荷物をすべて運んでもらったところだ。

春は引《ひ》っ越《こ》しシーズンなので割高にはなったが、仕方ない。運送先は遠距離《えんきょり》ではないので、当日のうちに荷物を届けてくれるそうだ。その点はありがたかった。

このアパートはもともと、大学時代につき合っていた祭里《まつり》と一緒《いっしょ》に住む予定だった。だが、祭里《まつり》が共に住むことはなかった。アパートを契約《けいやく》した直後、別れを告げられ、俺《おれ》はなしくずし的にひとり暮らしをするハメになった。

ひとり暮らしとしては広い2DKの部屋だったので、家賃は高めだったし、ようやく引《ひ》き払《はら》えてせいせいする。今まで住んでいたのは、引《ひ》っ越《こ》すのが面倒《めんどう》だっただけだ。

祭里《まつり》に未練はない。あの魅力的《みりょくてき》な裸《はだか》にも未練はない。本当の本当だからな！

ともあれ、引《ひ》き払《はら》うための手続きはすべて完了《かんりょう》した。ほかの住人へのあいさつも必要ない。ろくに知らないし、別れのあいさつなんてされても向こうも困るだけだろう。

ただ、今後住むところは事情が違《ちが》う。町内会といったご近所づき合いが発生することになるだろう。まあ、それくらいの礼節はわきまえているつもりだ。

たとえばアパートの隣《となり》に住んでいる大家となら、俺《おれ》も仲良くしていた。高齢《こうれい》なので力仕事に苦労していて、俺《おれ》はよく頼《たの》まれていた。車から家へと買《か》い物袋《ものぶくろ》や灯油を運んであげていた。

ちょっと遠出をしたソロキャンプの後には、大家に土産《みやげ》を渡《わた》すこともあった。大家はいたく感謝していて、おかげで部屋のエアコンが壊《こわ》れたりトイレが水漏《みずも》れしたりバスルームのお湯が出なくなったりしても、すぐに業者を呼んで無償《むしょう》で直してくれていた。

金が欲《ほ》しいならタダ働きをしろ。情けは人のためならずってやつだ。

ちなみにこの引《ひ》っ越《こ》しは急なことだったので、来月分の家賃は払《はら》わないといけない。大家は、この点はまけてくれなかった。とても残念だ。

しかも俺《おれ》、この前更新料《こうしんりょう》を払《はら》ったばかりなんだけど。引《ひ》っ越《こ》し代《だい》もバカにならなかったし、結構な痛手だ。懐《ふところ》事情《じじょう》が寂《さび》しくなった。ただでさえ今後の生活が不安なのに。

……そうだよ。マジでこれから大丈夫《だいじょうぶ》なのか？　もしかして俺《おれ》、はやまってないか？

一度悩《なや》むと、立て続けに不安が襲《おそ》いかかる。

俺《おれ》、藍良《あいら》の親代わりをしっかりと果たせるのか？　子育てなんかしたことないぞ？　しかも相手は年頃《としごろ》の女子だ。思春期と反抗期《はんこうき》真《ま》っ盛《さか》りの十五歳《さい》の少女だ。学校で女子生徒を指導することはあるが、それはあくまで学校での生活態度に対してだけで、プライベートにまで口出ししたことはないんだぞ？　なのに俺《おれ》、藍良《あいら》とまともに暮らせるのか……？

ひとしきり考えて、座右《ざゆう》の銘《めい》を引っ張り出した。

どうにもならないことは、忘れることが幸福だ――

「よし、悩《なや》んでもしょうがないことは考えないようにしよう」

俺《おれ》は背を向け、四年間住んだアパートに別れを告げた。

成田《なりた》を離《はな》れる前に、俺《おれ》は成田山新勝寺《なりたさんしんしょうじ》に寄った。

初詣《はつもう》ででは定番の成田山《なりたさん》だが、明治神宮《めいじじんぐう》に次ぐ全国二位の混雑具合なので、俺《おれ》はだいたい避《さ》けていた。だからここを訪《おとず》れたのは数えるくらいしかない。

だが冒険家《ぼうけんか》だった祖父は成田国際空港《なりたこくさいくうこう》をよく利用していて、旅立つ前には必ず成田山《なりたさん》にも参拝に行っていたようだ。旅の安全を願い、無事に藍良《あいら》のもとに帰ってくるために。

「…………」

俺《おれ》は本堂の前で一礼し、合掌《がっしょう》する。そして祖父に報告した。

じいちゃん。神さまなんか、居やしねえな。もし居たら、あんたを死なせるはずがない。

だけど、神は信じられなくても、あんたが言った秘宝は信じられるよ。藍良《あいら》があんたにとっての宝物だったことは信じられるよ。

だからさ。今度は俺《おれ》があんたの代わりに、その宝物を守る。藍良《あいら》を守るよ。

じいちゃんは言ってたな。俺《おれ》が本当の自由を得たあとに、藍良《あいら》を託《たく》したいって。

それってさ、こういったことを見越《みこ》しての言葉だったのか？　自由を得るためには、権力を持っていることが前提条件になる。説得力が必要になるってのは、こういうことだったのか？

だったらさ。俺《おれ》なりに、その説得力を手に入れたつもりだよ。

俺《おれ》は、藍良《あいら》の里親になる。そう、あんたがしなかった里子に、俺《おれ》がする。

でないと親族を説得できなかった。周囲の理解を得られなければ、藍良《あいら》は施設《しせつ》行きで、あんたの家も売り飛ばされてしまうんだ。

俺《おれ》はまだドングリだからさ、自分の力だけじゃ藍良《あいら》の親代わりにはなれなかった。自治体の権力を借りるしかなかったんだよ。児童保護を目的とした里親制度を盾《たて》にして、半ば強行策でどうにか藍良《あいら》と家族になることができたんだ。

だけど、この突貫工事《とっかんこうじ》みたいな親子関係に少しでも問題が起これば、すぐに周りから非難が飛んでくるだろうな。また不毛な親族会議が始まっちまう。

俺《おれ》は、なにがなんでもこの関係を維持《いじ》しないといけない。保護者の義務をまっとうしなければならないんだ。

いざとなったら、また自治体の力を借りるけどさ。俺《おれ》っていちおう法学部卒だし、しかも現職の公務員だしな。利用できるものはなんでも利用しないと。まあ里親制度にしたって、知識や活用法に関しては妹の協力が大きかったんだけどな。

じいちゃん。とりあえずは、そんなところだ。また報告することができたら、次はあんたの家で話すよ。俺《おれ》たち三人の家でな。そこにあんたの遺骨がまだ安置されてるからな。

俺《おれ》はまぶたを開け、最後に礼をし、成田山《なりたさん》をあとにする。

さあ、行こうか。新しい我《わ》が家《や》へと。

道すがら、俺《おれ》は思い出していた。俺《おれ》が藍良《あいら》の里親になることを決めた際の、生意気な妹とのやり取りを。

あの日、藍良《あいら》と星見キャンプを行ったあとのこと。

俺《おれ》は藍良《あいら》の父親になるため、真っ先に妹の彩葉《いろは》に相談した。

ほかの親族に頼《たよ》りたくはない。だが、妹には頼《たよ》ることができる。俺《おれ》は妹がなんだかんだで好きだし、なにより法律や条例に関する知識は彼女《かのじょ》の得意分野だ。

彩葉《いろは》は、大学在学中の司法試験合格を目指しているレベルの天才なのだ。

「はあ……？　藍良《あいら》さんの親になりたいって……お兄ぃ、なに言ってるの？　本気……？」

「本気だ」

「お、お兄ちゃん、おかしくなっちゃったの？　ただでさえ悪い頭がなにかの拍子《ひょうし》でついに跡形《あとかた》もなく壊《こわ》れちゃったの？　お願いだから正気に返ってよ、お兄ちゃん！」

こんな暴言を受け流せるのも、彩葉《いろは》が内心では心配してくれているからだ。でももう少し言葉を選ぼうぜ、じゃないとお兄ちゃんはいざ妹が社会に出たときに不安でたまりません。

「ていうか、おまえは反対なのかよ……」

「当たり前でしょ！　お兄ちゃんが子育てなんてできるわけないもの！　お兄ちゃんがあの子の親になるとしたら里親制度を利用するしかないだろうけど！　無国籍《むこくせき》の子と養子《ようし》縁組《えんぐみ》をするのはハードル高いし、里親なら親になる人の年齢《ねんれい》や独身って事情は欠落事由にならないし、実際に二十代の独身の人が里親になった例も多いから！　里親には里子の生活費や学費のほかにも里親手当までつくから、金銭的な問題も解決するし！　しかもあの子の事情は児童相談所や児童養護施設《じどうようごしせつ》も把握《はあく》してるから絶対お兄ちゃんの力になってくれるだろうけどさ！」

俺《おれ》が知りたかった情報を短時間で詳《くわ》しく教えてくれてありがとう。

「というわけで、明日にでも手続きに行ってくる」

「ちょっと待ってよお兄ちゃん！　って私、お兄ぃのことお兄ちゃんって呼んじゃってる！」

彩葉《いろは》は動揺《どうよう》しているのを自覚したようで、頭を抱《かか》えたあとにスーハーと深呼吸した。

「……お兄ぃ。怒《おこ》らないで聞いて」

無理にクールを装《よそお》いながら、髪先《かみさき》をクルクルするいつものパターンが来た。

「お兄ぃが藍良《あいら》さんの里親になりたいのは、お金目当て？　手当として結構な額がもらえるから、お金のために里親になるケースは一定数存在するよ」

「わかってて言ってるんだろうけど、そんな理由じゃない。子育ては金なんかじゃ計れないってことくらい俺《おれ》だって理解してる」

俺自身《おれじしん》に子育ての経験はないが、仕事上で保護者と面談する機会があるため、そういった話はよく耳に入る。親の苦労は察して余りある。

だから里親だって軽い気持ちではなれない。社会貢献《しゃかいこうけん》や正義感だけでは務まらないんだろう。祖父のような無償《むしょう》の愛が必要になるんだろう。

「ねえ、お兄ぃ。里子は、里親のもとで安心安全な生活を保障されないといけない。なのに里子に対する虐待《ぎゃくたい》は後を絶たない。里親が虐待《ぎゃくたい》だと思わなくても、里子が少しでもそう思ってしまったら、それは虐待《ぎゃくたい》になるからよ。ある意味、里親は本当の親よりも責任が重いのよ」

「なるほどな。肝《きも》に銘《めい》じるよ」

「お兄ぃ……撤回《てっかい》しないんだ。あくまで本気なんだ」

「本気だよ」

「それって、おじいちゃんのため？」

「それもあるし、藍良《あいら》自身のためでもある」

「藍良《あいら》さんは了承《りょうしょう》してるの？」

「してくれたよ」

「……仲直りしたんだ」

「1％の確率に勝ったからな」

「お兄ぃが本気なのはわかった……。だからこそ、言わせて」

彩葉《いろは》はもう、髪先《かみさき》を指でクルクル回さなかった。

「藍良《あいら》さんを本当に里子にしたいなら、なによりもまず、藍良《あいら》さんの国籍《こくせき》を取るべきよ。すぐには難しいのだとしても、いつかは必ず」

「……どうしてだ？」

「里親制度っていうのは、あくまで子どもを守るためのものだからよ。里子は成人する頃《ころ》には自立するのが原則なの。だから無国籍《むこくせき》の里子は、将来的に苦労するって言われてる。たとえば結婚《けっこん》するときなんて、婚姻届《こんいんとどけ》を役所に受理させるのすらすごく大変なのよ？」

　結婚云々《けっこんうんぬん》は置いておくにしろ……たしかにそうだ。

　無国籍者《むこくせきしゃ》は将来にわたって様々な不利益を被《こうむ》ることになる。俺《おれ》が藍良《あいら》の里親になったとしても、それが一生続くわけじゃない。藍良《あいら》が大人になったあとの権利まで保障できるわけじゃない。

　祖父もまた、藍良《あいら》が大人になるまでに本当の家族を見つけたかったのかもしれない。だから、急ぐことになった。高齢《こうれい》の身体《からだ》を酷使《こくし》してまで世界を回り、結果として過労死に至ったのだ。

「お兄ぃが藍良《あいら》さんのためを思うなら、国籍《こくせき》を取るのは絶対条件よ。べつに日本国籍《にほんこくせき》にこだわらなくても、藍良《あいら》さんの出身国の国籍《こくせき》でいい。今からでもそのための用意を進めるべきよ」

「……彩葉《いろは》。ちょっと聞きたいんだ」

「なに？」

「藍良《あいら》は、出身国がわからない。本当の親がどこにいるかもわからないんだ。この場合、どうやって国籍《こくせき》を取ればいい？」

「その場合は……って、ち、ちょっと待って。おじいちゃん、藍良《あいら》さんをどの国で引き取ったの？　いったい誰《だれ》の手からあずかったっていうの？」

「残ってる記録だけじゃ、そのあたりはよくわからないんだよ。じいちゃんは、藍良《あいら》にもなにも教えてなかったみたいだ」

彩葉《いろは》は絶句したあと、しばし考《かんが》え込《こ》んだ。

「……おじいちゃんは無責任に過ぎるって言うと、お兄ぃが怒《おこ》るから言わないけど」

いま言ったようなものだが。

「無《む》国籍《こくせき》の解消には、親と同じ国籍《こくせき》の取得を目指すのが普《ふ》通《つう》なんだけど……それが難しいケースも少なからずある。その出身国が婚外子《こんがいし》を認めていない国だったり」

婚前《こんぜん》出産を罪とする国のことだ。刑罰《けいばつ》から逃《のが》れるため、たとえば浮気《うわき》相手との間にできた子の出生届を出さず、それどころか赤《あか》ん坊《ぼう》を乳児院にあずけたままトンズラする例もあると聞く。

「おじいちゃんはそういった子を引き取ったのかもしれない。出身国が不明なら、乳児院じゃなくて親から直接託《たく》されたと考えるしかない。この子に罪はないから、どこか豊かな国で育《そだ》て欲《ほ》しいって言われて。乳児院を介《かい》していないなら公的な記録は残らない。両親のことがわからないのも納《なっ》得《とく》できる。そうやって、その両親や藍《あい》良《ら》さんの出身国をわざと隠《かく》したのよ。もしその国にこのことが知られたら、親どころか子にまで被《ひ》害《がい》が及《およ》ぶかもしれないから」

説得力がありそうだが……俺《おれ》は首をかしげざるを得なかった。

「いや……それだと、矛《む》盾《じゅん》が出てくるぞ。じいちゃんが、藍《あい》良《ら》の本当の家族を探すために旅に出ていた理由がわからなくなる。隠《かく》すしかないなら、そもそも探す必要がないんだから」

「その本当の家族っていうのは、どこかの国に亡命したのかもしれない。そうすれば、罪から逃《のが》れることができるから。だけど亡命には命の危険があったせいで、子どもだけはおじいちゃんに託《たく》した。そしておじいちゃんには、亡命した親が無事かどうか確認《かくにん》する術《すべ》がなかった。だから自力で探すしかなかったんじゃないかな」

……なるほど、反論の余地がない。さすが俺《おれ》とは頭の出来がダンチな妹だ。

「あとは、紛争《ふんそう》で国を追われたことで無国籍《むこくせき》になる事例もあるけど……。国がなくなるレベルの紛争《ふんそう》だと、無国籍《むこくせき》の難民が多く生まれることになるから。ただ、そこまで大きな紛争《ふんそう》なんてめったに起こらないし、いくら冒険家《ぼうけんか》のおじいちゃんでもそんな場所に足を踏《ふ》み入《い》れるとは思えない。間違《まちが》いなく渡航禁止《とこうきんし》になってるもの」

祖父は難民キャンプを支援《しえん》していたし、成田山《なりたさん》で旅の安全も願っていたが、さすがに紛争地《ふんそうち》域《いき》に向かっていたとは考えにくい。それは冒険家《ぼうけんか》ではなく戦場カメラマンの領分だ。

「ほかに思いつくケースは……もう、大冒険《だいぼうけん》の末に秘宝を見つけて、その秘宝の効果で異世界に飛ばされたおじいちゃんが、藍良《あいら》さんと出会ったってくらいかな。もちろん冗談《じょうだん》だけど」

……そうだな、俺《おれ》にとっては笑えない冗談《じょうだん》だ。

「藍良《あいら》さんが出身国の国籍《こくせき》を取得できないのなら、日本国籍《にほんこくせき》を取るしかないけど……。国連の調べだと、国籍《こくせき》を持たない人は全世界で420万にのぼってて、その現状があるから国によっては国籍《こくせき》取得は簡単なんだけど、日本では難しいって言われてる。日本の国籍法《こくせきほう》は、生まれた子どもが親と同じ国籍《こくせき》を取得するのが当然っていう血統主義に則《のっと》ってるからよ。まずは出自を明確にしろ、話はそれからだってこと。だから出自不明の藍良《あいら》さんは、どこの誰《だれ》から生まれたかを法的に明らかにしないと日本国籍《にほんこくせき》を取得することができないのよ」

それは、つまり。

俺《おれ》もまた祖父のように、藍良《あいら》の本当の家族を探すために、冒険《ぼうけん》に出なければならないという意味につながる。

普通《ふつう》なら、俺《おれ》は藍良《あいら》が大人になるまで親代わりとして支えればよかった。藍良《あいら》が祖父の家でひとり暮らしができるくらい自立すれば、俺《おれ》の出る幕はなくなるのだ。

しかし、藍良《あいら》が無国籍者《むこくせきしゃ》のままではひとりで生きていくのが難しい。それを解消するためには、藍良《あいら》の本当の家族を探すしかない。祖父の冒険《ぼうけん》もまた、そこに集約されていたわけだ。

そしてその遺志を継《つ》げるのは現状、俺《おれ》しかいない。そう、俺《おれ》ひとりだけなんだ。

だとしたら、俺《おれ》は……。

「どうにもならないことは、忘れることが幸福だ」

「……は？　お兄ぃ、なにそれ？」

「俺《おれ》の座右《ざゆう》の銘《めい》だ」

「そういうことを聞いてるんじゃなくて……お兄ぃは考えるのが面倒《めんどう》になったから、難しいことはゴミ箱にポイしたってことでいいの？」

「捨ててはいない。後回しにしただけだ。俺《おれ》はまだ、ドングリだからな」

「オークの大樹に育ってから本気出すって？　悠長《ゆうちょう》にしてると足下《あしもと》すくわれるよ？　ほんと、

お兄ぃは頼《たよ》りない。天才の私と違《ちが》って凡人《ぼんじん》なんだから」

彩葉《いろは》はまた髪先《かみさき》を指でクルクルしていた。

「お兄ぃが里親になって……困ったことが起こっても……私、助けないから」

「わかってる」

「絶対、ぜーったい、助けないから！」

「わかってる。おまえ、司法試験の勉強の真っ最中だもんな。俺《おれ》も邪魔《じゃま》したくないしな。悪かったな、いろいろ心配かけて。もう気にしなくていいから」

「べ、べつに気にしてなんて……」

彩葉《いろは》はあさってのほうを向いた。その仕草が、藍良《あいら》の照《て》れ隠《かく》しに少し重なった。

その後、俺《おれ》は無事に里親制度を活用できた。いや、活用中と言ったほうが正しいか。

里親に正式に認定《にんてい》されるためには、研修を受けたり調査をされたり審議《しんぎ》があったりと、ひとつひとつ手順を踏《ふ》まなければならない。それなりに時間がかかるのだ。

だが今回は児童相談所からの一時《いちじ》保護《ほご》委託《いたく》という形で、俺《おれ》はその間も藍良《あいら》と同居することが許可された。児童養護《じどうようご》施設《しせつ》の職員である家政婦の人が力になってくれたのが大きかった。

行政の後ろ盾《うしだて》のおかげで親族からの承諾《しょうだく》も得られ、祖父の家も売りに出されずに済んだ。

俺《おれ》の両親も反対しなかった。かつては躾《しつけ》が厳しかったが、今は違《ちが》う。俺《おれ》を腫《は》れ物《もの》のように扱《あつか》っているし、あまり関わりたくなかったんだろう。こっちとしては願ったりだ。

こうして俺《おれ》は、晴れて藍良《あいら》の親代わりになることができたのだ。

◎その2

「さっくん。お帰りなさい」

新しい我《わ》が家《や》に帰宅すると、藍良《あいら》が玄関《げんかん》で出迎《でむか》えてくれた。

……お帰りなさい、か。なんだかこそばゆい。

藍良《あいら》は、まだ祖父の死の悲しみが癒《い》えていないはずだ。今だってふさぎ込《こ》んでいてもおかしくない。だけどこうして気丈《きじょう》に振《ふ》る舞《ま》い、表に出さない。

無理をしているのなら、親代わりの俺《おれ》がますます支えないといけない。

「どうしたの？　私の顔、まじまじ見て」

「……いや。もう俺《おれ》のこと、嫌《きら》ってないんだなって」

「もし嫌《きら》ってたら、さっくんと家族になってないけど。だいたい……さっくんを嫌《きら》ったことなんて、一度もないわ。ただちょっと、恨《うら》んじゃっただけで」

藍良《あいら》は、もっと早く俺《おれ》に会いに来《き》て欲《ほ》しかった。なによりも、祖父に会《あ》って欲《ほ》しかった。

こんなに早く亡《な》くなると知っていたら、俺《おれ》だって……。

「……じいちゃんのお参り、していいかな」

「うん……こっちよ」

藍良《あいら》が案内してくれる。この家には仏間がないため、以前まで家政婦が使っていた個室をその代替《だいたい》にしている。今後は俺《おれ》が一緒《いっしょ》に住むことでハウスキーパーを頼《たの》むことはなくなるだろう。安置された遺骨を前に、藍良《あいら》と一緒《いっしょ》に手を合わせる。祖父への報告は成田山《なりたさん》で終えているので、今は心の中でただいまとだけ告げておいた。

俺《おれ》は、思っている。この先も納骨をしなくていいだろうと。四十九日法要で必ず墓に入れなければならないわけじゃない。方法さえ間違《まちが》わなければ、自宅安置も可能なのだ。

その後、俺《おれ》のスマホに引《ひ》っ越《こ》し業者から連絡《れんらく》が入った。荷物が届くと、藍良《あいら》も荷下ろしを手伝ってくれた。荷物は多くないので、運ぶのにそんなに時間はかからない。すでにこの家にあって必要ない家財はすべて処分した。ベッドも処分している。

俺《おれ》は今後、祖父の部屋を自室として使う。そこは和室で、布団《ふとん》が押《お》し入《い》れに入っている。これは藍良《あいら》の勧《すす》めだった。

「藍良《あいら》……俺《おれ》がこの部屋使って、ほんとにいいのか？」

「うん。ていうか、なんで遠慮《えんりよ》するんだろ」

藍良《あいら》の気持ちを思えば、しばらくは祖父の部屋はそのままにしておいたほうがいいと考えていたからだ。

「さっくん。家族なら、遠慮《えんりよ》なんかしないで。お父さんだってそう言うわ。さっくんならこの部屋を自由に使っていいって思うはずよ」

……そうかもな。祖父の性格を知っている俺《おれ》も、藍良《あいら》の言葉にうなずくしかなかった。

じいちゃん。あんたの娘《むすめ》は優《やさ》しくて、そして強いよ。俺《おれ》は藍良《あいら》を支えるつもりだったけど、もしかしたら逆に、俺《おれ》が藍良《あいら》に支えられることもあるのかもしれないな。

まあそんなことになったら、親代わりを申し出た意味がなくなる。まだ子どもの藍良《あいら》に負担をかけるつもりはない。

だからじいちゃん、とりあえず俺《おれ》に任せてくれ。国籍問題《こくせきもんだい》のように後回しにしていることもあるけど、いつかなんとかするからさ。

「さっくん……キャンプ道具、たくさん持ってるのね」

それらを倉庫に運んだところで、荷下ろしは完了《かんりょう》だ。

「今もキャンプやってるの、ほんとだったんだ」

「疑ってたのか？」

「ちょっとだけ」

「前にも言ったと思うけど、俺《おれ》はじいちゃんの影響《えいきょう》で、唯一《ゆいいつ》の趣味《しゅみ》がソロキャンプになってるんだよ」

「ソロなんだ？」

「寂《さび》しいことに独り身なんでな」

「彼女《かのじょ》とかいないんだ？」

「残念ながらな」

昔はいたけど、フラれたからな。

「じゃあ、これからは私が一緒《いっしょ》なんだし、ソロじゃないね。さっくん、寂《さび》しくないね。キャンプをしても、ソロキャンプじゃなくなるね」

この生活が落ち着いたら、藍良《あいら》と一緒《いっしょ》にキャンプをする日も訪《おとず》れるのだろうか？　ここ数年はソロキャンプばかりだった俺《おれ》なので想像できない。そもそも俺《おれ》はソロを嫌《きら》っていないわけで。

「あのな、藍良《あいら》。ソロキャンプにはひとりならではの楽しみ方があるんだぞ？　寂《さび》しさだって楽しさのひとつなんだ。じいちゃんだってひとりで旅してたんだしさ」

「……私は、できるならお父さんと一緒《いっしょ》に旅したかった。私がそばにいたら、発作《ほっさ》で倒《たお》れたお父さんに救命処置ができた。すぐに病院に連れていくこともできたんだから」

俺《おれ》は悟《さと》った。思いっきり失言だったこと。

「悪い……」

「ううん。私もイジワルだったかも、ごめんね」

藍良《あいら》はぺろっと舌を出した。こんな仕草もするんだな……彼女《かのじょ》は優《やさ》しくて強くて、そして小《こ》悪魔《あくま》な部分もあるようだ。

一緒《いっしょ》に暮らしていくうちに、こんなふうに俺《おれ》が見えていなかった藍良《あいら》の一面にも出会うことになるんだろう。その生活が怖《こわ》いようで、少し楽しみでもあった。

荷ほどきをあらかた終えると、窓の外は陽《ひ》が落ちていた。残りの荷物は娯楽品《ごらくひん》ばかりなので、おいおい進めていくとしよう。

時計を見ると午後七時を回っている。ちょうど腹の虫が鳴った。

「さっくん、定番だけど引《ひ》っ越《こ》しそば作ったよ。食べる？」

祖父の部屋——もとい、俺《おれ》の部屋に顔を出した藍良《あいら》がそう告げた。

「晩飯、作ってくれたのか」

「作ってくれたのかって……晩ご飯は普通《ふつう》、作るものでしょ？」

ひとり暮らしの俺《おれ》は、作るよりも買うほうが多かった。外食するか、スーパーで適当に惣菜《そうざい》を見繕《みつくろ》うか。休日に自炊《じすい》することはあっても、ほぼこの二択《にたく》だった。

「まさかさっくん、私の料理の腕《うで》を疑ってる？　私、鳴海《なるみ》さんから料理を教わってたのよ」

鳴海《なるみ》さんというのは、元家政婦の人の名前だ。この家の二代目の家政婦だったと聞いている。

「お父さんにだって好評だったんだからね。まさしくこれは姫《ひめ》ご飯《はん》だって言って」

……姫《ひめ》ご飯《はん》ってなんだ？　かわいくて美しいご飯ってことでいいのか？

藍良《あいら》に連れられてダイニングに入ると、醤油《しょうゆ》のいい香りが漂《ただよ》ってきた。引《ひ》っ越《こ》したのは俺《おれ》なので、正しくは俺《おれ》がそばを振《ふ》る舞《ま》うべきなのだが、せっかく作ってくれたのだから野暮《やぼ》なことは言わないでおこう。

俺《おれ》が期待しながらテーブル席に着くと、藍良《あいら》がそばを器《うつわ》に盛ってくれる。そこには菜の花がたっぷり載《の》っていた。

「ちょうど旬《しゅん》だしね。春の味ってことで」

ふたりでいただきますをして、菜の花そばをすする。

……うまい。菜の花の香りに加え、シャキシャキとした食感がたまらない。薄味《うすあじ》の汁《しる》がそれらをさらに際立《きわだ》たせている。胃に優《やさ》しく、いくらでも流《なが》し込《こ》めそうだ。

空腹だったこともあって、あっという間に食べ終わってしまった。

「さっくんは育《そだ》ち盛《ざか》りだし、おそばだけじゃ物足りないよね？」

十五歳《さい》が二十六歳《さい》に向かって言うセリフじゃないような。

「まさか、もうお腹《なか》いっぱい？」

「……いや、できればおかわりが欲《ほ》しい」

「よろしい」

笑っている。おかしいのか、それともうれしいのか。とりあえず母親みたいな言動だ。女子高生だから若奥様《わかおくさま》？　……なんか卑猥《ひわい》だな。

「おそばはもう終わりだけど、ほかになにか作ってあげるね。リクエストはある？」

おかわりがないのなら、これ以上は藍良《あいら》の負担になりそうだ。

「ほんとはもう腹いっぱいだ。だから作らなくていいよ」

「ウソつき」

藍良《あいら》は、今度は不満そうに腰《こし》に手を当てた。

「私、遠慮《えんりょ》しなくていいって言ったよね？」

「遠慮《えんりょ》っていうか、家事の分担の話だ。足りない分は自分で作るよ。一緒《いっしょ》に住むんだし、キミにばかり家事を任せるつもりはないんだ」

「家事くらい、私が全部してあげるけど？」

「藍良《あいら》。じいちゃんと一緒《いっしょ》に暮らしてたときも、キミがすべての家事を請《う》け負《お》ってたのか？そうじゃないだろ？」

「お父さんとは……たしかに分担してたけど。鳴海《なるみ》さんとも……」

「だったら俺《おれ》も手伝うよ」

子どもの藍良《あいら》に全任せにしてしまったら、昨今問題になっているヤングケアラーにしてしまう。虐待《ぎゃくたい》だと責められてもおかしくない。

「でも……家事はやっぱり、私にさせて欲《ほ》しい。じゃないと、私……」

藍良《あいら》こそ、遠慮《えんりょ》しているように見える。俺《おれ》が親代わりになったことに必要以上に恩を感じているようだった。

「なあ、藍良《あいら》。俺《おれ》はこの家に住まわせてもらってることで、むしろキミに恩を感じてる。職場が近くなったし、家賃だって必要なくなったからな。だからさ、キミも俺《おれ》に恩を感じてるんだったらギブアンドテイク、ウィンウィンの関係ってやつだよ」

「……そう、なのかな」

「そうだよ」

「さっくんは、家事が得意なの？」

「得意とは思わないけど、最低限はできるぞ。ひとり暮らししてたからな。買い出しや掃除《そうじ》なんかはむしろ任せてくれ、力仕事が多いだろうから」

「じゃあ……そのときは、お願いするかも」

「かも、じゃなくて、困ったときは絶対に言ってくれ。必ず助けになるから」

「……さっくん、押《お》しが強い」

俺《おれ》も親代わりとして必死だってことだよ。

「さっくん、料理はどうなの？　ひとり暮らしだったみたいだし、それも最低限って感じ？」

「そっちは最低限とも言えないかもな……自炊《じすい》はほとんどしてなかったから」

「よかった」

藍良《あいら》はホッとしたあと、満面の笑顔《えがお》を咲《さ》かせた。美貌《びぼう》も相まり、まぶしくて直視が難しい。

というかなぜ安心するのか、なぜ喜ぶのかよくわからない。

「さっくん、料理は私がずっと担当するね。いい？」

「……えっと。さすがにずっとっていうのは」

「まだ料理の腕《うで》、疑ってるの？　だったらこれから作る料理で判断して。さっくん、なに食べたい？　おそば以外も作ってあげるよ」

藍良《あいら》はウキウキして返答を待っている。俺《おれ》は観念して答えることにした。

「じゃあ……米」

「……お米？　ご飯ってこと？　予想外にシンプルな答え……ていうか、おそば食べたあとなのにご飯でいいの？　炭水化物の取り過ぎになるよ？」

「べつにいいだろ」

「ぜんぜんよくない。さっくん、太るよ？」

「あれ、そばって太りづらいんじゃなかったか？」

「吸収率がお米や小麦粉に比べて低いから血糖値の上昇《じょうしょう》はゆるやかになるけど、炭水化物には変わりないわ。食べ過ぎたらやっぱり太っちゃうよ」

やけに詳《くわ》しい。料理は全面的に任《まか》せて欲《ほ》しいようだし、栄養にも造詣《ぞうけい》が深そうだ。

「まあ、ちょっとくらいならご飯を出してもいいけど。冷凍《れいとう》してるものがあるから、今から炊《た》かなくてもいいし。でもさっくん、ご飯だけじゃ食べづらくない？」

「べつに大丈夫《だいじょうぶ》だ」

「そばつゆで食べるなんて言ったら止めるからね。塩分の取り過ぎになっちゃうし」

……栄養に詳《くわ》しい分、健康にも厳しそうだな。

「さっくん、お米以外に食べたいものは？」

「じゃあ、塩」

「……えっと、ほかには？」

「特に。米と塩だけでいい」

「それだと塩おにぎりくらいしか作れないけど……」

「それでいいよ」

人間、米と塩があれば生きていける。

「あの……ちょっと怖《こわ》くなってきたから聞きたいんだけど、さっくんってこれまでどういう食生活してたの？　自炊《じすい》をあまりしてなかったとしても、お惣菜《そうざい》くらい買ってたのよね？」

「ああ。スーパーに寄って塩おにぎりを買って食べてたよ」

「……え？　ほかには？」

「それだけだけど」

藍良《あいら》はモンスターにでも出会ったような顔をした。

「し、塩おにぎりだけとか……偏《かたよ》ってるにもほどがある。そもそも塩おにぎりはお惣菜《そうざい》じゃないし……お肉や野菜の要素がこれっぽっちもないじゃない」

祖父の訃報《ふほう》から続いたごたごたで、最近は時間がなかった。ほかにも、仕事が立《た》て込《こ》んでいるときなんかは適当な食生活になっていたのは否《いな》めない。

「でも藍良《あいら》、早合点《はやがてん》するなよ。俺《おれ》は塩おにぎりだけを食べてたわけじゃない。ここからちゃんと調理するんだ。フライパンで焼きおにぎりにしてたんだよ。醤油《しょうゆ》を垂らしてな」

「プラスの栄養素が醤油《しょうゆ》しかないじゃないっ、せめて海苔《のり》を巻いて！　ううんっ、それをしても調理だなんてとてもじゃないけど言えないでしょ！　いつか身体壊《からだこわ》しちゃうからね！」

藍良《あいら》は、ハアハアと肩《かた》で息をしていた。成長した彼女《かのじょ》も、こんなふうに感情を露《あら》わにするんだな。幼かった頃《ころ》を思い出してしまった。

「……さっくん、なにニヤニヤしてるの」

顔に出てしまったか。

「俺《おれ》もさ、さすがに修行僧《しゅぎょうそう》みたいに米と塩だけで生活してたわけじゃないんだ。いそがしい平日がそうなるだけで、たとえば休日のキャンプは肉や野菜を焼いて食ってたからな」

「平日のほうが多いんだし、むしろキャンプ以外の食生活をマジメに考えてよね……。そんな食生活で、これまでよく生きていられたね。健康診断《けんこうしんだん》で余命を宣告されたりしてない？」

「……してないって。引っかかったことは一度しかない」

「なんに引っかかったの？」

「……尊厳を守るために黙秘《もくひ》する」

独り身になった年の健康診断《けんこうしんだん》で、尿検査《にょうけんさ》の蛋白《たんぱく》で引っかかったことがある。なぜ引っかかったのかは思い返したくもない。全部祭里《まつり》のせいだ。これは最大級の黒歴史だ、死にたい。

「とにかく、藍良《あいら》が心配することはないんだ。平日でも余裕《よゆう》があるときは、ちゃんと料理してたからさ。適当な肉と野菜を炒《いた》めて米の上に載《の》せたりとか。タッパーに肉と野菜を詰《つ》めて、めんつゆと一緒《いっしょ》にレンジでチンしたものを米の上に載《の》せたりとかさ」

これらのお手軽料理は、グルメの祭里《まつり》に言ったら味気なさすぎると責められ、しまいには料理してくれる彼女《かのじょ》でも作れば？　なんて言い放ちやがった。いやいや、おまえが俺《おれ》をフったんだからな？　そこのところわかってるのか？　天然の祭里《まつり》だからわかってなさそうだが。

「さっくん。いま聞いたそれらも、自慢《じまん》げに料理と言っていい代物《しろもの》じゃないからね」

……そうか、藍良《あいら》。おまえも祭里《まつり》と同じ側の人間か。

「さっくんはなんでもご飯の上に載《の》せたがるみたいだけど……オンザライスが好きなの？　丼《どんぶり》ものが好きってことでいいの？」

「作るのが簡単って理由が一番だけど、好きといえば好きだな」

藍良《あいら》はうなずいた。何度も、深く。

「さっくんのこと、よぉーくわかった。私が知らない間に、そこまで不健康な生活になってたんだ。これはもう徹底《てってい》的な教育が必要ね」

立場的には教育を受けるのがそっちで、教育を施《ほどこ》すのが俺《おれ》だと思うんだが。

「このままだとさっくんは早死にする。そんなの絶対許さないから。私の手で最低でも百歳《さい》までは生かしてやるんだからね」

藍良《あいら》は冗談《じょうだん》のような言葉を真剣《しんけん》に言い放った。きっと祖父の突然死《とつぜんし》が影響《えいきょう》しているんだろう。俺《おれ》も藍良《あいら》を悲しませてまで、早死にするつもりはない。

ていうか、藍良《あいら》。それだと、俺《おれ》が百歳《さい》になるまで一緒《いっしょ》に暮らすことになるんだが。

「さっくん、待ってて。私がさっくんにふさわしい料理を作ってあげるから」

藍良《あいら》は意気揚々《いきようよう》とキッチンに立った。

冷凍庫《れいとうこ》から米を出すことはなかったし、作るのは塩おにぎりではないようだ。いったいどんな料理が出てくるんだろう？　エプロン姿の藍良《あいら》の背中を、俺《おれ》は缶《かん》ビールを開けながらぼんやりと眺《なが》めていた。

トントントン、と包丁の音。ジュワワー、と食材を煮《に》る音。このＢＧＭに題名をつけるなら、家庭だろうか？　なんだろう、こんな時間も悪くない。ソロキャンプともグループキャンプとも違《ちが》う。これが、家族の時間？　親と仲が悪かった俺《おれ》が、手に入れられなかった時間なのか？

祭里《まつり》と一緒《いっしょ》に暮らすことになっていたら、もっと早く味わえたのかもしれないな……。

「さっくん、お待たせ」

俺《おれ》が一本目の缶《かん》ビールを空けた頃《ころ》、藍良《あいら》が出来立ての熱々料理を運んできた。

「どうぞ、召《め》し上《あ》がれ」

皿の上に盛られたそれは、見た目が赤い。四角いなにかに赤いソースがかかっている。

「コレ……なんだ？」

「肉詰《にくづ》め厚揚《あつあ》げのトマト煮《に》よ」

聞き慣れない料理だ。厚揚《あつあ》げって普通《ふつう》、醬油煮《しょうゆに》じゃないのか？　なのにトマト煮《に》って。

「さっくんは初めて食べる？　ベトナム料理のひとつなのよ。お父さんが旅先で教わってきて、それを私が再現してみたの。アレンジもしてるけどね。お父さんは気に入ってくれて、よく晩《ばん》酌《しゃく》のお供にしてたわ。さっくんも、おツマミにどうぞ。お口に合ったらいいんだけど」

それから藍良《あいら》は、顎《あご》に人差し指を当てながら小首をかしげた。

「でもさっくんって、地理の先生よね。ベトナム料理くらい知ってるんじゃない？」

「……さすがに知らない。専門外とまでは言わないけど、世界どころか日本のご当地グルメですら多種多様だから、ぜんぜん把握《はあく》できてないんだよ」

俺《おれ》より祭里《まつり》のほうが詳《くわ》しいくらいなのだ。というか、藍良《あいら》は俺《おれ》が地理の教員であることまで知ってるのか。いったいどこで調べたのやら。そもそもなぜ調べたんだか。

「さっくん、熱いうちに食べて。そのほうがおいしいから」

急《せ》かされ、疑問を口にする雰囲気《ふんいき》じゃなくなった。俺《おれ》は、見た目的には違和感《いわかん》しかないコレに箸《はし》をつけ、ひと思いに口の中に入れた。

「つ……！」

驚愕《きょうがく》した。見た目も初めてなら、味も初めてだ。なんだコレ……こんな美味は知らない！

厚揚《あつあ》げの大豆が持つコクと、トマトの酸味が持つキレが、驚《おどろ》くほど引き立て合っている。野球でたとえるなら高速スライダー。祭里《まつり》のせいで野球に疎《うと》かった俺《おれ》もこんな例が思《おも》い浮《う》かぶ。

厚揚《あつあ》げの中には、肉種《にくだね》が詰《つ》まっている。強烈《きょうれつ》な肉感だ。噛《か》めば噛《か》むほどその野性味あふれる肉汁《にくじゅう》が、コクとキレを伴《ともな》って味覚のど真ん中ストライクを突《つ》いてくる。

なんなんだこの肉は……牛肉でも豚肉《ぶたにく》でも鶏肉《とりにく》でもない、このパンチのある旨味《うまみ》は……！

「猪肉《いのししにく》よ」

藍良《あいら》が、俺《おれ》の疑問を見越《みこ》して口にした。

「この千葉では、ジビエとして有名よね。商店街で買い物してたら、肉屋さんにお勧《すす》めされたんだ。今日は新鮮《しんせん》で良《い》い猪肉《いのししにく》が入ってるって。調理がしやすそうなひき肉があったから、お言葉に甘《あま》えてつい買っちゃった」

だが猪肉《いのししにく》はいくら新鮮《しんせん》だからって、普通《ふつう》に調理するだけでは独特の臭《くさ》みが消えない。熊肉や鹿肉と同じで、長時間の下ごしらえが必要になる。

だというのに、藍良《あいら》は即興《そっきょう》で作ったのだ。藍良《あいら》がキッチンに立ってから、三十分も経《た》っていない。なのになんだ、菜の花そばにも負けないこの食べやすさは……？

「ニョクマムっていう、ベトナムの魚醤《ぎょしょう》を使ってるのよ。その国の料理には、その国の調味料。当たり前よね、そこには長い歴史があるんだから。先人の知恵《ちえ》ってやつね」

地理歴史の教員である俺《おれ》だから、その回答にはぐうの音も出なかった。

短絡的《たんらくてき》な先入観を打ち破るのは、いつだって小手先の科学じゃない、途方《とほう》もない時間を経た地理的かつ歴史的造詣《ぞうけい》なのだから。

「さっくん、どう？」

「うまい……めっちゃうめーよ！　こんなうまいの食ったことねえ！」

「さっくん、そんなふうに大げさに喜ぶことあるんだ。お世辞だとしても、よかった」

藍良《あいら》は涼《すず》しい顔をしているが、お世辞《せじ》抜《ぬ》きにマジでうまい。初めて経験する味なので、その新鮮《しんせん》さも相まってよけいにうまく感じるのだ。

やばい、これは冗談《じょうだん》じゃなくやばい、酒がめちゃめちゃ進む！　このツマミだけでご飯三杯《ばい》ならぬ缶《かん》ビール三缶《かん》は余裕《よゆう》だぜ！　これならもう居酒屋に行く必要ないんじゃねーの！

「さっくん……飲むの、早すぎない？」

二缶目《かんめ》のビールを一気に飲み干した俺《おれ》を前に、藍良《あいら》が心配げに尋《たず》ねた。

「そうか？　まあペースは早くなったかもしれないけど、まだ二缶《かん》しか空けてないしな」

「一缶目《かんめ》じゃなくて二缶目《かんめ》だったの……？　私が料理してる間も、なにか飲んでるとは思ってたけど……。でもそれだと間違《まちが》いなく飲み過ぎじゃないっ、今日はここまでにしてね」

「……は？」

今、なんて？　理解しがたいことを言われた気がする。

「なにその、よく聞こえませんでしたもう一回言ってください、みたいな顔」

「その指摘通《してきどお》りなんだが……」

「じゃあ、よく聞いてね。お酒は一日一缶《かん》まで。二缶《かん》も飲んじゃったのは、今日限りでおしまいよ。さっくんはこれ以上、飲んじゃダメだからね」

……日本語でお願いしてよろしいでしょうか？

「なにその、わかりました素直《すなお》に従います、みたいな顔」

「逆だろうが……あ、いや、もしかして三缶目《かんめ》以降はコップに注《つ》いで飲めばいいのか？」

「いいわけないでしょ。健康を考えると、お酒の一日の摂取量《せっしゅりょう》はビールなら500ミリリットルまで。日本酒なら一合まで。焼酎《しょうちゅう》も日本酒と同じくらいの度数で割って、一合と同じ180ミリリットルまでなんだからね。さっくん、わかった？」

「日本語でお願いしてよろしいでしょうか……？」

「つまらない冗談《じょうだん》はスルーするとして、今日さっくんが飲んだ缶《かん》ビールは350ミリリットルだから、二缶《かん》で700ミリリットル摂取《せっしゅ》したことになるわ。200ミリリットルもオーバーしてるし、明日はその分を減らして300ミリリットルだけにしてね。でも350ミリリットルの普通《ふつう》サイズの缶《かん》を開けると50ミリリットル捨てることになってもったいないから、ミニサイズの缶《かん》を開けるようにしてね。さっくん、わかった？」

……藍良《あいら》がこんなふうに酒の容量に詳《くわ》しいのは、祖父もまた酒好きだったからだろう。

「それと、さっくん。最低でも週に一回は休肝日《きゅうかんび》を作ってね」

「……新聞の？」

「肝臓《かんぞう》の」

「日本語で……」

「それはもういい」

藍良《あいら》はテーブルに両手をついて、ずいっと迫《せま》る。

「お酒は百薬の長っていうのは間違《まちが》いよ。適度なお酒ですらなにもプラスにならない。現状《げんじょう》維持《いじ》でしかないの。そして過度のお酒は言うまでもなく、体調にマイナスよ。だから私はさっくんの健康のために飲み過ぎはダメって言ってるの、わかった？　さっくん、返事は？」

藍良《あいら》の美貌《びぼう》で凄《すご》まれると、圧がすごい。武器で脅《おど》されているようなもので、抵抗《ていこう》できない。

「は、はい……わかりました」

「よろしい。お礼に、もうひとつおツマミを作ってあげるね」

なんのお礼なのかよくわからないし、これ以上酒が飲めないのにツマミを作る理由もよくわからないのだが、とにかく藍良《あいら》が料理上手なのはわかった。祭里《まつり》とはまた違《ちが》った方向で。

祭里《まつり》の料理は健康を考えない。たとえば痛風鍋《つうふうなべ》や腎臓破壊《じんぞうはかい》ラーメン。美味と風味だけを求めた代償《だいしょう》として、健康を損《そこ》なうのだ。

なのになぜか祭里《まつり》は太らないし、健康診断《けんこうしんだん》にも引っかからない。いつだってオールA判定だった。学業のほうはオールE判定なので、ある意味バランスが取れているとも言えるのだがが。

「はい、お待たせ。さっくんの身体《からだ》を考えて作ったおツマミよ」

そう。藍良《あいら》の料理は、味ばかりを追求した祭里《まつり》とは違《ちが》い、栄養も考えられている。その分、酒を制限されるのが辛《つら》い。祖父もまた、同じようなジレンマに耐《た》えていたのかもしれない。

「藍良《あいら》……今度の料理は？」

「アスパラガスとエビのハーブマヨネーズ添《ぞ》えよ」

緑色のアスパラガスと橙色《だいだいいろ》のエビ、そして黄色のソースのコントラストが映《は》えている。

「北海道産のアスパラガスは、この時期が旬《しゅん》なんだって。商店街の八百屋さんにお勧《すす》めされたんだ。エビのほうは旬《しゅん》が通年って言われてるけど、魚屋さんにちょうど安く売ってもらって。どっちもボイルにして、添《そ》えるソースをなんにしようか迷ったんだけど、家庭菜園で育てたハーブがあったから、マヨネーズに混ぜてみたのよ。どうぞ、召《め》し上《あ》がれ」

俺《おれ》は、嫌《いや》な予感がしながらも口をつける。

やっぱりだよ！　クソうめーよ！　酒が飲めないのがもはや拷問《ごうもん》になってるよ！

焼いても炒《いた》めてもうまいアスパラだが、一番はゆで上げだと言われている。アスパラ独特の香りと歯ごたえを最も楽しめるからだ。

さらにはこの、付け合わせのエビだ。カリッとしたアスパラと、プリッとしたエビは相性《あいしょう》が抜群《ばつぐん》だ。エビ独特の旨味《うまみ》がアスパラの青臭《あおくさ》さをうまい具合に中和し、飽《あ》きがまったく来ない。

極《きわ》めつけは、添《そ》えられたハーブ入りマヨネーズ。ふんわりまろやかな口当たりで、アスパラとエビの食感を阻害《そがい》しない。マヨネーズだけでは卵のコクが強すぎて味覚を奪《うば》っていきかねないところを、ハーブの香りと後味がうまく抑《おさ》えてくれている。自らは主張しない縁《えん》の下《した》の力持ち。ソースとして満点だ。

無意識に缶《かん》ビールへと伸《の》ばしていた俺《おれ》の手を、藍良《あいら》がぺしんとはたき落とした。

「さっくん。もしこれ以上飲んだら、明日からはもうおツマミ作ってあげないよ。でも飲まないって約束してくれたら、今からシメのお味噌汁《みそしる》を作ってあげる」

シメの味噌汁《みそしる》……！　これ以上ない甘美《かんび》な響《ひび》きだった。俺《おれ》は抗《あらが》う術《すべ》もなくうなずいていた。

「どうぞ、召《め》し上《あ》がれ」

藍良《あいら》が用意してくれたのは、アスパラガスと厚揚《あつあ》げの味噌汁《みそしる》だった。

残った食材を使い回しただけと言うなかれ、むしろ今となってはなじみ深くなっているために安心感が増す。これまで口にした味を思い出すことで、ほろ酔《よ》い気分で余韻《よいん》に浸《ひた》れる。シメとしては最高の味噌汁《みそしる》だった。藍良《あいら》の料理はもはや酒飲みの心を鷲《わし》づかみにするフルコースと言っていい。おかげで、酒の量は物足りないのに満ち足りている。複雑な気分だった。

「……ごちそうさま。おいしかったよ」

「お粗末《そまつ》さまでした。これからも、料理は私に任せてもらっていい？」

「ああ……こっちからお願いしたいくらいだ。代わりに洗い物は俺《おれ》がやるよ」

「じゃ、一緒《いっしょ》にやろ」

食器洗いも藍良《あいら》のほうが慣れていた。どうも食器を傷《いた》めない洗い方があるらしく、そんなの気にしたことがなかった俺《おれ》なので、藍良《あいら》が洗って俺《おれ》が拭《ふ》くという構図になった。

俺《おれ》も、もう少し家事を勉強しよう。じゃないと、藍良《あいら》にすべて取られてしまう。親代わりの名折れになってしまいそうだった。

食後はバスタイムに入った。

藍良《あいら》は、トレくんと呼ぶ飼《か》い猫《ねこ》と一緒《いっしょ》に風呂《ふろ》に入っていた。猫《ねこ》って風呂嫌《ふろぎら》いなイメージなのだが、あの猫《ねこ》は違《ちが》うようだ。なんというか、いろいろ規格外な猫《ねこ》だと思う。

俺《おれ》もあとから湯船に浸《つ》かった。女物のシャンプーやコンディショナーが浴室に置いてあるのは、不思議な気分だ。実家で暮らしていた頃《ころ》にも彩葉《いろは》が使っていたものはあったはずなのだが、あまり記憶《きおく》にない。気にしていなかったからだろう。

祭里《まつり》との同棲《どうせい》が叶《かな》っていたらそれを思い出したのだろうが、今となっては詮無《せんな》きことだ。

「さっくん、寝《ね》る前にハミガキを忘れずにね」

不摂生《ふせっせい》のイメージを与《あた》えてしまったようで、風呂上《ふろあ》がりの俺《おれ》に藍良《あいら》が釘《くぎ》を刺《さ》した。俺《おれ》が親代わりのはずなのに、藍良《あいら》が俺《おれ》の母親代わりみたいになっている。

「藍良《あいら》はもう寝《ね》るのか？」

「うん。さっくんもそうよね」

「俺《おれ》はもうちょっと起きてるよ。荷ほどきの続きをしようかなと」

「でも……もう十時過ぎてるよ？」

俺《おれ》にとっては、十時はまだ活動時間だ。一方、藍良《あいら》は早寝早起《はやね》きのようだった。もっと夜遅《よるおそ》くまで遊んでいる女子高生だって多いだろうに。

「さっくん、夜更《よふ》かしはダメよ。荷ほどきだったら、私も明日手伝ってあげるから」

「それは遠慮《えんりよ》させてくれ……」

娯楽品《ごらくひん》には、女子に見られたくないモノだってあるわけで。

「まあ俺《おれ》は、だいたい日付が変わる頃《ころ》に寝《ね》てたからな。気にするな」

「……よけい気にするわ。さっくん、やっぱり食生活以外も不健康だったのね。夜更《よふ》かしは健康にとって一番の大敵なのよ？　それに、明日からはもうお仕事に復帰するのよね？」

俺《おれ》はうなずく。明日は八時に出勤の予定だ。

新学期が始まればもっと早い時間の出勤になるのだが、今はまだ生徒が春休み期間中だ。おかげで授業準備の必要がない。そのぶん余裕《よゆう》がある。

とはいえ、これまでのごたごたで普段《ふだん》なら考えられない長めの休みをもらってしまったため、新年度に向けての仕事がエベレストのごとく山積している。

有休が取りづらい若手公務員の俺《おれ》でも、緊急《きんきゅう》の事由があればさすがに相応の休みを取れる。その代償《だいしょう》として、当分の間は休日なしになるけれど。

「さっくん、八時までに沢高《さわこう》に着かないとなのよね。だったらやっぱり、もう休まないと。起きるのが六時としたら、十時半に寝《ね》れば健康的な七時間半睡眠《すいみん》になるもの」

俺《おれ》はいつも五、六時間睡眠《すいみん》だった。七時間半も眠《ねむ》れたらたしかに幸せだろうけど。

「寝坊《ねぼう》しないよう、私がちゃんと六時に起こしてあげるね」

「いや……待ってくれ」

起こしてあげるという言葉もそうだが、そもそも時間が早すぎる。

「ここから沢高《さわこう》までは徒歩二十分ってところだし、七時に起きれば充分《じゅうぶん》だぞ？」

「それだと支度《したく》の時間が四十分しかないじゃない。朝ご飯、ゆっくり食べられないよ？」

「そもそも俺《おれ》、いつも朝飯は食べないしな」

藍良《あいら》はモンスターに出会ったような顔……ではなく、ゴミを見るような目つきをした。

「さっくん、どれだけ不摂生《ふせっせい》なの……。朝ご飯をちゃんと食べないと、お酒の飲み過ぎと同じで健康に悪いのよ？　それともまさか……この不摂生《ふせっせい》には宗教上の理由があるとか？」

「……ねえよ。でも朝飯を食べないのなんて今どき普通《ふつう》だろ。そもそも三食取らないと不健康ってのが迷信《めいしん》なんだ、こんなの江戸《えど》時代から始まった慣習でしかないんだから。つまり歴史が浅い盲信的《もうしんてき》な因習でしかないんだ。最近なんか十六時間断食《だんじき》っていう新しい健康法も」

「私が朝ご飯作ってあげるから絶対食べてね、じゃないと許さないから」

俺《おれ》の長々とした言い訳を、藍良《あいら》はあっさり一刀両断した。

「私がさっくんをまっとうな生活に戻《もど》してみせる……覚悟《かくご》しててね、さっくん！」

その声は弾《はず》んでいた。本当に、なぜうれしそうなのか俺《おれ》にはさっぱり理解できなかった。

俺《おれ》はかつて祖父の部屋だった自室に戻《もど》り、布団《ふとん》を敷《し》く。

藍良《あいら》が勧《すす》めた通り、早めに休むことにした。疲労《ひろう》がたまっているのは間違《まちが》いないし、万が一寝坊《ねぼう》したらエベレスト状に積み上がっている仕事に支障をきたす。

「さっくん、お布団《ふとん》の場所わかる？」

心配なのか、藍良《あいら》もついて来ている。

「大丈夫《だいじょうぶ》だって。そっちももう休んでいいぞ」

「うん……じゃあ、おやすみ」

「おやすみ」

「明かりの消し方、わかる？」

「わかるって……」

藍良《あいら》はなかなか部屋を出ようとしない。

「だいたい俺《おれ》、明かりを点《つ》けたまま寝《ね》るしな」

一緒《いっしょ》に暮らしていたら、いつかはバレる。だから今のうちに伝えた。藍良《あいら》は驚《おどろ》いていた。

「俺《おれ》、明るくないと眠《ねむ》れないいんだ。そういうやつ、いるだろ？」

「私はよく知らないけど……。理由、聞いてもいい？」

「俺《おれ》の場合は、寂《さび》しがり屋《や》だからかな」

冗談《じょうだん》めかして言った。

「さっくん……ソロキャンプは、寂《さび》しくても楽しいって言ってたのに」

「日常と非日常で、寂《さび》しさの楽しみ方が変わるってことだよ。たとえば昼に寂《さび》しいのはいいけど、夜に寂《さび》しいのは勘弁《かんべん》願いたいんだ」

「わかるような、わからないような……。じゃあさっくんは、いつも夜が寂《さび》しいの？」

人から言われると、ほかの意味にも聞こえるな……。藍良《あいら》は無自覚のようだが。

「さっくんが寂《さび》しいなら……私が一緒《いっしょ》に寝《ね》てあげようか？」

……無自覚だったんじゃないのか？

「私が幼い頃《ころ》……小学校にも上がってない頃《ころ》だけど、私が寂《さび》しがるとお父さんがよく添《そ》い寝《ね》してくれたの。さっくんも、添《そ》い寝《ね》して欲《ほ》しいのよね？」

そういう意味か。ていうか、藍良《あいら》から見た今の俺《おれ》は小学生以下なのか？

「ね、さっくん。私が一緒《いっしょ》に寝《ね》てあげよっか？　ハグしながら寝《ね》てあげてもいいよ？　だってさっくん、寂《さび》しいんだものね？　そっか、さっくんも寂《さび》しいんだ……ふふ。えへへ」

小悪魔《こあくま》めいた笑《え》み。なにがおかしいんだか知らないが……わかったこともある。

本当に寂《さび》しいのは、藍良《あいら》のほうであること。亡《な》くなった祖父を思えば当然だ。

ただ、だからって俺《おれ》が藍良《あいら》と一緒《いっしょ》に寝《ね》ることはできない。たとえ親代わりだとしても。未成年の少女は法律や条例によって手厚く保護されている。そうしなければならない事案があったからだ。里親が里子を性的に乱暴する事例すらあると、彩葉《いろは》も言っていた。

それだけじゃない。教職員が同意のあるなしにかかわらず教え子に性的接触《せっしょく》をした場合、それは例外なく性暴力と見なされる。俺《おれ》は、同僚《どうりょう》の鍵谷《かぎや》のような渡《わた》り鳥《どり》にはなりたくない。

だいたい、少しでも問題を起こしたら俺《おれ》は藍良《あいら》の里親になれない。その資格を剝奪《はくだつ》されてしまうだろう。だからよけい、こういった触《ふ》れあいには敏感《びんかん》になる。

「ジャー」

聞き覚えのある鳴き声がした。これまでどこにいたのか、藍良《あいら》がトレくんと呼ぶ飼《か》い猫《ねこ》まで俺《おれ》の部屋に入ってきた。

猫《ねこ》は抗議《こうぎ》でもするように、寝間着《ねまき》である俺《おれ》のズボンの裾《すそ》をガリガリと引《ひ》っ掻《か》いた。おい、ほつれるからやめろ。

「トレくんもここで寝《ね》たいの？　じゃあみんなで一緒《いっしょ》に寝《ね》よっか」

「……待て待て。俺《おれ》は了承《りょうしょう》してない。ていうか、藍良《あいら》も冗談《じょうだん》で言ってたんだろ？　あまり大人をからかうんじゃない」

「からかってないよ。そもそも、さっくんが子どもみたいなこと言ってきたのに。夜は寂《さび》しいから私と一緒《いっしょ》に寝《ね》たいって」

「曲解するな……俺《おれ》は明るければひとりでも寝《ね》られるんだよ」

「私が添《そ》い寝《ね》すれば、暗くても寝《ね》られるんじゃない？」

「よけいなお世話だ。ていうか、そっちこそひとりで寝《ね》られないのか？　だったら俺《おれ》が子守唄《こもりうた》でも歌ってやるぞ？　優《やさ》しくあやしてやろうか？」

「な、なにそれ。私は子どもじゃないわ、大人よ。もう高校生になるんだから。さっくんが知ってる四歳《さい》の私じゃなくて、今の私はもう十五歳《さい》の大人だもの」

「じゃあ俺《おれ》より十一歳《さい》も年下の子どもは、十一歳《さい》も年上の大人である俺《おれ》にいつまでも構ってないで、さっさと自分の部屋に戻《もど》ってくれ。この猫《ねこ》も連れてな。まあ暗い廊下《ろうか》をひとりで歩くのが怖《こわ》いなら、俺《おれ》がしょうがなく部屋まで付《つ》き添《そ》ってあげてもいいけどな？」

「さっくん……嫌《きら》い」

ふくれている。大人びたところはあっても、感情表現はやっぱり子どもだ。

「藍良《あいら》、おやすみ。俺《おれ》は七時に起きるから、そういうことでよろしく」

「さっくんなんか……大《だい》っ嫌《きら》い。明日の朝、覚悟《かくご》してて。七時じゃなくて六時に起こしてやるから。どんな凄惨《せいさん》な目に遭《あ》わせようとも絶対早起きさせてやるんだから！」

……翌朝の俺《おれ》はいったい、なにをされてしまうんだろう。

「トレくん、行くよ！」

「ジャー」

一人と一匹《びき》はようやくこの部屋を出ていった。

「これは……ちゃんと自分で起きるしかなさそうだな」

俺《おれ》はスマホと時計で二重に目覚ましをセットした。いろいろ諦《あきら》めながら六時に指定した。

祖父が使っていた布団《ふとん》は、かすかに煙《けむり》の匂《にお》いがした。

◎その3

ピピピピッ、ピピピピッ。

……うるさい。

ジリジリジリジリジリジ。

……うるさい。

安眠《あんみん》の邪魔《じゃま》をする無粋《ぶすい》な騒音《そうおん》を手探《てさぐ》りで黙《だま》らせたあと、寝直《ねなお》した。

「おはよう、さっくん……って、あれ。まだ寝《ね》てる……？　さっき目覚まし鳴ってたのに」

どこからか、オルゴールのように澄《す》んだ声音《こわね》が聞こえる。なんて耳触《みみざわ》りがいいんだろう、健《すこ》やかな眠《ねむ》りに誘《いざな》う子守唄《こもりうた》のようだ。

「もう……さっくん、朝よ。さっくん、起きて。さっくん、起きなさーい」

優《やさ》しく揺《ゆ》さぶられる。その刺激《しげき》はまるでゆりかごのようで、夢心地《ゆめごこち》になる。子守唄《こもりうた》のような声と重なり、むしろ覚醒《かくせい》から遠ざかっていく。このまどろみが気持ちよくてたまらなかった。

「さっくん、ぜんぜん起きない……。ふうん、いい度胸ね。私、言ったよね。どんな凄惨《せいさん》な目に遭《あ》わせようとも、絶対に起こしてあげるって。覚悟《かくご》してね……さっくん」

もぞもぞ。もぞもぞ。

……な、なんだ？　なにかあたたかくて柔《やわ》らかいものが布団《ふとん》に入ってくる感触《かんしょく》……まさか、あの猫《ねこ》か？　今度は俺《おれ》のどこに爪《つめ》を立てようってんだ？

また引《ひ》っ掻《か》かれたらたまらない。俺《おれ》は渋々《しぶしぶ》ながらもまどろみから脱却《だっきゃく》することにした。

重いまぶたを開けると、その正体とばっちり目が合った。

ちょっと前に進めば、キスができそうなほどの至近距離《しきんきょり》で。

「さっくん、起きた？　おはよ」

なぜか俺《おれ》に添《そ》い寝《ね》している藍良《あいら》が、口ずさむようにあいさつした。

「ああ、おはよう……」

じゃねえええええええええ‼

布団《ふとん》をはねのけ、飛び起きた。後ずさりながら藍良《あいら》から距離《きょり》を置く。背中に棚《たな》がぶつかった。

「さっくん、びっくり箱みたいだった。おもしろい」

「どこもおもしろくねえよ……」

どっと疲《つか》れを感じる。ばくばくと早鐘《はやがね》を打つ心臓が、打ちつけた背中よりも痛い。

「さっくん、朝ご飯できてるよ。早く顔洗って、ダイニングに来てね」

藍良《あいら》は放り投げられていたかけ布団《ぶとん》を丁寧《ていねい》にたたみ、敷《し》き布団《ぶとん》と一緒《いっしょ》に押《お》し入《い》れに片付けると、なんでもなかったような態度で部屋を出ていった。

……なんだったんだ、さっきのは。イタズラ、か？　それにしたって度が過ぎてないか？　普通《ふつう》、男が寝《ね》ている布団《ふとん》に女子がもぐり込《こ》むか？　まさか今時の女子高生なら普通《ふつう》のスキンシップだったりするのか？　俺《おれ》の教え子である女子生徒は、学校ではおとなしくしているけど、プライベートでは実はこんなに乱れてるのか……？

教育者の端《はし》くれとして、日本の情操教育を憂《うれ》えた。


起床時間《きしょうじかん》は早いのに、眠気《ねむけ》はすっかり飛んでいた。顔を洗う前から目が冴《さ》えている。

だが俺《おれ》は、念入りに顔を洗った。よくわからない熱のせいで暑くてたまらなかった。

着替《きが》えも済ませてダイニングに入ると、テーブルに朝食が並んでいた。

「さっくん、やっと来た。待ちくたびれちゃった」

エプロン姿の藍良《あいら》が、腰《こし》に手を当てて俺《おれ》を出迎《でむか》えた。

「のんびりしてる時間、あんまりないよ。ほら、席に座《すわ》って。朝ご飯、早く食べてね」

今朝のメニューはサンドイッチのようだ。見たところ、二種類ある。片方はただのサンドイッチじゃない、ホットサンドだ。オーブンで焼く分、手間がかかるだろうに。

「このホットサンド、具材はキャベツか？」

「うん、春キャベツよ」

旬《しゅん》の野菜だ。昨夜もそうだったが、藍良《あいら》は季節を考えた料理を好む。旬《しゅん》の食材なんて、俺《おれ》はほとんど気にしたことがなかったのに。きっと自然を愛する祖父の影響《えいきょう》を受けたんだろう。

「さっくんはお米が好きみたいだけど、パンはどう？」

「パンも普通《ふつう》に好きだぞ」

「よかった」

席に着き、藍良《あいら》お手製のサンドイッチをいただく。食パンの焼き加減は絶妙《ぜつみょう》だった。パリッとした歯触《はざわ》りが、寝起《ねお》きで減退していがちな食欲を目覚めさせてくれる。

パンの内側にはバターが塗《ぬ》ってある。具はたっぷりの春キャベツに、ハムとスライスチーズ。それらを一緒《いっしょ》くたに口の中で咀嚼《そしゃく》する。渾然一体《こんぜんいったい》となったこの味は、噛《か》めば噛《か》むほど春の爽《さわ》やかさを醸《かも》す。呑《の》み込《こ》んだあとの後味は、まるで舌の上に涼《すず》しい春風が吹《ふ》いたようだ。

朝食だからこその滋味《じみ》だった。こんなにまともな朝食は初めてかもしれない。俺《おれ》はホットサンドを平らげ、もうひとつのサンドイッチを手に取る。

「藍良《あいら》、これは？」

「メロンとヨーグルトクリームのフルーツサンド。メロンは旭産《あさひさん》なのよ」

旭市《あさひし》は千葉県を代表するメロンの産地だ。さっぱりした甘《あま》さが特徴《とくちょう》と言われている。

藍良《あいら》は旬《しゅん》の食材だけじゃなく、ご当地の食材も好むようだ。地元で採れたものを地元で消費する、いわゆる地産地消《ちさんちしょう》。千葉県ではそれをもじって、千産千消《ちさんちしょう》と呼んでいる。

フルーツサンドを頬張《ほおば》る。瑞々《みずみず》しいメロンに加え、ヨーグルトの酸味に、生クリームのなめらかな甘《あま》み。朝のデザートにぴったりだった。

「このメロンも商店街の果物屋さんでお勧《すす》めされちゃって。つい買っちゃったんだ」

「そっか。藍良《あいら》は商店街の人たちと仲が良《い》いんだな」

「今はそうかも。よく買い出しに行ってるからね。でも最初はそうじゃなかったかな」

藍良《あいら》は、俺《おれ》のために食後のコーヒーを淹《い》れながら言葉を継《つ》ぐ。

「私、人形みたいだって言われて避《さ》けられることが多いんだ。誰《だれ》かと仲良くなるのが難しくて……それで、私自身も人付き合いが苦手になっちゃって。特に幼い頃《ころ》はね」

……信じられない。俺《おれ》の記憶《きおく》では、幼い頃《ころ》の藍良《あいら》はいつもかわいらしい笑顔《えがお》を振《ふ》りまいていた。無機質な人形のように感じたのは、最初だけだ。

いや……そうか。そういうことか。初対面では、俺《おれ》だって藍良《あいら》を避《さ》けていたと言われても否定できないんだ。

「私は、学校で友だちを作るのが苦手だけど……商店街の人たちとは、仲良くなれたんだ。お父さんのおかげで。お父さんが、私を助けてくれたのよ」

藍良《あいら》の人間性を知りさえすれば、その距離《きょり》は容易《たやす》く縮まる。商店街の人たちもまた、過去の俺《おれ》と同じだ。そうなるよう、祖父が積極的に藍良《あいら》がどういう人間かを伝えていたのだ。

「さっくん、お仕事の時間は大丈夫《だいじょうぶ》？」

藍良《あいら》が聞きながら、コーヒーカップを俺《おれ》の前に置いた。

「コーヒー飲んだら、すぐに出るよ」

「ハミガキも忘れずにね」

藍良《あいら》は微笑《ほほえ》んだあと、またキッチンに戻《もど》った。俺《おれ》が朝飯を食べている間も、藍良《あいら》はキッチンに立ってばかりだ。申し訳ない気になってしまう。

「なあ……藍良《あいら》は朝飯、食べないのか？」

「お弁当作りが終わったら、食べるよ」

「……弁当？　藍良《あいら》は今日どこか出かけるのか？」

「なんでそうなるの。作ってるの、さっくんのお弁当なのに」

俺《おれ》の……？

「さっくん、お昼ご飯はいつもどうしてた？」

藍良《あいら》の質問は、俺《おれ》の答えを予想しているようだった。なぜならすでに腰《こし》に手を当てていて、顔もじと目だ。

「えっと……仕事がある平日は、外に買いにいくか、そのまま外食かの二《に》択《たく》だったな」

いそがしくて食べる時間がないと嘆《なげ》く教員もいるが、俺《おれ》は朝飯を食べないことが多かったので、昼飯まで抜《ぬ》くとさすがに午後を耐《た》えきれない。だから無理にでも食べていた。

「だから、藍良《あいら》。べつにわざわざ弁当なんか作らなくても……」

「ダメ」

一刀両断。

「さっくん、栄養管理がぜんぜんなってないんだもの。お昼ご飯もどうせ塩おにぎりだけで済ませてたんでしょ？」

「いや、たまに焼きおにぎりも……」

「さっくんのお昼ご飯は私が毎日作ってあげる。わかった？　返事は？」

「い、いや、そこまでしてもらうとキミの負担に……」

「返事は？」

ずいっと迫《せま》り、凄《すご》まれる。喉元《のどもと》に刃物《はもの》を突《つ》きつけられた感覚。

「……はい。わかりました」

「よろしい」

この美貌《びぼう》の圧力に、俺《おれ》はどうやって対抗《たいこう》すればいいんだろう……。

「さっくん、お仕事いってらっしゃい」

「いってきます」

藍良《あいら》の手作り弁当を受け取って、家を出る。こんなふうにいってらっしゃいなんて言われたのは、俺《おれ》の人生で初めてじゃないか？　ちょっとドキッとしてしまった。

「さっくんが帰ってくるの、晩ご飯作って待ってるね」

……こんな言葉をもらうのも、間違《まちが》いなく人生初だな。

ここから沢原《さわばら》高校までは徒歩二十分。沢原駅《さわばらえき》から歩くのと距離的《きよりてき》にはちょうど同じくらいだ。これまでと違《ちが》い、電車の乗車時間が丸々なくなったのがありがたい。

小野川《おのがわ》沿いから離《はな》れ、住宅街を突《つ》っ切《き》るように歩いていく。春休み期間中なので、この通学路に生徒の姿はほとんどない。ゼロじゃないのは、部活動に来ている生徒もいるからだ。

俺《おれ》が顧問《こもん》をしている部活はかなりゆるいので、春休み中は活動していない。だが部によっては、顧問《こもん》の先生も顔を出すことになるだろう。特に運動部の顧問《こもん》の先生は大変そうだ。

入学前のオリエンテーションはすでに終えている。俺《おれ》はその日も休んでしまったが、藍良《あいら》は参加できたと聞いている。元家政婦の鳴海《なるみ》さんが、保護者代行として付《つ》き添《そ》ってくれたそうだ。

鳴海《なるみ》さんは俺《おれ》よりも年上なのだが、そうは思えないほど若く見える綺麗《きれい》なお姉さんだ。里親制度の手続きでは本当に世話になった。感謝に堪《た》えない。

そんな鳴海《なるみ》さんとの付き合いは、これからも続くだろう。彼女《かのじょ》は里親《さとおや》支援《えん》ソーシャルワーカーとして、俺《おれ》たちの家に何度も顔を出すことになるだろうから。

俺《おれ》が、藍良《あいら》の里親として本当にふさわしいかどうかを、公的に確認《かくにん》するために。

千葉県立沢原《さわばら》高等学校――

俺《おれ》の勤め先であり、藍良《あいら》が入学するこの学校は創立120年の歴史を持ち、北総《ほくそう》の名門校として伝統と実績を今日まで築き上げている。

主な校舎である普通教室棟《ふつうきょうしつとう》は三階建て、特別教室棟《とくべつきょうしつとう》は四階建て。その他の施設《しせつ》は食堂、体育館、プール等。生徒数は男子約500名、女子約400名、計900名程度となっている。

授業は1コマ45分。土曜授業はないが、希望者対象の進学講座が開かれている。

とまあ、県を代表する進学校のひとつだけあって、俺《おれ》も過去には受験勉強で苦労した。よく受かったものだと今さらながらに思う。そのせいで、入学したらしたで授業についていくのが大変だった。遊ぶ時間なんかほとんど取れず、おかげで家出キャンプが捗《はかど》った。

思い返せば、家出キャンプなんかしている暇《ひま》があったら、藍良《あいら》や祖父に会いにいくべきだったんだな……。後悔《こうかい》先に立たず。俺《おれ》は本当、ガキだった。過去に飛んで殴《なぐ》ってやりたい。

「おはようございます」

校門のところで、女子生徒にあいさつされた。

不意をつかれ、驚《おどろ》いた。まるで俺《おれ》を待ち構えていたかのように、校門の陰《かげ》から現れた。

「あ、ああ。おはよう」

女子生徒は愛想良《あいそよ》く微笑《ほほえ》み、丁寧《ていねい》な所作で頭を下げたあと、校舎に消えていった。

見慣れない顔だったので、俺《おれ》が前年度まで担任していたクラスの生徒じゃない。地理歴史の授業を担当していた生徒でもない。

そうなると、藍良《あいら》のような新入生というセンもある。とはいえ、オリエンテーションが終わった今、次に新入生が学校に来るのは入学式の日だ。

ほかに新入生が学校に用事があるとしたら、入学式の打ち合わせくらいなものだ。そしてそれが必要なのは、新入生代表としてあいさつする生徒だけだ。

その名が、泉水流梨《いずみるり》。俺《おれ》のクラスに迎《むか》え入《い》れることになった、新入生総代の才媛《さいえん》だ。

「あとで、顔写真を確認《かくにん》しておくか」

泉水流梨《いずみるり》についてはもうひとつ、確認《かくにん》したいことがある。

苗字《みょうじ》を考えると……いやでも、まさかな。学区を考えたらありえない。あいつの住所は都内のど真ん中だし、千葉県の公立校を受験できるわけがないのだから。

俺《おれ》は職員室に足を踏《ふ》み入《い》れる。

すでに出勤していた先生方にあいさつしたあと、学年主任の鶴来《つるぎ》先生に改めて報告した。

これまで仕事を休んでいたことの理由や経緯《けいい》、そしてその結果として、新入生である星咲藍《ほしざきあい》良《ら》の親代わりになったことを。

「見取《みどり》先生……お疲《つか》れさまです。とはいえこの件で疲《つか》れるのは校長や教育委員会になるでしょうネェ。私も虚《きょ》をつかれましたからネェ。春眠《しゅんみん》を嵐《あらし》のごとく吹《ふ》き飛《と》ばすサプライズではありますが、関係各位にとってはエレガントなサプライズにはならないでしょうネェ」

ちょっとオネエっぽい語尾《ごび》を操《あやつ》る学年主任の鶴来《つるぎ》先生は、薄《うす》くなってきた額をペチペチと叩《たた》きながら、俺《おれ》に代わって上に報告すると約束した。

親子が同じ学校に通うどころかクラス担任とその生徒なのだから、問題にならないわけがない。だが今さらクラスを再編するのは無理なので、俺《おれ》が藍良《あいら》の担任教師になるのは確定している。

無国籍者《むこくせきしゃ》の彼女《かのじょ》をあえて迎《むか》え入《い》れたがる先生方も現れないだろう。学校が彼女《かのじょ》の入学を受け入れたのだって、もし拒否《きょひ》でもしたらマスコミあたりに取り上げられ、世論のバッシングにさらされるのが目に見えているからだ。本音を言えば面倒事《めんどうごと》には関わりたくないはずだ。

よって、教育委員会は間違《まちが》いなくこの問題を俺《おれ》にぶん投げる。なにか面倒事《めんどうごと》が起こったら、俺《おれ》ひとりに責任を被《かぶ》せようとするだろう。

だとしても、俺《おれ》は楽観している。悲観的に準備して楽観的に対処しろというのは、マネジメントの世界ではセオリーのひとつらしい。

すでに行政の根回しは済ませてあるので、少なくとも藍良《あいら》の処遇《しょぐう》は悪いことにはならないはずだ。下手を打って藍良《あいら》との同居を第三者に知られたりしても、被害《ひがい》があるのは俺《おれ》ひとりだ。

「見取《みどり》先生は現在、問題の生徒である星咲藍良《ほしざきあいら》さんとご一緒《いっしょ》に住んでいるそうですが、児童保護の理由があったとしてもそこは問題になるでしょうネェ。親代わりだろうと、教師と教え子がプライベートでも共に過ごすことは、倫理的《りんりてき》な観点からすれば言語道断ですからネェ」

教師と生徒のプライベートな関係はどうしても槍玉《やりだま》に上がりやすい。モンスターペアレントのような厄介《やっかい》な相手にでも知られたら、俺《おれ》はほかの学校に飛ばされ、最悪の場合は懲戒免職《ちょうかいめんしょく》を食《く》らうだろう。

（まあ、それはそれでいいけどな）

もちろん藍良《あいら》の親代わりを辞《や》めるんじゃなく、俺《おれ》が高校教師を辞《や》めるほうの話だ。

俺《おれ》はべつに、教職にしがみつきたいわけじゃない。教職に誇《ほこ》りを持っているわけじゃない。言葉は悪いが、ほかにできることがないからこの職に就《つ》いているだけだ。

「見取《みどり》先生。情報が外に漏《も》れないよう充分《じゅうぶん》に注意してください。おふたりの苗字《みょうじ》は違《ちが》いますから、対外的には親子だと思われないでしょうけれどネェ」

養子《ようし》縁組《えんぐみ》と違《ちが》い、里子は里親の戸籍《こせき》に入るわけじゃない。藍良《あいら》の苗字《みょうじ》を俺《おれ》に合わせる必要がない。通称《つうしょう》という形で里親の姓《せい》を使っても許されるが、俺《おれ》と藍良《あいら》の場合は別々にするべきだ。

「ですが、見取《みどり》先生。同居については知られないよう、気をつけるに越《こ》したことはありませんヨォ。現場を見られたらどうしようもありませんからネェ」

俺《おれ》と藍良《あいら》が同じ家に出入りするところを誰《だれ》かに目撃《もくげき》でもされたら、誤魔化《ごまか》しようがない。俺《おれ》たちの家はへんぴなところにあるため人通りは少ないが、誰《だれ》の目があるか知れない。

（まあバレたらバレたで、さっきも考えたが、すっぱり教職を辞《や》めてやるさ）

鶴来《つるぎ》先生との話を終え、自席に着く。小さくため息をついた。

自分がこの職に対して冷めているのは自覚している。教えることが好き、あるいは子どもが好きだから教職員になった、この職場はそういった者が大半だろうが、俺《おれ》は違《ちが》う。うるさい親を黙《だま》らせるために公務員を目指し、結果としてこの道に進んだだけだ。

とはいえ俺《おれ》は、鶴来《つるぎ》先生を始めとする上司の教員、鍵谷《かぎや》を始めとする同僚《どうりょう》の教員、そして教え子である生徒たちとはそれなりにうまくやっているつもりだった。

言《い》い換《か》えれば、本気で接していないことになるのだが。

先生の本分とは生徒に嫌《きら》われることにあるという、その至言とは真逆な存在だからだ。俺《おれ》は生徒を一度も叱《しか》ったことがないくらいだ。

最善の叱《しか》り方《かた》とは、叱《しか》られた者が叱《しか》られる前よりもやる気が高まる叱《しか》り方《かた》である——そんな言葉も、教員研修で聞かされていたけれど。

冗談《じょうだん》じゃない。簡単に言わないで欲《ほ》しい。叱《しか》るのだって、疲《つか》れるんだぞ？　なのに嫌《きら》われるとか、疲《つか》れが倍増するじゃないか。損な役回りとしか言いようがない。

俺《おれ》はもう一度、ため息をついた。

（……だからって、生徒をないがしろにはしないさ。ちゃんと給料をもらってるからな）

給料分は最低でも働くつもりだ。じゃないと教職どころか人間として終わっちまう。冒険家《ぼうけんか》という名のスーパーボランティアの祖父が草葉《くさば》の陰《かげ》で嫌《いや》みったらしくあざ笑うに違《ちが》いない。

「ま、間に合った……！　おはようございます……！」

和歌月《わかつき》先生が慌《あわ》ただしく出勤してきた。遅刻《ちこく》ギリギリの時間で。

教職二年目の彼女《かのじょ》は、前年度に引き続いて俺《おれ》のクラスの副担任を務めることになっている。

席も隣《となり》なので、和歌月《わかつき》先生は一直線に俺《おれ》のところに寄ってきた。

「見取《みどり》先生、おはようございます！　あ、あのあのっ、あのあのそのっ」

「……落ち着いてください、和歌月《わかつき》先生。なにか伝えたいことがあるんですよね？　新年度の準備のことですか？　これまでお任せしてしまってすみませんでした」

正担任の俺《おれ》が休んでいる間は、副担任の和歌月《わかつき》先生に頼《たよ》りっぱなしになっていたのだ。

「い、いえっ、そうじゃなくて……。むしろ去年なんかは、私のほうこそ見取《みどり》先生にご迷惑《めいわく》をおかけしっぱなしで……」

和歌月《わかつき》先生は顔を赤くしてもじもじする。とても初々《ういうい》しい、というか学生にしか見えない。

彼女《かのじょ》は前年度に俺《おれ》と一緒《いっしょ》にこの学校に赴任《ふにん》してきたのだが、俺《おれ》と違《ちが》ってぴかぴかの新人教員だった。さらに身長が低くて童顔なので、大学生どころか女子高生としても通じそうだ。

「それで、和歌月《わかつき》先生。なんでしょう？」

「は、はい。実は……」

和歌月《わかつき》先生の用件は、思った通り新年度に向けての業務だった。そのひとつである、新入生のための学級通信の作り方に関してだった。

彼女《かのじょ》は前年度も俺《おれ》のクラスの副担任を務めてくれたが、新人だったため教材研究だけで手いっぱいなところがあった。教材研究というのは、教科書の教材を実際の授業へと組み入れていくための過程のことだ。

そして今年度から教職二年目となった和歌月《わかつき》先生は、教材研究とは別の校務分掌《こうむぶんしょう》にも意識を向ける必要が出てくる。その最たるものが副担任の業務だ。

副担任の仕事は正担任をサポートしながら学級運営に携《たずさ》わっていくことだが、俺《おれ》は前年度、新人であることを理由に彼女《かのじょ》にそういった仕事をあまり割《わ》り振《ふ》っていなかった。

教師生活は副担任から始まる、なんて言葉もあるくらいなので、今年度からの和歌月《わかつき》先生の業務が本当の意味での教職の仕事になるだろう。

だというのに、正担任の俺《おれ》が長く不在だったせいで彼女《かのじょ》には細かい業務を教えることができなかった。学級通信にはフォーマットがあるのに、それを渡《わた》すこともできていなかった。

「和歌月《わかつき》先生、正担任である僕《ぼく》の落ち度です。負担をかけてしまい、申し訳ないです」

「い、いえいえっ、私が副担任に慣れていないせいですので……ごめんなさいっ」

ふたりしてペコペコ頭を下げ合っていると、鶴来《つるぎ》先生が「若いっていいですネェ、青春ですネェ」と額をペチペチしながらつぶやいていた。髪《かみ》が薄《うす》くなってきてるのを気にしてるのか、あるいは主張してるのか。とりあえず、俺《おれ》はこの学年主任のことがわりと好きだ。

「はよござまーす」

今度は、鍵谷《かぎや》があくびをしながら職員室に入ってきた。いつものように遅刻《ちこく》だった。

「あれー、見取《みどり》ちゃん。今日から復帰なん？」

和歌月《わかつき》先生とは反対側の隣席《りんせき》となっている鍵谷《かぎや》が、へらへら笑いながら寄ってくる。ちゃん付けは気色悪いからやめろ、と俺《おれ》が文句を言う前に鶴来《つるぎ》先生が声をかけた。

「鍵谷《かぎや》先生、ちょっといいですか。まず遅刻《ちこく》について謝罪してください。そして学校ではちゃんと先生と呼称《こしょう》してください。親しき仲にも礼儀《れいぎ》ありですからネェ」

「ごめんごめん、鶴来《つるぎ》センセ」

「敬語も使ってください。鍵谷《かぎや》先生がいくら自由な渡《わた》り鳥《どり》でも、止まり木は有限です。いざ飛び立っても降り立つ場所がないかもしれませんネェ、そうなっても知りませんヨォ？」

「……鶴来《つるぎ》先生、申し訳ございません。諸々《もろもろ》、反省いたします」

鍵谷《かぎや》は冷《ひ》や汗《あせ》を垂らしながら九十度の礼をした。

「私のほうこそ、出過ぎた真似《まね》をしましたネェ。ただの老婆心《ろうばしん》だと思ってください。鍵谷《かぎや》先生、お仕事を始めてもらって結構ですヨォ」

鍵谷《かぎや》は疲《つか》れた顔で俺《おれ》の隣《となり》に座《すわ》る。彼《かれ》は常勤講師なので、俺《おれ》や和歌月《わかつき》先生とは違《ちが》って担任業務がない。今日出勤したのは教材研究のためだろう。彼《かれ》の専門は情報科だ。

「見取《みどり》ちゃん。今日、仕事帰りに一杯《いっぱい》やらん？」

鶴来《つるぎ》先生に聞こえない声量で、鍵谷《かぎや》が言う。

「ちゃん付けするな。それと、飲みにいくのはやめとくよ」

「なんかほかに用事あるん？」

「……まあな」

「えー、独り身のくせに？」

「うるさい」

藍良《あいら》が家で晩飯を作っているだろうし、遅《おそ》く帰るわけにはいかない。

「見取《みどり》ちゃんがこれまで仕事休んでた理由、詳《くわ》しく教えてもらってないからさ。いろいろ聞きたかったたんだけどなー」

「か、鍵谷《かぎや》先生、悪趣味《あくしゅみ》ですよ。見取《みどり》先生、困ってます」

「ほんとは和歌月《わかつき》ちゃんも気になってるくせにー」

「そ、そんなことは……」

「鍵谷《かぎや》先生、ちょっといいですか」

鶴来《つるぎ》先生が割って入った。

「聞こえてたんかよ、地獄耳《じごくみみ》！」

「なにか言いましたかネェ、耳が遠くて聞こえませんでしたネェ。それより鍵谷《かぎや》先生、仏の顔も三度撫《な》ずれば腹立つ、この言葉の意味をどう考えますかネェ？　ああ、国語科教員の和歌月《わかつき》先生は答えを言わなくていいですヨォ。鍵谷《かぎや》先生、お答えいただけますかネェ？」

ちなみに鶴来《つるぎ》先生は理科教員だ。そのせいか、いつも白衣を羽織っている。いや、授業がない今ですら羽織っているから実は普段着《ふだんぎ》なのかもしれない。

「……鶴来《つるぎ》先生、かしこまりました。三度目はないようにいたします」

「賢《かしこ》いですネェ、鍵谷《かぎや》先生は。さすがは渡《わた》り鳥《どり》であっても、止まり木を必ず見つけて羽を休める優秀《ゆうしゅう》な情報科教員です。それではお三方、お仕事に戻《もど》ってもらって構いませんヨォ」

鍵谷《かぎや》は降参とばかりに机に突《つ》っ伏《ぶ》した。そんな鍵谷《かぎや》を見て吹《ふ》き出《だ》した和歌月《わかつき》先生が、失礼だと思ったのかすぐに顔を赤くして縮こまった。

こんな具合に俺《おれ》たち一年生担当組の教師は、主任をトップにうまくやっているのだった。


「見取《みどり》ちゃん、昼飯食いにいかん？」

昼休みに入ったところで、鍵谷《かぎや》が誘《さそ》ってきた。これまでは、昼を外食で済ませる場合は鍵谷《かぎや》と一緒《いっしょ》のことが多かった。

「悪い。俺《おれ》、今日は弁当なんだよ」

「そうなん？　休んでた分の仕事がたまってるだろうし、まあわかるけど。外に出る時間がないから、出勤の途中《とちゅう》で先に買っといたんよね？」

「あ……いや。買ったんじゃなくて、自分で作った」

俺《おれ》はランチバッグとスープジャーを机の上に載《の》せる。今朝、藍良《あいら》から受け取ったものだ。

さすがに、自分以外の誰《だれ》かに作ってもらったと告げるのは気が引けた。同居のことは主任に伝えているし、同僚《どうりょう》にもいずれ知られるだろうが、わざわざ自分から教えるつもりはない。

「へえ？　見取《みどり》ちゃん、弁当なんか作るの初めてじゃね？」

「……新年度が始まるし、心機一転ってことでな」

「見取《みどり》先生、初めてなのにちゃんと食中毒対策もしてるんですね。すごいです」

和歌月《わかつき》先生も、興味津々《きょうみしんしん》といった様子で声をかけてきた。

「和歌月《わかつき》ちゃん、食中毒対策って？」

「見取《みどり》先生のお弁当が、保冷バッグだったもので。三角形なので、たぶん保冷のおにぎりケースだと思います」

和歌月《わかつき》先生の指摘《してき》通《どお》り、これには保冷機能がついている。温度が上がらず、菌《きん》が繁殖《はんしょく》しないようにできている。キャンプでも定番のグッズだし、俺《おれ》も食材を持ち運ぶのに使うことがあったが、おにぎりケースというのは初めてだ。

「見取《みどり》ちゃん。弁当、ほんとに自分で作ったん？」

「……なんで疑う」

「疑わせるような状況《じょうきょう》がそろってるからさ。休んでた間に新しい彼女《かのじょ》ができたとか。その彼女《かのじょ》に作ってもらったとかさ」

彼女《かのじょ》じゃなくて家族はできたがな……。

「み、見取《みどり》先生……だ、誰《だれ》かとおつき合いされてるんですか？」

和歌月《わかつき》先生があわあわおどおどしながら尋《たず》ねた。

「いえ……僕《ぼく》はずっと変わらず、寂《さび》しい独り身ですけど」

「見取《みどり》ちゃん、和歌月《わかつき》ちゃんの前では『僕《ぼく》』とか言っちゃって。気があるん？」

「ふえっ」

和歌月《わかつき》先生はビクッとしたあと、頬《ほお》を赤らめてもじもじした。

……違《ちが》うだろうが、鍵谷《かぎや》。俺《おれ》はおまえ以外の教師の前では「僕《ぼく》」で通してるだろ。

ちなみに生徒の前では「先生」だ。教員としては普通《ふつう》だろう、誰彼構《だれかれかま》わずタメ口の鍵谷《かぎや》がおかしいのだ。ただ、この習慣のせいでプライベートで困ることもある。祭里《まつり》と電話していて、「俺《おれ》」じゃなくて「先生」と言ってしまい、笑われたこと数知れずだ。

「まあ今の見取《みどり》ちゃんがほんとに独り身かどうかは、弁当の中身を見ればわかるかなー。ハートマークがあれば確定でしょ」

「……そもそもなんでおまえに見せる必要がある。さっさと外に食いにいけよ」

「わ、私もお弁当の中身が気になります……」

なんでですか、和歌月《わかつき》先生。面白半分《おもしろはんぶん》で野次馬する人じゃないと思ってたのに。

俺《おれ》はため息をついてランチバッグを開けてみた。

すると、おにぎりが出てきた。和歌月《わかつき》先生が言った通りだった。だが、普通《ふつう》のおにぎりじゃない。塩おにぎりでもない。三色おにぎりだ。

しかもただの三色おにぎりでもなかった。三つのおにぎりが違《ちが》う色をしているのではなく、一つのおにぎりが三色からできている。一つのおにぎりで三種類の味が楽しめるのだ。そして驚《おどろ》くべきことに、一つも同じ色がない。

一言で言えばこれは、九色おにぎり弁当だ。

「わあ……色とりどりで、すごくかわいい……」

和歌月《わかつき》先生が感嘆《かんたん》の息を漏《も》らした。

「なにこれ。ハートマークより凝《こ》ってるじゃん」

鍵谷《かぎや》が呆《あき》れたように肩《かた》をすくめた。

「めちゃ張り切って作ったの、バレバレじゃんか。彼女《かのじょ》の手作り弁当で確定でしょ」

「……俺《おれ》が張り切って作ったんだよ」

「へえ？　見取《みどり》ちゃん、なんか隠《かく》したい事情でもあるん？」

くっ、軽い言動に反して鋭《するど》いやつ。

「無理には聞かんよ。でもいつかは教えてくれな。じゃ、ご飯いってきまーす」

鍵谷《かぎや》は顔をへらへらさせ、手もひらひらさせながら、職員室を出ていった。

……鋭《するど》い分、俺《おれ》が本気で困っていることも見抜《みぬ》いたんだよな。ほんと、侮《あなど》れないやつ。

「あ、あの、見取《みどり》先生……」

「和歌月《わかつき》先生。僕《ぼく》は独り身です。鍵谷《かぎや》みたいに変に勘《かん》ぐらないでください」

妙《みょう》な噂《うわさ》を立てられるのは勘弁《かんべん》なので、念を押《お》しておく。

「で、でも……」

「鍵谷《かぎや》よりも僕《ぼく》を信じてください。お願いします」

「……は、はい。見取《みどり》先生を信じます」

わかってくれたのか、和歌月《わかつき》先生もこれ以上なにも聞いてこなかった。俺《おれ》と同様、弁当を机に置く。彼女《かのじょ》は前年度から弁当持参が多かった。

自炊《じすい》なのか、はたまた親に作ってもらっているのか。実家暮らしであることは聞いているが、それ以上のことは知らない。以前は通勤の際に沢原駅《さわばらえき》で一緒《いっしょ》になることもあった。だが俺《おれ》は徒歩通勤に変わるし、今後はなくなるだろう。

俺《おれ》は手を合わせてから、藍良《あいら》お手製のおにぎり弁当を食べる。

おにぎりの桜色の部分は、鮭《さけ》だった。赤色は明太子《めんたいこ》、紫色《むらさきいろ》はゆかり、薄橙色《うすだいだいいろ》はツナ、緑色は高菜、黄色は卵、茶色は肉そぼろ、黒色は塩昆布《しおこんぶ》、白色はシラスだった。

そしてスープジャーの中身は、豆腐《とうふ》としめじの味噌汁《みそしる》だった。

キノコのぶなしめじは、貝のしじみよりさらにオルニチンが含《ふく》まれていると言われ、肝臓《かんぞう》の働きを助けてくれる。二日酔《ふつかよ》いの予防や疲労回復《ひろうかいふく》の効果がある。

不覚にも感動してしまった。なんだろう、この幸福感。昼飯なんて、午後の仕事のために腹を満たせればいいと考えていた俺《おれ》だったのに。

この弁当は栄養が考えられているだけじゃない。味も申し分ないのだが、そうじゃないんだ。なんというか、おにぎりと味噌汁《みそしる》というのが家庭的で良《い》い。胃袋《いぶくろ》どころか骨身にまで染《し》み渡《わた》る。

恍惚《こうこつ》とした気分で食事を進めていると、隣《となり》からちらちらと見られているのに気づいた。

「……あの、和歌月《わかつき》先生。なにか？」

「ふえっ、い、いえいえそのっ」

いつものあたふたモード。

「み、見取《みどり》先生は……今後も、お弁当なんですか？」

「あ、はい。たぶんですけど」

藍良次第《あいらしだい》ではあるのだが、彼女《かのじょ》の態度を見る限りは毎日作ってくれそうな気がする。負担をかける分、ほかで返さないとな……料理以外の家事を俺《おれ》もがんばろう。

「そ、そうですか……。私も、だいたいお弁当ですので……じ、じゃあ、これからは……」

恥《は》じらったような和歌月《わかつき》先生の言葉尻《ことばじり》は、徐々《じょじょ》に小さくなっていった。最後はもにょもにょと口を動かすだけで、聞き取れなくなった。和歌月《わかつき》先生はもう俺《おれ》のほうを見ず、食事に戻《もど》った。

さて。藍良《あいら》のおかげで午後の仕事も乗り切れそうだ。帰ったら礼を言わないとな。

◎その4

俺《おれ》は定時である十七時に退勤することにした。

仕事は山積みなのだが、残業するよりも自宅に持ち帰るほうを選んだ。ひとり暮らしの頃《ころ》とは違《ちが》い、今は家に藍良《あいら》がいる。晩飯を作ってもらっていることもそうだし、防犯を考えたら遅《おそ》い時間にひとりにはさせられない。

新学期から自分の生徒となる藍良《あいら》とは、親代わりとしてだけじゃなく、教師としても真剣《しんけん》に向き合うつもりだ。今日、藍良《あいら》の小中学校時代の評価を詳《くわ》しく確認《かくにん》した。

学習評価はどの学年、学期でも優秀《ゆうしゅう》で、成績は上位をキープしていた。結果として沢高《さわこう》を受験したようだ。徒歩通学ができるし、妥当《だとう》な進学先だろう。

藍良《あいら》は沢高《さわこう》に危なげなく合格している。入試の成績も中の上だった。各校の優等生が集《つど》う進学校なので上位とまでは言えないが、過去の俺《おれ》に比べたらずっと上だろう。

だが、藍良《あいら》の評価で注目すべきはそこじゃない。目を引くのは単純な成績以外のところだ。

小中学校のどのクラス担任の所見も、藍良《あいら》の授業態度と生活態度をべた褒《ぼ》めしている。内申《ないしん》点《てん》は成績にも増して高かった。このあたりは祖父の教育のたまものだったのだろう。

とはいえ、どの所見にもこの一言が添《そ》えられていた。

藍良《あいら》は、級友と距離《きより》を置いているのだと。

その原因は本人ではなく、クラスメイトにあるようだった。藍良《あいら》はその外見から、良くも悪くも目立ってしまう。そのせいで周囲と打ち解けるのが難しかった。

イジメ被害《ひがい》のような記述は見当たらないが、藍良《あいら》は小学校時代に一度、不登校になっている。その間、保健室登校もせず、自宅に閉じこもっていたらしい。学校の見解としてはやはり、クラスに馴染《なじ》めなかったことを原因と見なしていた。

だがある日を境に、藍良《あいら》は不登校を終えている。その後は、クラスメイトと徐々《じよじよ》にではあるが会話を交《か》わすようになった。このあたりも祖父の助力かと思ったのだが、そうではなかった。

その期間、祖父は家を留守にしていた。冒険《ぼうけん》の旅に出ていたのだ。

ただ、住《す》み込《こ》みの家政婦が藍良《あいら》に親身になっていたようだ。鳴海《なるみ》さんではなく、先代の家政婦だ。その方も児童養護施設《じどうようごしせつ》の職員だったそうだが、今は定年を迎《むか》えて退職しているらしい。

もうひとつ気になるのは、藍良《あいら》は小中学校と品行方正で通っているのだが、記述から読み取れるイメージとしてはクールな性格だった。俺《おれ》のイメージとは異なっている。

幼い頃《ころ》の藍良《あいら》は天真爛漫《てんしんらんまん》な印象だった。そして今では、小悪魔《こあくま》な一面もあるのだと知った。

だがこれらの要素が、どの評価にも見られない。

(藍良《あいら》も自分で言ってたな……友だちを作るのが苦手だって)

その苦手意識が、人間関係を不器用にさせているのかもしれない。さらに外見と合わさって、クールな印象を周囲に与《あた》えてしまうんだろう。

俺《おれ》や、商店街の人たちのように、藍良《あいら》の人間性をこの沢高《さわこう》の生徒たちが知ってくれたらいいんだが……。

「見取《みどり》ちゃん。もう仕事上がり？」

帰《かえ》り支度《じたく》をしている途中《とちゅう》で、鍵谷《かぎや》がへらへらと軽い調子で聞いてきた。

仕事上がりなのは鍵谷《かぎや》も同じだろう。臨時教員の彼《かれ》は残業がなく、いつも定時で帰ることができるのでうらやましい。それを鍵谷《かぎや》に言うと、雇用《こよう》が保障されている正規教員のほうがうらやましいと反論されるのだが。まあ、隣《となり》の芝生《しばふ》は青いってやつだ。

「見取《みどり》ちゃん、これから飲みに行かね？」

「あのな、朝に行かないって言っただろ」

「和歌月《わかつき》ちゃんも一緒《いっしょ》にどう？」

隣《となり》で残務をこなしていた和歌月《わかつき》先生が、ビクッとした。

「あ、あのあのそのっ、見取《みどり》先生が行かれるのでしたらっ……」

「……すみません。今日は早めに帰りたいんです」

「あ、い、いえっ、私のほうこそすみませんっ」

鍵谷《かぎや》のせいでふたりしてペコペコするハメになった。

「つれないじゃん。見取《みどり》ちゃんが早く帰るのはやっぱ彼女《かのじょ》のため？」

「……違《ちが》う。おまえと一緒《いっしょ》にするな」

「そりゃこっちのセリフでしょ。オレとしても見取《みどり》ちゃんと一緒《いっしょ》にして欲《ほ》しくないなあ」

「どういう意味だよ」

「まんまの意味。見取《みどり》ちゃんと違《ちが》ってオレは本気で女性と向き合ってるからねー」

……なんで俺《おれ》が女性と向き合わないことになってるんだよ。

「ていうか、おまえは女子高生と向き合ってるだけだろ」

「見取《みどり》ちゃんみたいに上辺だけで接してるわけじゃないからねー、生徒との恋愛上等《れんあいじょうとう》！」

「鍵谷《かぎや》先生、ちょっといいですか」

鶴来《つるぎ》先生が額をペチペチしながらやって来た。俺《おれ》にとっては天の助けだった。

「ここ最近、耳が遠いので聞《き》き間違《まちが》いだとは思うんですけどネエ、なにやら聞き捨てならない言葉が聞こえたような気がしたものでしてネエ、いかがでしょう鍵谷《かぎや》先生？」

「……聞《き》き間違《まちが》いです。鶴来《つるぎ》先生、退勤の時間になりましたのでこれにて失礼いたします」

「お疲《つか》れさまです、鍵谷《かぎや》先生。明日は遅刻《ちこく》しないで出勤してくださいヨォ」

鍵谷《かぎや》は九十度の礼をしたあと、逃《に》げるように職員室を出ていった。

この機に乗じて、俺《おれ》も退勤する。

「お疲《つか》れさまでした、鶴来《つるぎ》先生、和歌月《わかつき》先生」

「はい、お疲《つか》れさまですネェ。見取《みどり》先生は今後も大変だと思いますが、なにかあったらすぐにお知らせください。主任の私だけではなく、副担任の和歌月《わかつき》先生もおられますからネェ」

「あ、あの……鶴来《つるぎ》先生。見取《みどり》先生が今後も大変というのは……？」

「おやおや、私としたことが口がすべってしまいました。和歌月《わかつき》先生、私が今の時点で言えることはひとつだけです。見取《みどり》先生の副担任であるあなたは、支えられるだけではなく、支えにもなってあげてください。それが正担任と副担任の関係です。見取《みどり》先生にとってかけがえのない存在になってもらいたいのです。それでは、私は残業に戻《もど》りますヨォ」

俺《おれ》が藍良《あいら》の親代わりになったことは、まだ鶴来《つるぎ》先生の胸のうちだ。学校の上層部には伝わっているだろうが、和歌月《わかつき》先生を始めとする同僚《どうりょう》の教職員には報《しら》せが届いていない。

だが、新学期が始まるまでには知られることになるだろう。鶴来《つるぎ》先生もそれがわかっているから、あんな物言いをした。俺《おれ》は心で礼と謝罪を告げる。

「私が……見取《みどり》先生の……か、かけがえのない……？」

和歌月《わかつき》先生はあわあわおどおどしていた。最後には顔を真っ赤にして縮こまり、銅像のように動かなくなった。俺《おれ》は頭を下げ、職員室をあとにした。


「さっくん、お帰りなさい」

帰宅すると、藍良《あいら》が玄関《げんかん》で出迎《でむか》えた。夕飯を作っている最中だったんだろう、エプロン姿だ。

「手洗いを忘れずにね」

「わかってる。それより、弁当うまかったよ。藍良《あいら》、ありがとうな」

藍良《あいら》はきょとんとしたあと、そっぽを向いた。頬《ほお》をほんのり赤らめながら。

「……そう。お世辞だとしても、ありがと」

「ジャー」

いつの間にやら、猫《ねこ》が俺《おれ》の足下《あしもと》にまとわりついていた。肉球でペタペタと俺《おれ》のスネをタッチした。爪《つめ》を立てなかったのは、この猫《ねこ》なりの労《ねぎら》いだったんだろうか。

藍良《あいら》ははにかみながらキッチンに戻《もど》っていった。従者のごとく、猫《ねこ》もついていった。おかげで俺《おれ》は、弁当の感想よりも言いたかったことを言えなかった。

昼の弁当は凝《こ》り過《す》ぎだったし、負担にならないよう、もっと手抜《てぬ》きをしてもいいって言うつもりだったんだけどな……。

その後、俺《おれ》は部屋着に着替《きか》えてダイニングに顔を出す。

「もうちょっとで晩ご飯できるから、座《すわ》って待っててね」

藍良《あいら》がキッチンに立ったまま声をかけた。エプロン姿のその背中を眺《なが》めながら、俺《おれ》は缶《かん》ビールを開けた。昨夜に言われた通り、ミニサイズの缶《かん》にしている。

「さっくん、飲み過ぎはダメだからね？」

油断も隙《すき》も無く釘《くぎ》を刺《さ》してくる。俺《おれ》は、はいはいと答えたあと、笑った。

「……さっくん、笑ってる？　なんで笑ってるの？」

俺《おれ》を見ず、料理の手を休めずに、器用に聞いてくる。

「いや……この時間が新鮮《しんせん》っていうか。ひとり暮らしとは違《ちが》うからさ。家庭っていうか、家族っていうか。家に帰っても会話できる相手がいるってのは、いいもんだなって」

高校時代はむしろ、ひとりになりたくて家出キャンプをしていた。なのにソロキャンプばかりの今は、逆に誰《だれ》かのぬくもりを欲《ほっ》する。無い物ねだりってやつか？　人ってのは、こんなふうに強欲《ごうよく》なのかもしれない。

藍良《あいら》は料理の手をいったん止めて、俺《おれ》に振《ふ》り返《かえ》った。……変なことを言ったせいで、呆《あき》れさせただろうか？

だがその表情は、俺《おれ》の予想とは違《ちが》っていた。藍良《あいら》は優《やさ》しく微笑《ほほえ》んでいた。

今日、学校で彼女《かのじょ》の評価を調べたときに、クールという印象を持った。だがこの笑顔《えがお》は、冷たさなんてどこにもない。母のような温かみすら感じさせる。

「さっくんが寂《さび》しくないなら、よかった。料理も作りがいがあるかな」

藍良《あいら》はまたキッチンに向き直った。俺《おれ》はビールを飲もうとして、やめた。このペースだとすぐになくなってしまう。なによりほかにやるべきこと、言うべきことを思い出した。

「藍良《あいら》、昼の弁当のことだけどさ。作るのに時間かかっただろ？　もっと手抜《てぬ》きしてくれていいんだぞ。弁当は毎日じゃなくていいし、作るにしても冷凍食品《れいとうしょくひん》なんかで充分《じゅうぶん》だからさ」

藍良《あいら》は再び振《ふ》り返《かえ》った。今度は唇《くちびる》をとがらせながら、腰《こし》に手を当てていた。

「さっくん……料理の作りがいがあるって思ったそばから、そんなこと言わないで。もしかしてお金の心配してる？　大丈夫《だいじょうぶ》よ、旬《しゅん》のものやご当地のものだけじゃなくて、訳あり品で安くなってたり、賞味期限が近くて値引きシールが貼《は》られた食材もよく買ってるから」

もはや家計をやりくりする主婦だった。

「お父さんは、そういう食材を買うのがフードロス削減《さくげん》にもなるって言ってたわ」

祖父が言いそうな言葉だった。節約やお得感だけじゃなく、環境《かんきょう》のために値引き品を買う。それが社会貢献《しゃかいこうけん》になるのなら、率先《そっせん》して値引き品をカゴに入れられるのだろうけど。

というか、俺《おれ》は金の心配をしたわけじゃない。独身貴族の俺《おれ》はいちおう貯金があるし、給《きゅう》与《よ》だって仕事がブラックなぶん安定している。しかも今後は里親手当も入ることになる。

「じゃなくてな。料理の作業負担はもちろん、ここから商店街って結構遠いし、買い出しも大変だろ？　冷凍食品《れいとうしょくひん》ならまとめ買いでストックしておけると思ってさ」

「さっくん、冷凍食品《れいとうしょくひん》が好きなの？」

「だから、そういう話じゃなくて……」

「私にとってはそういう話なの。で、どうなの？」

「……どちらかというと冷凍食品《れいとうしょくひん》は好きじゃないけど」

肉と野菜を炭火で焼き、塩や醬油《しょうゆ》で味付けすることを至高とする俺《おれ》にとって、冷凍食品《れいとうしょくひん》は真逆に位置している。もちろん好みの問題だ、冷凍食品《れいとうしょくひん》だっておいしいものはごまんとある。

「だったらやっぱり、私がちゃんと作ってあげる。商店街の買い物だって自転車で向かってるから、そんなに時間かからないよ」

「……でも、荷物が重いだろ？」

「お父さんが電動自転車を買ってくれたから、重くないよ。荷台の買い物カゴを取り外しできるバスケット自転車でもあるから、買《か》い物袋《ものぶくろ》もいらなくてエコなのよ」

さすがじいちゃん、いろいろと抜《ぬ》かりない。

「鳴海《なるみ》さんが車を運転できたから、一緒《いっしょ》に買い物にいくこともあったけど。でもさっくんは車を持ってないのよね？　だったら今後も買い出しは私に任せてね」

「……待ってくれ。力仕事は俺《おれ》に任せてくれないか？　そういう分担だったろ？」

「でもさっくんに買い物任せたら、塩おにぎりと焼きおにぎりしか買ってこなさそうだし」

同居初日のやり取りのせいで、食に関する俺《おれ》の信用度がゼロになってる。

「さっくんにも、ちゃんと掃除《そうじ》とゴミ出しを手伝ってもらうから」

「……わかった。じゃあ話を戻《もど》すけど、弁当を毎日作るのって大変だろ？」

「ううん。私、料理するの好きだから。さっくんを長生きさせられるし、一石二鳥ね」

「でもな……」

「私は毎日さっくんのご飯を作る。朝と昼と晩、三食全部作ってあげる。わかった？」

凄《すご》まれる。この展開は抵抗《ていこう》できないやつなので、俺《おれ》は降参とばかりに諸手《もろて》を挙げた。

「うん、よろしい。さっくん、いい子ね」

十五歳《さい》の少女にいい子なんて言われるとは、夢にも思わなかったな……。

そもそも藍良《あいら》は、理解しているんだろうか。俺《おれ》を長生きさせると言っているが、いつまでも藍良《あいら》の親代わりを続けられるわけじゃない。いずれはこの同居も終わるのだ。

それでも、今の藍良《あいら》が祖父の死と重ねているのがわかるので、俺《おれ》はなにも言わなかった。


「お待たせ。どうぞ、召《め》し上《あ》がれ」

藍良《あいら》が今夜作ってくれたのは、サーモンアボカド丼《どん》だった。

「さっくん、丼《どんぶり》ものが好きって聞いたから」

たしかに好きだが、こんなオシャレな丼《どんぶり》ものは食べたことがない。

「魚屋さんでお刺身《さしみ》用《よう》のサーモンをお勧《すす》めされちゃって。銚子《ちょうし》港《こう》で水揚《みずあ》げされたものなんだって。アボカドも、八百屋さんで訳あり品が売られてて。すっごく安かったんだ」

平らに盛ったすし飯の上に、サーモンとアボカドが綺麗《きれい》に並んでいる。さらにその上に、玉ねぎと青じそ、刻《きざ》み海苔《のり》が散らしてある。サーモンにはわさび醤油《しょうゆ》がすでに和《あ》えられているようだ。アボカドもつやつやしているので、みりんやごま油で味付けされているんだろう。

なにより、この鮮《あざ》やかな色合いに目を引かれる。丼《どんぶり》ものは単色になりがちなのに、とてもカラフルだ。最初にも思ったが、全体的にオシャレとしか言いようがない。

だが、俺《おれ》はバーベキューのような大雑把《おおざつぱ》な料理を好むタチだ。小手先だけの気取った料理なんて口に合わない。繊細《せんさい》な味？　なにそれおいしいの？　言うなれば力こそパワーなのだ。

食べる。

うめーよ！　繊細《せんさい》な味わいは力を超《こ》えたパワーだったよ！　このような素晴《すば》らしい丼《どんぶり》ものをこれまで知らなかっただなんて！　俺《おれ》は今までなんて狭《せま》い世界に生きていたんだ……！

「さっくん、どう？」

「ふ、普通《ふつう》かな」

「そっか。お世辞じゃなくてよかった。初めて作ったから、自信なかったの。改良の余地はたくさんあるし。私、もっと料理を勉強して、おいしいって言われるようにがんばるね」

藍良《あいら》も俺《おれ》と一緒《いつしよ》に食べ始めると、甘味《あまみ》やら酸味やら塩味やら苦味やら辛味《からみ》やら渋味《しぶみ》やら旨味《うまみ》やらのバランスを批評していた。プロの方ですか？

俺《おれ》にとっては改良の余地もないこの丼《どんぶり》をがつがつとかき込《こ》む。すぐにも完食しそうだ。

それを見た藍良《あいら》が、呆《あき》れながら席を立った。

「もう……。もっとゆっくり、よく噛《か》んで食べなきゃダメよ」

キッチンに向かっていく。口調は責めているというよりも、包《つつ》み込《こ》むような優《やさ》しさがあった。

「さっくん、お味噌汁《みそしる》もどうぞ」

用意してくれたのはあら汁《じる》だった。きっとこの材料もひいきの魚屋から安く買ったんだろう。

予想するまでもなく、すし飯に抜群《ばつぐん》に合う味わいだった。

藍良《あいら》は旬《しゅん》の食材を使い、ご当地の食材を使い、安くてエコな食材も使い。そして、食べてもらう相手の好みまでも網羅《もうら》する。昨夜、俺《おれ》が米と味噌汁《みそしる》が好きなのを知ったから、藍良《あいら》は弁当と夕食をこのレパートリーにしたのだ。

なあ、祭里《まつり》。藍良《あいら》はおまえの上位互換《じょういごかん》だ。もうおまえを恋《こい》しく感じることはなさそうだよ。

裸《はだか》以外は。

ミニサイズの缶《かん》ビールを飲み干してしまった。無意識に冷蔵庫へと伸《の》ばしていた手を、藍良《あいら》がぺしんとはたき落とした。

「さっくん、これ以上のお酒はダメだからね」

く、くそう。

まあいい、奥の手《おくのて》がある。藍良《あいら》が寝静《ねしず》まったあとに飲めばバレないからな！

「さっくん、まさか姑息《こそく》なこと考えてないよね？　私、ゴミ箱の空《あ》き缶《かん》を数えてるから、隠《かく》れて飲んでも無駄《むだ》よ。たとえ空《あ》き缶《かん》自体を隠《かく》しても、冷蔵庫のお酒は把握《はあく》してるし、冷蔵庫以外のお酒もすべて把握《はあく》してるわ。なにをしようとすぐバレるから、そのつもりでいてね」

なにその健康に対する執念《しゅうねん》！　鬼《おに》だよこの人！

「もしさっくんが飲み過ぎってわかったら、そのぶん休肝日《きゅうかんび》を増やすからね。今は週に一日が目安だけど、一回破ったらもう一日増やすわ。それも永久に。だからもし六回破った場合は、休肝日《きゅうかんび》が永久的に週七日になる。さっくんは一生お酒を飲んじゃダメだからね」

鬼《おに》じゃねえ、それ以上だ！　こいつはもはや人の皮を被《かぶ》った悪魔《あくま》だよ！

「さっくん、失礼なこと考えてる？」

「……まさか。藍良《あいら》は将来、いいお嫁《よめ》さんになるだろうなって考えてた」

「な、なにそれ。変なこと言わないで」

ぷいっと横を向く。銀色の髪《かみ》からのぞく耳が赤い。

「まあ、安心してくれ。酒はこれでやめとくから」

物足りないことこの上ないが、俺《おれ》はこれから学校から持ち帰った仕事をやらないといけない。さすがにアルコールが入りすぎると支障をきたす。

ごちそうさまでした、と手を合わせてから、食器をシンクに持っていく。そのまま洗い物を始める。調理器具や食器を傷《いた》めない洗い方は、昨日に藍良《あいら》から教わっている。

「それくらい私がやるのに……でも、ありがと」

藍良《あいら》も食べ終わると、俺《おれ》の隣《となり》に立って洗い物に加わった。

「さっくん。今のうちに聞いておきたいんだけど、嫌《きら》いな食べ物ってある？　今後、間違《まちが》って出しちゃうと悪いから……アレルギーの危険もあるし」

「アレルギーはないはずだけど、苦手な食べ物はあるな」

「なに？」

「ピーマンとセロリとゴーヤ」

「……苦い野菜ってこと？」

「まあな。菜の花や山菜みたいなほろ苦さは問題ないんだけどさ」

藍良《あいら》は目をまん丸くしていた。

「さっくん……コーヒーはブラックで飲めるよね？」

「そうだな」

「ビールも好きよね？」

「そうだな」

「どっちも苦いよね？」

「そうだな」

「なのになんで、野菜の苦味は苦手なの？」

……言われてみると、なんでだ？

「さっくん、単に食《た》べず嫌《ぎら》いなんじゃない？　子どもの頃《ころ》に苦手意識を植え付けられて、大人になってもそのイメージを引きずってるとか」

「そう言われると、否定できないけど……」

「苦手意識を克服《こくふく》するために、苦い野菜をコーヒーやビールと一緒《いっしょ》に食べてみたら？」

「噛《か》まずにか？」

「それはダメ、身体《からだ》に悪い」

「まあ、そこまでして食べなくていい。苦くない野菜にだって栄養はあるんだから」

「苦い野菜ならではの栄養素だってあるのに……。でも、そっか。うん、わかったわ」

俺《おれ》が洗った食器を丁寧《ていねい》に拭《ふ》きながら、藍良《あいら》は何度もうなずいていた。

「私、さっくんにピーマンとセロリとゴーヤをおいしく食べてもらうための料理を勉強する」

やめてくれ。

「……そっちこそ苦手な食べ物はないのか？」

「納豆《なっとう》以外はないわ」

納豆《なっとう》が嫌《きら》いなのか。過去の想《おも》い出《で》にも、藍良《あいら》が納豆《なっとう》を食べていた光景は映っていない。

「藍良《あいら》は納豆《なっとう》、なんで苦手なんだ？」

「なんでって言われると……全部としか答えようがないかな。味も食感も粘《ねば》り気《け》も……特に匂《にお》いがダメかも。たとえるなら、私にとってのシュールストレミング」

シュールストレミングというのは、世界一匂《にお》いがきついと言われるスウェーデンの缶詰《かんづめ》だ。

「でも、納豆《なっとう》って栄養が豊富なんだぞ？」

「……それはわかってるけど、ダメなものはダメなの。納豆《なっとう》で取れる栄養素はほかの食材でまかなうようにしてるから、大丈夫《だいじょうぶ》よ」

「俺《おれ》が今度、苦手な人でも食べられる納豆《なっとう》料理を作ってやろうか？」

「そんなの作ったら、食べる前にお皿をひっくり返すからね」

「藍良《あいら》はつまり、俺《おれ》が苦い野菜を苦手にしてる気持ちもわかってくれたってことだよな？」

「くっ……さっくん、策士じゃない」

「さらに言うなら、俺《おれ》が酒をもっと飲みたい気持ちもわかってくれたってことだよな？」

「それはぜんぜんわからない。つながってるようで、なんにもつながってないし」

……やっぱり居酒屋は必要かもしれないな。

今の生活が落ち着いたら、鍵谷《かぎや》と飲みにいくとしよう。もちろん夜遅《よるおそ》く帰ることはしない。飲むとしたら、休日の昼からだな。


夕食後、藍良《あいら》はリビングに洗濯物《せんたくもの》を運び、アイロン台の前に座《すわ》った。その洗濯物《せんたくもの》は俺《おれ》が勤めに出ている間に洗って干したものだろう。

藍良《あいら》は右手でアイロンを持ちながら、空いた手で生地《きじ》のシワを伸《の》ばす。そこに、スッと線を引くようにアイロンを当てる。それを繰《く》り返《かえ》す。一定のリズムで、一定の方向に。

スッスッス。その流れるような所作が、見ているだけで心地《ここち》よかった。

「藍良《あいら》……俺《おれ》の服にもアイロンかけてるのか？」

「もちろん。さっくんの服だから、アイロンをかけてるのよ。シワシワの服で過ごすのは嫌《いや》でしょ？　お仕事するときに困るだろうし」

俺《おれ》の仕事着は、きっちりしたスーツじゃない。そういう教員もいるが、俺《おれ》は違《ちが》う。

それだと毎日アイロンをかけないとシワが目立ってしまう。それが面倒《めんどう》だったから、俺《おれ》はいつもジャケットにカジュアルシャツ、楽なスラックスで通していた。これならシワ取りスプレーだけで最低限の清潔感を保つことができる。

なのに藍良《あいら》は、俺《おれ》の仕事着どころか普段《ふだん》着《ぎ》にまでアイロンをかけていた。

「はい、さっくん」

アイロンをかけ終わったシャツを、俺《おれ》に渡《わた》す。あたたかい。なぜだろう、安心感がある。癒《い》やされるっていうか。

藍良《あいら》は同じ要領で、ほかの服にもアイロンをかけていく。

「はい、さっくん。シワにならないよう、ちゃんとハンガーにかけておいてね」

こんなふうに誰《だれ》かにアイロンをかけてもらうのも、その服を渡《わた》されるのも、記憶《きおく》にない。そのせいか、返す言葉が見当たらない。ふさわしい返答がなにも思《おも》い浮《う》かばない。

俺《おれ》は、誤魔化《ごまか》すように言葉をしぼり出す。

「藍良《あいら》……もうすぐ入学式だ。学校で困ったことがあったら、言ってくれよ」

藍良《あいら》はアイロンをかけていた手を休め、不思議そうに聞き返す。

「困ったことって？　もしかして、新しいクラスに馴染《なじ》めないこと？　それなら大丈夫《だいじょうぶ》、私はそんなの気にしないもの。いつものことだし、とっくに慣れてるわ」

……そうか。藍良《あいら》は小中学校の経験上、高校でもそうなるのだとすでに悟《さと》っている。そこに悲観的な色は見えない、だからこそ芯《しん》の強さを感じる。

祖父の死に対しても気丈《きじょう》だった彼女《かのじょ》だ、十五歳《さい》とは思えないほど精神的に成熟している。だが逆に言えば、そうならざるを得なかった環境《かんきょう》で過ごしていたのだ。

「さっくんが、私のこと助けたいって思ってくれるなら、その気持ちだけで充分《じゅうぶん》かな」

「……気持ちだけじゃない、行動としてもキミを助けるつもりだ」

「先生として？」

「それもあるし、親代わりとしても」

「ほかには？」

「……ほかにはって？　それだけだよ」

「ふうん……そう」

藍良《あいら》は素っ気なく答え、アイロンがけに戻《もど》った。……なんか不機嫌《ふきげん》？

「えっと、藍良《あいら》。もうひとつ話があるんだ」

「先生と親代わり、どっちとしての？」

「この場合は、どっちもだ。キミの将来についての話だから」

藍良《あいら》の表情が強張《こわば》ったように見えた。

「キミは将来、なんになりたい？　入りたい大学はどこだ？　就《つ》きたい職業はなんだ？　将来の夢は……あるか？」

「……なんでそんなこと聞くの？」

「キミが自立するために、俺《おれ》はなにができるのか、今のうちから考えておきたいからだよ」

大きな理由としては、国籍問題《こくせきもんだい》がある。そのためには藍良《あいら》の出自を探さないといけない。その方法はこれから模索《もさく》することになるが、藍良《あいら》自身の考えも聞いておきたかった。

もし藍良《あいら》が出自を探すために、将来は祖父のような冒険家《ぼうけんか》になると言い出したら、俺《おれ》は全力で止めるだろう。

今の時代、冒険家《ぼうけんか》になることは酔狂《すいきょう》でしかない。ボランティア活動を主とするのなら立派だと思うが、周囲は間違《まちが》いなく理解を示さない。安定した未来とはほど遠いのだから。

俺《おれ》だって、理解はできても否定せざるを得ない。そう、今の俺《おれ》は冒険《ぼうけん》という名の挑戦《ちょうせん》を否定する。過去とは違《ちが》う。無知だった頃《ころ》とは違《ちが》うのだから。

親代わりの俺《おれ》は、子どもが間違《まちが》っているのならそれを正さないといけない。教師でもある俺《おれ》なので、教え子に進路相談を行うこともある。そこに付いて回る痛みだって知っている。

いくら目指したい夢だとしても、客観的にそれが難しいと判断できるなら、早めに諦《あきら》めさせたほうが本人のためなのだ。

「藍良《あいら》……もし将来の夢があるのなら、教えてくれないか？」

藍良《あいら》はアイロンがけを終え、電源を落とし、服をたたんでいる。表情を強張《こわば》らせたまま。

「難しく考えなくていいんだ。高校の三年間で、目指したい進路はいくらでも変わるだろうからな。だから、今の時点でいい。一番やりたいこと、なりたいものを教えてくれないか」

「一番やりたいこと……一番なりたいもの」

藍良《あいら》は意を決したように顔を上げ、俺《おれ》を見る。直視する。

その圧力に負けじと、俺《おれ》も見返す。

「私は……さっくんと、家族になりたい」

……えっと？

「俺《おれ》たちはもう、家族だろ？」

「仮のね。さっくんは親代わり……里親になってくれたとしても、私が成人したらこの関係は終わっちゃう。だから私は、本当の家族になりたい。そのための方法を取りたいの」

そして藍良《あいら》は、ためらいもせずに言い放った。

「私の将来の夢は、あなたのお嫁《よめ》さんになることよ」

言葉を失うしかなかった。

俺《おれ》は今、どんな顔をしているだろう？　いや、わかりきっている。とても間抜《まぬ》けな顔をしているに違《ちが》いない。

「って言ったら、どうする？」

藍良《あいら》は口の端《はし》を吊《つ》り上《あ》げていた。小悪魔《こあくま》な笑《え》み。

冗談《じょうだん》だと知り、どっと疲《つか》れを感じた。手のひらがいやに汗《あせ》ばんでいた。

「……藍良《あいら》。俺《おれ》はマジメに話してるんだ」

「私もマジメよ？」

今はもう、言動のどこにも真剣《しんけん》さが見て取れない。誤魔化《ごまか》しているようにしか見えない。

「さっくん、私のこと怒《おこ》る？」

「……え？」

「こういうとき、お父さんならきっと怒《おこ》ったから……。もっと進路を真剣《しんけん》に考えなさいって言って。私が悪さをするとゲンコツが飛んでくることもあったのよ。優《やさ》しいゲンコツだったから痛くはなかったけど……心には、すごく痛かったな」

そうか。祖父は、俺《おれ》の前では藍良《あいら》の頭を撫《な》でたりと、かわいがっているところしか見せなかった。だけどちゃんと、厳しい面もあったんだな。

「私……さっくんを困らせたよね。私のこと、怒《おこ》っていいよ？」

俺《おれ》は力なく首を横に振《ふ》った。そうするしかできなかった。

「怒《おこ》らないよ。そういうのには、慣れてないんだ」

「……先生やってるのに慣れてないの？」

「ああ。意気地無《いくじな》しなもんでね」

今は親として叱《しか》るべきなんだろう。だが、できない。親の経験値が足りないのはもちろんのこと、俺《おれ》は教師としても失格なのかもしれない。

「さっくん、寂《さび》しがり屋《や》で意気地無《いくじな》しなんだ」

「困ったことにな」

「ハグしながら添《そ》い寝《ね》してあげようか？」

「いらない。明日の朝、起こすときにそういうイタズラするのもやめてくれ」

藍良《あいら》は頬《ほお》を膨《ふく》らませる。さっきのような背伸《せの》びした冗談《じょうだん》より、こういった幼い仕草を見せてくれたほうがありがたい。

「話を戻《もど》すけど、ほかにやりたいことがあればなんでも言ってくれ。俺《おれ》も力になるから」

「……じゃあ、キャンプの技術を教《おし》えて欲《ほ》しい。河川敷《かせんじき》でテントの組み立て方を教えてくれたみたいに」

「それは……将来は、じいちゃんみたいな冒険家《ぼうけんか》になりたいって意味か？」

「どうなんだろうね。私はたしかに、お父さんの旅についていきたかったけど。留守番するしかない時間が辛《つら》かったから。だけど……冒険《ぼうけん》をしたい、冒険家《ぼうけんか》になりたいっていうのとは違《ちが》うんだと思う。私はただ、追いかけたかっただけなのかもしれないから」

藍良《あいら》は、たたみ終えた服を手にして立ち上がった。

「さっくんこそ、どうなの？　将来の夢は、なに？」

聞き返されるとは思わなかった。だから応えるのに、長い間が生まれた。

「……俺《おれ》はもう、教職に就《つ》いてるからな」

「それがさっくんの夢だったの？」

これ以上、応えることはできなかった。夢を見たら、その夢も俺《おれ》を見るのだから。

「さっくん。私に、キャンプの技術を教えてね。生活が落ち着いてきたら、休日に庭キャンプや河川敷《かせんじき》キャンプをしようね。ソロキャンプじゃなくて、ふたりキャンプをしようね」

藍良《あいら》は服をしまうのにリビングを出ていった。

俺《おれ》もキャンプは好きだし、趣味《しゅみ》になっている。だが、将来の夢なんかはとうに忘れた。その結果として教職に就《つ》いたんだ。

そんなふうに、親族と同じつまらない大人に、いつしか自分もなっていたのだ。


藍良《あいら》がバスタイムに入ったところで、俺《おれ》は持ち帰った仕事に取りかかる。

残っている荷ほどきは休日にまとめてやることにした。平日は仕事一辺倒《いっぺんとう》だ、じゃないと副担任の和歌月《わかつき》先生にまた迷惑《めいわく》をかけてしまう。先輩《せんぱい》として顔向けできなくなってしまう。

ちなみに今の俺《おれ》には、教員の仕事のほかにも藍良《あいら》の保護者としての仕事もある。

新学期の提出書類には、保護者の記入欄《きにゅうらん》が山ほどある。しかも似たような記入ばかりだ。

保護者にとって苦行であることは承知している。学校にクレームが来るくらいなのだから。

逐一《ちくいち》手書きではなく、たとえばマイナンバーカードと紐付《ひもづ》けでもしてくれれば自動入力で楽になるだろうに。ハンコの風習だって早くなくして欲《ほ》しい。

このあたりのアナログの弊害《へいがい》は、情報科教員である鍵谷《かぎや》も言っていた。今はデジタル教科書の導入も進んでいるわけで、保護者の提出書類だってＩＴ化を進めるべきだと。それはそれで問題も起こるのかもしれないが、俺《おれ》としては楽ができるほうを推《お》したいところだ。

コンコン。部屋のふすまがノックされた。

藍良《あいら》だろうか？　風呂《ふろ》から上がったので、お次にどうぞといったところか。俺《おれ》はいったん机から離《はな》れ、ふすまを開ける。

「ジャー」

予想に反して猫《ねこ》がたたずんでいた。そのまま我《わ》が物顔《ものがお》で俺《おれ》の部屋に入りやがった。この猫《ねこ》はノックまでできるのかよ。

毛並みが湿《しめ》っているし、今夜も藍良《あいら》と一緒《いっしょ》に風呂《ふろ》に入っていたようだ。良《い》いご身分だなと思っていると、猫《ねこ》はさっきまで俺《おれ》が仕事をしていた机の上に飛び乗った。

「……おい。仕事の邪魔《じゃま》だ、どいてくれ」

猫《ねこ》はあくびで応えた。

俺《おれ》は苛《いら》つきながら猫《ねこ》の首根っこをつかんで放り捨てた。気を取り直して仕事に向かう。

「ジャー！」

猫《ねこ》が俺《おれ》の足をガリガリと引《ひ》っ掻《か》いた。

「やめろや！　俺《おれ》は爪《つめ》とぎじゃねえんだよ！」

もう一度首根っこをつかんで放り捨てる。猫《ねこ》は軽《かろ》やかに着地して、またあくびをした。眠《ねむ》たくなるぜと言わんばかりに。ケンカ売ってんのか、この畜生《ちくしょう》は……。

「トレくん、ここにいた」

藍良《あいら》もやって来た。かわいらしいパジャマ姿で。

猫《ねこ》と同じく風呂上《ふろあ》がりなので、艶《つや》っぽいというか、色っぽいというか。まあ俺《おれ》から見たら子どもでしかないが。まだまだ幼いのと、今の自分は彼女《かのじょ》の親代わりという二重の意味で。

「もう。トレくん、シャンプーブローが終わったらいつもは寝床《ねどこ》に戻《もど》るのに」

猫《ねこ》の分際でそんなことまでされてるのかよ。

「トレくんはよっぽどさっくんのことが好きなのね」

「いや……それどころか引《ひ》っ掻《か》かれてたんだが」

「好かれてる証拠《しょうこ》よ。トレくんは気に入った相手によくイタズラするから。お父さんにもそうだったしね。好きな子にイジワルしちゃう感じで」

小学生男子かよ。いや、女子でもそういうところはあるかもしれないけど。

「この畜生猫《ちくしょうねこ》、オスか？」

「うん。病気の予防のために、去勢はされてるけど。ていうか、畜生猫《ちくしょうねこ》なんて名前じゃないよ。トレジャーって呼んであげて」

それがこの畜生《ちくしょう》の名前らしい。由来はジャーと鳴くからかもしれない。

「とりあえず、このトレジャーを持って帰ってくれ。仕事の邪魔《じゃま》だから」

「さっくん……お仕事してたの？　家でもやらないとなの？」

「まあな。しばらく休んでたから、たまってるんだ」

「……ごめんね」

なんで藍良《あいら》が謝《あやま》る必要がある？　疑問に思って、すぐに納得《なっとく》した。俺《おれ》が仕事を休んでいたのは、祖父の遺体引き取り、葬儀《そうぎ》、里親の手続きに忙殺《ぼうさつ》されたのが理由だ。

藍良《あいら》は俺《おれ》に負い目を感じているようだった。料理を始めとする家事に精を出すのも、その思いがあるからなんだろう。

「気にしなくていい。藍良《あいら》のせいじゃないんだ。全部、俺《おれ》がしたいからしただけなんだから」

藍良《あいら》は眉《まゆ》を曇《くも》らせるだけで、答えなかった。

トレジャーはいつの間にかいない。部屋を出て、寝床《ねどこ》に向かったようだ。その寝床《ねどこ》がどこかは知らないが、マイペースなところが祖父に似ている。

一方、藍良《あいら》は部屋を出ようとしない。

「さっくん……お風呂《ふろ》は？」

「仕事が一段落してから入るよ」

「じゃあ、お夜食作ってあげようか？」

「いや、あまり食べると眠《ねむ》くなるしな」

「眠気覚《ねむけざ》ましにコーヒー淹《い》れてあげようか？」

「大丈夫《だいじょうぶ》だって。飲みたくなったら自分で淹《い》れるから」

藍良《あいら》はまだ部屋を出ていこうとしない。

「じゃあ……ここで、編み物しててもいい？」

そういえば、藍良《あいら》は編み物が趣味《しゅみ》だと聞いていた。

なんでまたこの部屋で、とは聞かない。子どものサインに敏感《びんかん》な教師じゃなくても、そんな野暮《やぼ》な真似《まね》をする大人はいない。あの猫《ねこ》が寝《ね》てしまったら、藍良《あいら》はひとりになるのだから。

「わかった。相手はしてやれないけど、それでいいなら好きにしてくれ」

「うん……ありがと」

「礼もいらない。それより、藍良《あいら》はなにを編むんだ？」

「さっくんは編《あ》んで欲《ほ》しいものはある？」

いきなり聞かれても、とっさには思いつかない。

「私、お父さんのためにマフラーを編んだことがあったんだ。落書き帳に色鉛筆《いろえんぴつ》で描《か》いたりして、デザインを考えて……。初めてだったから、まっすぐ編むのが難しかった。すぐにギザギザになっちゃって。だから完成したのは不格好なマフラーだったんだけど……お父さん、いつもそれを持って冒険《ぼうけん》の旅に出てたみたい。遺品のバックパックにも、入ってたんだ」

……くそ。そんな話を聞かされたら、ますます無下になんかできない。

「俺《おれ》は……べつに編《あ》んで欲《ほ》しいものはないから、藍良《あいら》が編みたいものを編んでくれ。ていうか、途《と》中《ちゅう》のものがあるならそれを編んでくれ」

「それなら、あみぐるみを編んでるところだったけど……」

「あみぐるみ？」

「毛糸で作るぬいぐるみのこと」

俺《おれ》は初耳だったので、どういうものか想像できない。藍良《あいら》いわく、あみぐるみの編み方は家政婦から教わったらしい。鳴海《なるみ》さんではなく、今は定年退職している前任の家政婦だそうだ。

「じゃ、編み物の道具持ってくるね」

藍良《あいら》はうれしそうに部屋を出ていった。俺《おれ》は嘆息《たんそく》したあと、仕事に戻《もど》った。

俺《おれ》は藍良《あいら》の気配を背中に感じながら、デスクワークを続けている。

途《と》中《ちゅう》、気になって振《ふ》り向《む》くと、藍良《あいら》は編み針を手にひと目ひと目丁寧《ていねい》に編んでいた。

藍良《あいら》は俺《おれ》と目が合うと、にこっと笑う。人形ではない、あたたかい微笑《ほほえ》み。俺《おれ》は動揺《どうよう》を悟《さと》られる前に、机に向き直った。

そうして、一時間くらい経《た》った頃《ころ》のこと。

「さっくん」

藍良《あいら》が突然《とつぜん》、俺《おれ》の背中に寄りかかってきた。俺《おれ》が座《すわ》っているのは椅子《いす》でも座椅子《ざいす》でもなく座《ざ》布団《ぶとん》なので、寄りかかられると直《じか》に触《ふ》れあうことになってしまう。

「お仕事、順調？」

至近距離《しきんきょり》で、机の上をのぞき込《こ》んでくる。吐息《といき》混じりの言葉がこそばゆい。頰《ほお》にかかる風呂《ふろ》上《あ》がりの髪《かみ》もこそばゆい。どれもこれも、俺《おれ》を酔《よ》わせるような良《い》い香りがする。

そしてそれ以上に、背中に感じる肌《はだ》のぬくもりに意識が引かれる。柔《やわ》らかな物体……ふたつのふくらみが、ふにゃっとつぶれる淫靡《いんび》な感触《かんしょく》。

ブラの硬《かた》さがどこにもない……マジか、ノーブラなのかよ。

いや、当たり前か。藍良《あいら》は風呂《ふろ》上《あ》がりのパジャマ姿だ。これから寝《ね》るのなら、ブラは外すだろう。祭里《まつり》だって、泊《と》まりの旅行デートではいつもそうしていた。

「さっくん。机の上のコレ、なに？」

藍良《あいら》は無邪気《むじゃき》に聞いてくる。俺《おれ》は平静を装《よそお》って答える。

「……板書の下書きだよ。新学期の授業の準備をしてたんだ」

担任としての業務のほかに、俺《おれ》は地理歴史の授業を各クラスで受け持つため、一学期の授業計画もこの時期にある程度立てないといけない。

「へえ、先生って黒板になにか書くのに、下書きとか用意するんだ」

藍良《あいら》は物珍《ものめずら》しいのか、ますます俺《おれ》の手元をのぞき込《こ》んでくる。その分、背中に押《お》し当《あ》てられるふくらみの感触《かんしょく》が強くなる。なんだコレ、猫《ねこ》の爪《つめ》とぎ以上の嫌《いや》がらせか？

「……藍良《あいら》、ひとまず離《はな》れようか。俺《おれ》に首根っこつかまれて放り捨てられる前にな」

「さっくん、そろそろお腹空《なかす》かない？」

藍良《あいら》はわざとらしく俺《おれ》の言葉をスルーする。

「お夜食作ってあげよっか？」

「いらないって言ってあるだろ」

「じゃあコーヒーは？」

「いらないって」

早く離《はな》れて欲《ほ》しいという俺《おれ》の気持ちを知ってか知らずか、藍良《あいら》は会話を続けたがる。

「ていうか、藍良《あいら》。編み物してたんじゃないのか？」

「今夜はもうおしまいにしようかなって」

「だったら、もう寝《ね》てくれ」

「さっくん、お仕事の手が止まってるよ？」

誰《だれ》のせいだよ。

「私のことは気にしないで、お仕事の続きしていいよ？」

できねえんだよ。この柔《やわ》らかすぎる感触《かんしょく》が邪魔《じゃま》してるんだよ。

とはいえ、何度も言っているが高校教師の俺《おれ》にとって高校生は子ども以外のなにものでもないわけで、女子高生なんかに恋愛感情《れんあいかんじょう》はもちろん、欲情だってしない。ドキッとすることはあってもムラムラはしない。藍良《あいら》がこうしているのは猫《ねこ》がじゃれついているのと変わらない。

高校生の制服に関しても特に萌《も》えなかったりする。世間の男には需要《じゅよう》があるようだが、俺《おれ》は違《ちが》う。俺《おれ》にとってはブラックな仕事を想起させるだけのアイテムなのだ。だから俺《おれ》はよけい鍵《かぎ》谷《や》の考えが理解できないのだが、否定するつもりはない。嗜好《しこう》というのは人それぞれだ。

「さっくん、お仕事に疲《つか》れちゃった？　じゃあ、そろそろお風呂《ふろ》に入ったら？　私が背中流してあげよっか？」

「……だからな、大人をからかうんじゃない」

「よいではないか、よいではないか」

「なんで時代劇風なんだ……」

「お父さんが好きで、よく一緒《いっしょ》に見てたんだ。ほかにお父さんが好きだったテレビ番組は、自然をテーマにしたものとか、ノンフィクションとかだったんだけどね」

ものすごくイメージ通りだな……。これで祖父が、実は恋愛《れんあい》ドラマやバラエティ番組が好きだったと言われたら、眠気《ねむけ》が飛ぶほど驚《おどろ》いていたところだ。まあオヤジギャグはたしなんでいたので、昔ながらの漫才《まんざい》番組なんかは好きだったのかもしれないが。

「ていうか、藍良《あいら》。いいかげん離《はな》れてくれ。聞き分けないと、本気で首根っこつかんで放り捨てるぞ？」

「あーれー、ご無体なー」

藍良《あいら》は楽しそうに言ったあと、クスクスと笑うだけで、結局離《はな》れようとしない。あくまで藍《あい》良《ら》は俺《おれ》との触《ふ》れあいを続けたがる。

幼い頃《ころ》もそうだった。藍良《あいら》は俺《おれ》をさっくんと歌うように呼んでは、服の裾《すそ》をつかんでぶんぶんと振《ふ》り回《まわ》していた。今もそれと同じだ。そう、変わらないんだ。

藍良《あいら》が変わったのだとしたら、あの頃《ころ》よりも美しく成長していて、身体《からだ》が女らしさを備えるようになったところだけだ。

……だからな、俺《おれ》は意識なんかしないっての。なのになんで、心臓が早鐘《はやがね》を打ちやがる。意味がわからねえんだよ。

俺《おれ》は憮然《ぶぜん》として立ち上がった。

「あ……さっくん、お仕事は？」

「もうやめたよ」

「これからお風呂《ふろ》？」

「そうする」

「……お仕事の邪魔《じゃま》しちゃって、ごめんね」

わかっている。藍良《あいら》にその自覚があったのも、その上で俺《おれ》に構《かま》って欲《ほ》しかったことも。藍良《あいら》がそれだけ寂《さび》しかったのだろうことも。

俺《おれ》は、昔のように藍良《あいら》の頭を撫《な》でようか迷った。だが、すぐに思い直した。

「……藍良《あいら》、先に休んでいいぞ」

時計を見ると、もうすぐ十時になろうとしている。

「さっくんも、お風呂《ふろ》入ったら休んでね」

「わかってる。おやすみ」

「うん……おやすみなさい」

その後、俺《おれ》は風呂《ふろ》から上がると再び仕事に取りかかった。眠気覚《ねむけざ》ましのタブレットを口にしながら。とはいえ、日付が変わる前には寝《ね》るつもりだった。

じゃないと寝坊《ねぼう》して、藍良《あいら》がまたイタズラするかもしれないからな。

3章　新学期と庭キャンプ

◎その1

本日は沢原《さわばら》高校の入学式。

きっと祖父も参列する予定だったに違《ちが》いない。その死は帰国直前のことだったのだ。

花々に飾《かざ》られたこの式を、祖父にも見てもらいたかった。なにより藍良《あいら》の晴れ姿を見てもらいたかった。

式場である体育館に整然と並んだパイプ椅子《いす》、そのひとつに新しい制服を着た藍良《あいら》が初々《ういうい》しく座《すわ》っている。俺《おれ》は自《おの》ずと視線を注いでいた。藍良《あいら》は澄《す》ました顔を壇上《だんじょう》に向けている。その壇《だん》上《じょう》では、新入生代表の泉水流梨《いずみるり》があいさつをしている。

次に、保護者席に目を移した。そこには代行として鳴海《なるみ》さんが出席してくれている。きっと藍良《あいら》にとって、心を許せる数少ない相手なんじゃないだろうか。

その席には本来、俺《おれ》が座《すわ》るべきなんだがな……。だが親と教師の二足のわらじを履《は》いてしまった俺《おれ》は、今は新入生のクラス担任のひとりとして教職員席に着くしかない。

俺《おれ》が藍良《あいら》の親代わりであることは、すでに同僚《どうりょう》には知られているが、生徒や保護者には隠《かく》さないといけない。上からそういった通達があったのだ。

まあ予想通りなので特に驚《おどろ》きもない。俺《おれ》はもともと外では親子関係を隠《かく》すつもりだった。それよりも、家で藍良《あいら》のために親らしく振《ふ》る舞《ま》うにはどうしたらいいか？　こっちが重要案件だ。

俺《おれ》が里親になるべく鳴海《なるみ》さんに相談したときには、こんな言葉をもらっている。

「育児とは、育自です。子育てとは、親が子を育てるだけではありません。子が親を育てる意味も含《ふく》まれています。子どもがゼロ歳《さい》なら、そのときの親もまたゼロ歳《さい》なんです。親子とは共に成長するものだからです。見取《みどり》さん、この育自という言葉を忘れないでください」

鳴海《なるみ》さんのこの言葉は受け売りで、先輩《せんぱい》から教わったそうだ。先輩《せんぱい》というのは、すでに退職している先代の家政婦の方だ。

「私は、先輩《せんぱい》から多くを学びました。子どもの接し方、子どもの導き方……。私にとって人生の師と言っても過言ではありません」

それは、かつての俺《おれ》と祖父のような関係だったのかもしれない。

「見取《みどり》さん。私はあなたに、藍良《あいら》さんの人生の師になって欲《ほ》しいとは思いません。家族とは、師弟《してい》のような上下関係ではなく、対等な関係を言うと思いますから。ですが、藍良《あいら》さんが人生の師を見つけるための支えにはなって欲《ほ》しい。人生の師とは、言《い》い換《か》えれば将来の夢です。見《み》取《どり》さんには、藍良《あいら》さんが叶《かな》えたい夢の手助けをしてあげて欲《ほ》しいと願っています」

俺《おれ》は、うなずいた。ここでうなずかなければ、鳴海《なるみ》さんは俺《おれ》が里親になることを反対する。それがわかったからだ。

入学式を終え、HRが始まるまでの休み時間に、俺《おれ》は鳴海《なるみ》さんに声をかけた。

「鳴海《なるみ》さん、出席してくれてありがとうございました。藍良《あいら》も喜んでいると思います」

「喜ばれてしまったら、私は保護者代行として失格でしょうね。親は、子からウザいと思われるくらいでちょうどいいんです。特に、藍良《あいら》さんくらいの歳《とし》の子なら」

そういうものかもしれない。子どもは反抗期《はんこうき》を経ることで成長する。逆に反抗期《はんこうき》を経なかった子どもは、家庭に問題があるとも言われるのだ。それが正しいかは俺《おれ》も知らないけどな。

「見取《みどり》さん、それではまた。どこかのタイミングでご自宅に伺《うかが》わせていただきます」

鳴海《なるみ》さんはたおやかに礼をして、去っていく。このあと保護者会も予定されているが、彼女《かのじょ》はほかに仕事があるため無理は言えない。そもそも本当の保護者は俺《おれ》なのだ。

俺《おれ》は肝《きも》に銘《めい》じた。鳴海《なるみ》さんは藍良《あいら》を思いやっているからこそ、俺《おれ》という人間を厳しく品定めしているのだろうと。

「このクラスを担任する、見取桜人《みどりさくらと》です。教えている教科は、地理と歴史です。皆《みな》さん、一年間よろしくお願いします」

入学式後のHRは、まずは担任である俺《おれ》の自己紹介《じこしょうかい》から始める。担任自ら情報を開示することで、新入生たちも自己紹介《じこしょうかい》がしやすい雰囲気《ふんいき》を作ることができるからだ。

「じゃあ、みんなにも同じようにやってもらおうかな。出席番号順に名前を呼ぶので、返事をしたあと席から立って、自己紹介《じこしょうかい》をよろしくな」

丁寧語《ていねいご》は初めだけにして、あとは普通《ふつう》に話す。このほうがクラスの緊張《きんちょう》も解《ほぐ》れるだろう。

ちなみに千葉県の小中学校の出席番号は、四月からの誕生日順のところが多い。名前の五十音順だと途中《とちゅう》で姓《せい》が変わったときに不都合だからだそうだ。とはいえ、高校からは普通《ふつう》に五十音順になる。理由は俺《おれ》もよくわからない。とりあえず千葉県の学校あるあるだ。

「じゃあ、まずは泉水流梨《いずみるり》」

泉水《いずみ》はよく通る声で返事をして、席から立った。出席番号一番は彼女《かのじょ》だ。入試成績でも一番だった、新入生総代の才女。入学式のあいさつも堂々としたものだった。

彼女《かのじょ》には後日、クラス委員になってもらう予定だ。過去の評価を見る限り、彼女《かのじょ》は断らないだろう。成績だけじゃなく生活態度もほぼ満点だった彼女《かのじょ》なので、立派に務め上げるに違《ちが》いない。このクラスをうまい具合にまとめてくれるはずだ。

つまり担任である俺《おれ》が楽できる。最高だ。ドラフト万歳《ばんざい》。

「泉水流梨《いずみるり》です。趣味《しゅみ》でノート作家をしています。興味がある人は言ってください、IDを教えます。よかったらフォローしてくださいね。今後ともよろしくお願いいたします」

丁寧《ていねい》な言葉遣《ことばづか》いで自己紹介《じこしょうかい》をしたあと、愛想良《あいそよ》くお辞儀《じぎ》して着席した。

……ノート作家ってなんだ？

俺《おれ》はメモを取る。発言で気になった情報はそうするようにしている。この自己紹介《じこしょうかい》は、クラスメイトにおたがいを知ってもらうのもそうだが、担任の俺《おれ》が書類だけでは把握《はあく》できなかった生徒の特徴《とくちょう》を知る目的もある。

その後も生徒の自己紹介《じこしょうかい》は続く。たまにウケを狙《ねら》う生徒もいたり、スベってしまったり、スベったことでそれが逆にウケていたりしながらも、滞《とどこお》りなく進んでいく。

ふと気づいた。泉水《いずみ》が俺《おれ》を見ていること。

ほとんどの生徒は、自己紹介《じこしょうかい》の生徒のほうに顔を向けている。自己紹介《じこしょうかい》に興味のない少数の生徒だって、うつむいたり、窓の外に目をやったり、あくびをしているのが普通《ふつう》なのにだというのに、彼女《かのじょ》は終始、俺《おれ》だけを見ている。まっすぐに。まばたきすらせずに。

な、なんで？　ちょっと怖《こわ》いんだけど……？

そうこうするうちに、藍良《あいら》の番が訪《おとず》れた。

「星咲藍良《ほしざきあいら》です」

教室内が少しざわつく。日本人離《ばな》れした美少女なのだから、当然といえば当然だ。

俺《おれ》ばかりを見ていた泉水《いずみ》もまた、風貌《ふうぼう》が目立つ藍良《あいら》のことはさすがに気になるのか、彼女《かのじょ》のほうに視線を送った。

高校は小中学校と違《ちが》い、学区が広い。地域が違《ちが》えば環境《かんきょう》も異なるわけで、当たり前の定義や価値観も変わる。いろんな生徒がいたっておかしくない。実際、白人や黒人の生徒が通学することも今の時代ではめずらしくない。だが、それを知らずに入学してくるのが新入生だ。

俺《おれ》は、間《ま》違《ちが》っても藍《あい》良《ら》に偏見《へんけん》の目が向けられないよう、注意深く見守る。

「私は無《む》国籍者《こくせきしゃ》です。どの国の人間でもありません。ですが、物心がついたときから日本で過ごしていました。よろしくお願いします」

藍《あい》良《ら》の自《じ》己《こ》紹介《しょうかい》は簡素なものだった。笑《え》顔《がお》ひとつなく、家で見せる小《こ》悪魔《あくま》なところはどこにもなかった。そのおかげか、周囲の生徒から揶《や》揄《ゆ》のような言葉が飛ぶこともなかった。

藍《あい》良《ら》は言っていた、クラスに馴《な》染《じ》めないのは慣れていると。その結果の、今の無難な自《じ》己《こ》紹介《しょうかい》だったのだろうか？

生徒全員の自《じ》己《こ》紹介《しょうかい》が終わり、俺《おれ》から簡単な連絡《れんらく》事《じ》項《こう》を伝えたあと、HRを終える。

「今日はこれまで。明日から授業が始まるので、しっかり準備するようにな」

起立、礼。

この号令は日直の役割なのだが、今週は担任の俺《おれ》が担《にな》う。日直の仕事が始まるのは、みんながクラスに慣れ始める来週からだ。日直は出席番号順なので、泉《いず》水《み》から任せることになる。

HR後、俺《おれ》は藍《あい》良《ら》の様子を見守った。

できればこのクラスで友だちを作《つく》って欲《ほ》しい。だが今のところは、藍良《あいら》に話しかけるクラスメイトはいない。数人の生徒が藍良《あいら》を遠巻きに見ているが、それだけだ。無理もない。風貌《ふうぼう》に加え、あのクールな自己紹介《じこしょうかい》。そもそも入学初日なのでクラスの空気というものが出来上がっていない。皆《みな》、藍良《あいら》に対してどう接していいかわからないでいる。

……俺《おれ》から藍良《あいら》に声をかけようか？　いや、それはそれで不自然だ。俺《おれ》たちの関係を周囲に変に勘《かん》ぐられてしまう恐《おそ》れがある。

俺《おれ》がまだ教室を出ないでいると、席に座《すわ》っていた藍良《あいら》と目が合った。なにを思ってか、藍良《あいら》は微笑《ほほえ》んだ。その微笑《びしょう》は自己紹介《じこしょうかい》のときに見《み》せて欲《ほ》しかったかな……。

藍良《あいら》は席から立った。俺《おれ》に声をかけるつもりだろうか。

「見取《みどり》先生」

その前に、横から声がした。

「少しお時間、よろしいでしょうか？」

丁寧《ていねい》な言葉遣《ことばづか》い……むしろ、ちょっとかしこまりすぎじゃないか？　そう思うくらい優等生然とした泉水流梨《いずみるり》が、いつの間にかそばに立っていた。

「……泉水《いずみ》、先生になにか用事か？」

「私の名前を覚えていただけたんですね。ありがとうございます」

彼女《かのじょ》だけじゃなくてクラスの生徒全員の名前を覚えているんだがな。

「見取《みどり》先生に、少々お聞きしたいことがありまして」

「なんだ？」

「先生のご趣味《しゅみ》はなんですか？　好きな食べ物と嫌《きら》いな食べ物はなんですか？　本は読まれますか？　もし読まれるなら好きな作家は誰《だれ》ですか？　ほかにも好きな映画《えいが》監督《かんとく》や俳優、好きなアーティストやスポーツ選手、好きな動画配信者やゲームクリエイターは誰《だれ》ですか？」

な、なんだこの怒濤《どとう》の質問《しつもん》攻《ぜ》めは？　どこが少々なんだよ？

「先生の自己《じこ》紹介《しょうかい》でわかったことは、社会科の専門教員ということだけでしたので。誕生日は知っているんですけど、もっと知りたいと思ったんです。ご迷惑《めいわく》でしたでしょうか？」

「い、いや……そもそもなんで知りたいんだ？」

ていうか、なんで俺《おれ》の誕生日を知ってるんだよ。

「先生とはこれからお世話になる間柄《あいだがら》です。おたがいのことをより知ることが信頼《しんらい》関係《かんけい》を築くための第一歩だと思います。私のこの言葉、おかしいでしょうか？」

そう言われるとたしかにおかしくない……のか？　いや、やっぱりおかしいだろ。教職について今年で五年目になる俺《おれ》だが、こんな生徒は初めて見た。

「先生は答えたくないようですけど、私のことが嫌《きら》いだからでしょうか？　それとも性格的な理由でしょうか？　たとえば照《て》れ隠《かく》しでしょうか？　慎《つつ》ましさを美徳とするのでしょうか？」

この理屈《りくつ》っぽい知的《ちてき》好奇心《こうきしん》は、ある意味優等生らしいんだが……。興味の対象をなぜ俺《おれ》に向けるのかがわからない。気になるクラスメイトに向けたっていいだろうに。

「……泉水《いずみ》。先生も信頼関係《しんらいかんけい》は必要だと思うけど、物事には順序がある。急がば回れって言うだろ？　だから少しずつ、おたがいを知っていこう。それでも遅《おそ》くないよ」

「上辺だけの知識よりも、深い知見が大切ということでしょうか？」

「そうだよ。そもそも信頼関係《しんらいかんけい》を言うなら、キミにはまずクラスメイトとその関係を築《きず》いて欲《ほ》しいと思う。先生としてはそのほうがありがたいかな」

「なぜそのほうがありがたいんでしょう？　私はクラスメイトじゃなくて先生と関係を持ちたいんです。先生はやっぱり私のことが嫌《きら》いなんでしょうか？」

関係を持ちたいとか、すごい言葉を使うな、この子……。

「なあ、泉水《いずみ》。べつにキミのことは嫌《きら》いじゃない。というか、先生はどの生徒も嫌《きら》いにならない。逆に言えば、どの生徒もエコひいきしない。先生はキミひとりとだけ信頼関係《しんらいかんけい》を築きたいわけじゃないし、キミのほうも先生とだけ信頼関係《しんらいかんけい》を築くなんてことはして欲《ほ》しくない」

生徒のことは平等に愛しなさい、選《え》り好《ごの》みをしてはいけません。そのような指針は研修で嫌《いや》というほどたたき込《こ》まれている。本音を言えば、勘弁《かんべん》してくれと思っている。

生徒こそ先生の好《す》き嫌《きら》いをしてくるというのに。好いてくる生徒もいれば、嫌《きら》ってくる生徒もいる。だが生徒は態度に出しても、先生は態度に出せない。生徒にいくら嫌《きら》われようが、その生徒の成績や内申点《ないしんてん》には影響《えいきょう》させない。当然のことだ、だってそれが仕事なのだから。

だけどさ、内心で愚痴《ぐち》るのくらいは許《ゆる》して欲《ほ》しい。じゃないとこの仕事は持たない。実際問題、生徒との人間関係に悩《なや》んで精神を病み、辞《や》めていく教員は多いのだから。

「見取《みどり》先生は……私とふたりでこうしていると、周囲のクラスメイトにひいきをしていると思われてしまうから、今は私の質問に答えたくないのでしょうか？」

「そんなところだ。だからキミは、先生よりもクラスメイトと仲良くなってくれ。そのあとで、まだ先生に聞きたいことがあるのなら、ちゃんと答えるつもりだよ」

「……わかりました」

泉水《いずみ》は瞳《ひとみ》を伏《ふ》せた。納得《なっとく》していないが、渋々《しぶしぶ》と引き下がった感じだ。

「あの、最後にひとつだけいいですか。見取《みどり》先生は、私になにか、お尋《たず》ねになりたいことはありませんか？」

……これまた、めずらしいことを聞く子だな。まあ願いを請《こ》う生徒がいれば、それが間違《まちが》っていない限り、分《わ》け隔《へだ》てなく叶《かな》えてあげるのも教職員の仕事だ。

「じゃあ、ちょっと気になってたんだけど。自己紹介《じこしょうかい》で言ってたノート作家って、なんだ？」

「ノート共有アプリのユーザーのことです。作成した授業ノートを投稿《とうこう》して、いいねをもらったりコメントをもらったりするんです。SNSのように交流ができるんです」

そんなアプリがあるのか。今時の高校生の間で流行《はや》ってるんだろうか？　情報科教員の鍵谷《かぎや》はこういったものに詳《くわ》しいので、あとで聞いてみよう。

「見取《みどり》先生。ほかにはなにか、ありませんか？」

最後にひとつ、じゃなかったのかよ。

「じゃあ……学校生活に慣れてきたらクラス委員を任せたいと思ってるんだけど、いいか？」

「はい。先生のお願いでしたら。ほかには？」

「……日直は出席番号順だから、キミが最初になる。ほかのクラスメイトの見本になるようにお願いしたい」

「はい。先生のご期待に応えます。ほかには？」

「えっと……今のところはないかな」

「……そうですか」

瞳《ひとみ》を伏《ふ》せた。今度は残念そうに。

「見取《みどり》先生。これから三年間、よろしくお願いします。失礼いたします」

泉水《いずみ》は丁寧《ていねい》に愛想良《あいそよ》く頭を下げたあと、自席に戻《もど》っていった。

……三年間？　俺《おれ》が泉水《いずみ》の担任になるのは、一年間だ。来年度も担任になる可能性もたしかにあるが、それはまだ誰《だれ》にもわからない。

まあ彼女《かのじょ》の授業を来年度以降も受け持つことはある。この沢高《さわこう》は二年次から文系と理系に分かれることになる。文系なら社会科の授業は必ず選択《せんたく》するし、理系だって志望大学によっては地理と歴史のどちらかは必要になるだろう。

泉水《いずみ》と別れたあと、藍良《あいら》を探すが、すでに教室内にいなかった。下校したようだ。

俺《おれ》は後ろ頭をかいて教室を出た。

職員室に戻《もど》り、さっそく鍵谷《かぎや》をつかまえてノート共有アプリについて聞いてみる。

「見取《みどり》ちゃん、知らんの？　中高生の間で流行《はや》ってて、ユニークユーザーは３００万人を越《こ》えてるし、すでに40万冊ものノートが投稿《とうこう》されてるんよ。だからユーザーは自分好みのノートを選んで自主学習の参考にできる。そこらの参考書よりずっとわかりやすくて、かつ金もかからんから、ユーザー数はうなぎ登り。動画アプリの影響《えいきょう》でテレビや音楽業界が様変わりしたのと同じことが、うちらの業界でも起こってるわけ。フォロワーの多いノート作家なんか、今はもうその辺の塾講師《じゅくこうし》より崇《あが》められてるんじゃないかなー」

なるほどな。授業ノートは生徒の個性が反映されるし、一種の作品と言えるんだろう。

生徒にとって、ノート作りというプロセスを褒《ほ》められる機会は少ない。そう考えれば、ネットに動画や音楽を投稿《とうこう》するように、授業ノートを公開することで好評を得られれば自己肯定感《じここうていかん》やモチベーションアップにつながるだろう。学習意欲もさらに湧《わ》くし、生徒の間だけに限らず保護者だって積極的に勧《すす》めていてもおかしくない。

……俺《おれ》も親として、藍良《あいら》にノート作家を勧《すす》めてみようか？　でも、藍良《あいら》ってネットやSNSに興味があるんだろうか？　そういった会話は一度も交《か》わしたことがない。

いや、そもそも藍良《あいら》ってスマホを持ってるのか？　なんてこった、俺《おれ》は今までそんなことも知らなかったのかよ。親失格だ、鳴海《なるみ》さんになにを言われるかわかったもんじゃない。

「それより見取《みどり》ちゃん、星咲藍良《ほしざきあいら》ちゃんのことだけど」

ちょうど藍良《あいら》のことを考えていたもんで、焦《あせ》った。

「親代わりとか、さすがにびっくりしたよ。彼女《かのじょ》じゃなくて家族ができたとかさ。なんかオレに手伝えることある？」

「……変に気を回さなくていいって。むしろそのほうがありがたい」

「ラジャ」

鍵谷《かぎや》は肩《かた》をすくめた。俺《おれ》はため息をつき、自席に着いた。

「見取《みどり》先生」

今度は副担任の和歌月《わかつき》先生が、隣《となり》から声をかけてくる。

「あの……星咲藍良《ほしざきあいら》さんについて、なにか困ったことがあったら言ってくださいね？」

和歌月《わかつき》先生も鍵谷《かぎや》と同じく、事情はすでに知っている。職員会議で報《しら》せたからだ。もともと問題児として教職員の間で有名人だったし、よけい驚《おどろ》かせてしまっただろう。

「和歌月《わかつき》先生、大丈夫《だいじょうぶ》です。心配をおかけしてすみません」

「い、いえっ、いえいえそのっ、私も少しはお役に立ちたいと言いますかっ……」

「国語科の授業を担当する際、星咲《ほしざき》のことはほかの生徒と同じように接してあげてください。それだけお願いします」

「は、はい……それはもちろんですけど……」

和歌月《わかつき》先生は言い足りないようだったが、俺《おれ》が机に向かったことで口をつぐんだ。鍵谷《かぎや》はまた肩《かた》をすくめていた。鶴来《つるぎ》先生が額をペチペチしながら通り過ぎていった。あの、それってどういう意思表示なんでしょうか？

ともあれ今日も、俺《おれ》は定時で上がるつもりだ。

「お帰りなさい。もうちょっとで晩ご飯できるよ」

帰宅した俺《おれ》を玄関《げんかん》で出迎《でむか》えた藍良《あいら》に、ためらいながらも声をかけようとした。

もし学校で友だちが作りづらかったら、すぐに言えよ。教師としてエコひいきはできないけど、親代わりとしては違《ちが》うんだから。おまえの力になれるんだから。

そう伝えようとしたのだが、できなかった。イジメのような問題でも起きない限り、たとえ親だろうと強くは出られない。過度に介入《かいにゅう》してはモンスターペアレントになる。教師の俺《おれ》が最も恐《おそ》れる存在だ。

「さっくん？」

「……あ、ああ。今夜の飯は、なにかなあと」

「豚肉《ぶたにく》と小松菜の炒《いた》め物《もの》よ。味付けはにんにくとごま油、醤油《しょうゆ》とオイスターソースとナンプラーを使ってみたの。さっくんのお口に合ったらいいんだけど」

千葉県は鹿児島県と宮崎県に次ぐ、全国三位の養豚《ようとん》を誇《ほこ》る。そして千葉県船橋市《ふなばしし》は、小松菜の生産で有名だ。なによりその味付けは、オンザライスに打ってつけだった。

「そいつはもう、楽しみしかないメニューだな」

「よかった。じゃあ今度は、小松菜の代わりにピーマンかセロリかゴーヤを使ってみるね」

「それはやめてくれ」

見ると、藍良《あいら》の手になにかある。

「まさかソレ……ゴーヤか？」

「うん。硬《かた》くて太くて立派なゴーヤ」

形容詞が卑猥《ひわい》だぞ。

「訳あり品ってことで、八百屋さんがサービスしてくれたんだ」

「……晩飯には使ってないんだよな？」

「今回はね」

「じゃあなんで持ってるんだ……。ソレ、どうするつもりだ？」

「さっくんはどうして欲《ほ》しい？」

藍良《あいら》はなぜか硬《かた》くて太くて立派なゴーヤを愛《いと》しそうに抱《だ》きしめた。やめろ、胸に挟《はさ》んでるみたいに見えるからやめろ。

「さっくん、私があーんしてあげようか？」

藍良《あいら》が自分の口でソレをあーんしてくれるみたいに聞こえる。うん、無自覚なんだろうけどマジやめような？

「冗談《じょうだん》よ。イタズラしてみただけ。このゴーヤは私がひとりで楽しむから」

もうなにを話してもアレにしか聞こえないな……。

「さっくん、ちょっと聞いていい？」

食事中、藍良《あいら》が切り出した。

「さっくんって社会科の先生よね。自己紹介《じこしょうかい》でも言ってたし。地理の教員になったのって……実は冒険家《ぼうけんか》を目指してるから？」

冒険家《ぼうけんか》という単語が出て、箸《はし》を落としそうになった。俺《おれ》はすぐに否定する。

「そうじゃない。地理に詳《くわ》しくなったところで、冒険家《ぼうけんか》にはなれない。特に現代はな。この地球上に、空白の地理はもう皆無《かいむ》だ。その事実を突《つ》きつけられるだけなんだから」

ちょっと早口になった。べつに言い訳してるわけでもないのに。

「……じゃあ、さっくんが社会科の先生になったのって？」

「俺《おれ》が通ってた大学の学部は、社会科くらいしか教員免許《きょういんめんきょ》を取れなかったんだ」

「教員免許《きょういんめんきょ》を取った理由は？」

「公立の教員は安定してるからな。たとえブラックでも公務員だ。理由なんかそれだけだよ」

俺《おれ》の専門は地理だけじゃなく、歴史もある。特に世界史は必修科目なので、教員として採用されやすい。一方、必修ではない地理の専門教員は少ない。社会科教員は、そういった理由で地理と歴史どちらも教えられる者が多いのだ。

ただ、来年度からは教科の再編がなされ、地理歴史は地理総合と歴史総合に変わる。地理総合は新しく必修科目に加わることになる。俺《おれ》としては負担が大きくなるだけなのでうんざりだ。

再編されるのは社会科だけじゃない、ほかの教科も同じだ。おかげであらゆる学校関係者が、教育課程が改訂《かいてい》される来年度の準備で多忙《たぼう》を極《きわ》めている。

だからこそ、学校と教育委員会は藍良《あいら》の扱《あつか》いを俺《おれ》にぶん投げたと言っていい。親子関係を隠《かく》し通《とお》せと命じたのは、面倒事《めんどうごと》に対処する時間が取れないという事情がある。

「人はなぜ、冒険《ぼうけん》をするのか」

藍良《あいら》が突然《とつぜん》、そんなことを言った。

「人は、生きたいから生きているんじゃない。やりたいことがあるから、生きている。そのやりたいことが、言葉を変えれば挑戦《ちょうせん》、チャレンジ、夢——生きがいになる。冒険《ぼうけん》とは夢を叶《かな》えるための挑戦《ちょうせん》を生きがいとして、人生を歩むこと。そう、お父さんは言ってたわ」

「……そうか」

じいちゃんが言いそうなことだ。笑ってしまうくらいに。

「だけどさ、藍良《あいら》。その挑戦《ちょうせん》が生きがいどころか苦しいだけの代物《しろもの》だったら、捨てるのが最善だと俺《おれ》は思う。夢に見られていたら、気になって眠《ねむ》ることすらできないんだから」

きっと詐欺師《さぎし》の言い分と同じなんだ。騙《だま》し取《と》った金は、夢を見せてやった代金だと。だったらやはり、そんな夢は見ないに限る。

藍良《あいら》は返答に迷っていた。そりゃそうだ、俺《おれ》も藍良《あいら》にわかってもらいたいから口にしたわけじゃない。戒《いまし》めとして自分自身に言い聞かせたに過ぎない。

「なあ、藍良《あいら》。俺《おれ》は、じいちゃんのような冒険家《ぼうけんか》になりたいわけじゃない。そのために社会科の教員になったわけじゃない。そのことだけ、覚えておいてもらいたかったんだよ」

藍良《あいら》はここでも反論しなかった。俺《おれ》から静かに視線を外し、食事に戻《もど》った。

俺《おれ》も、もう藍良《あいら》のほうを見なかった。こんな空気で目を合わせることなんて、できるわけがなかった。

これまでのように凄《すご》まれて、万が一にも本音を吐《は》き出《だ》すわけにはいかなかった。

食後は自室に戻《もど》り、持ち帰った仕事に取りかかる。

学級通信の作成だ。今日行われた入学式後のＨＲで配った分は、和歌月《わかつき》先生に作ってもらっていた。今度は俺《おれ》の番だ。この時期は連絡事項《れんらくじこう》が多いので、発行頻度《はっこうひんど》が高くなる。

コンコン。部屋のふすまがノックされた。

藍良《あいら》だろうか？　いや、トレジャーの可能性も高い。ふすまを開けたら乗《の》り込《こ》んでくるだろう、そして仕事の邪魔《じゃま》をされるだろう。だったら無視が一番だ。

ガラガラ。ふすまが勝手に開けられた。

我《わ》が物顔《ものがお》で部屋に入ってきたのは、トレジャーだった。この畜生《ちくしょう》はノックだけに飽《あ》き足《た》らず、自分でふすまを開けることもしやがるのかよ。

トレジャーは仕事机にぴょんと飛び乗り、あくびをした。俺《おれ》は額に青筋が立つのを自覚しながら首根っこをつかみ、廊下《ろうか》にポイッと捨てた。そしてふすまをぴしゃりと閉める。

俺《おれ》が机に戻《もど》ると、またふすまがガラガラと開いた。

「さっくん、トレくんにあんまりひどいことしないでね。廊下《ろうか》に投げたの、見えてたよ」

今度は風呂上《ふろあ》がりの藍良《あいら》が、トレジャーを抱《だ》きながら入ってきた。

「お風呂《ふろ》上がったから、お次にどうぞ」

「それはいいんだけどさ……その猫《ねこ》をどうにかしてくれ。俺《おれ》も投げたくて投げてたわけじゃないんだよ」

「トレくんのこと苦手？　アレルギーとか？」

「そういうのはないけど、仕事の邪魔《じゃま》してくるんだよ」

「好かれてる証拠《しょうこ》よ。さっくんが本気で嫌《いや》がってたら、しないと思うから」

俺《おれ》は本気で嫌《いや》がってたつもりなんだが。

「さっくん、お風呂《ふろ》は？」

「……仕事が一段落したら入るよ」

藍良《あいら》はうなずいて、トレジャーと一緒《いっしょ》に部屋を出ていった。

しばらくして、また訪《おとず》れる。編み物の道具を持って。俺《おれ》が仕事をしている後ろで編み物をするのは、すでに定番になっている。

遅《おそ》い時間になってきたところで、藍良《あいら》は俺《おれ》の背中に寄りかかった。

「さっくん、お仕事は順調？」

「……さっきまではな」

だからな、そうされると柔《やわ》らかいのが当たるんだよ。おかげで順調だった仕事が止まったよ。

俺《おれ》は逃《に》げるように立ち上がる。部屋を出ると、藍良《あいら》もトコトコ追いかけてくる。その姿は幼い頃《ころ》の彼女《かのじょ》と重なる。

「さっくん、やっとお風呂《ふろ》？」

「ああ」

「一緒《いっしょ》に入る？」

どうせいつものイタズラだ。俺《おれ》は答えず、脱衣所《だついじょ》に入った。藍良《あいら》は追ってこなかった。

時刻は十時を回るところだった。俺《おれ》が仕事を終える時間としても、藍良《あいら》が寝《ね》る時間としてもちょうどいい。

風呂《ふろ》から上がり、ダイニングの冷蔵庫を開けようとすると、予想に反してまだ起きていた藍《あい》良《ら》が目ざとく見つけてパタンと閉めた。

「お酒はダメ」

「……お茶を飲もうとしただけだよ」

「じゃあ私がコップに注《つ》いであげる」

注《つ》いでくれた麦茶を一気飲みして、リビングのソファに座《すわ》ると、なぜか藍良《あいら》も隣《となり》に座《すわ》った。

「えっと……さっくん。ずっと聞こうと思ってたんだけど」

言いづらそうにしている。機会をうかがっていて、俺《おれ》の風呂上《ふろあ》がりを待つことにしたようだ。

「さっくん……あの生徒と、なに話してたの？　たしか名前は……泉水流梨《いずみるり》さん」

HR後に怒濤《どとう》の質問攻《しつもんぜ》めをされたアレか。

「私も、泉水《いずみ》さんに話しかけられたんだ。入学式が終わってからすぐ……さっくんが教室に入ってくる前に。それで、さっくんのこといろいろ聞かれちゃって……」

え……？　驚《おどろ》いた。なぜ、泉水《いずみ》がそんなこと？

「私はなにも答えなかったけど。さっくんが親代わりってこと、隠《かく》したほうがいいのよね？　私もそれが必要なのはわかるつもり。でもなんで、泉水《いずみ》さんがさっくんのことを私に聞くのかわからなくて……。泉水《いずみ》さんは私たちの関係を知らないはずなのに」

その通りだ。普通《ふつう》なら、知っているのは当事者である俺《おれ》たちと、あとは沢高《さわこう》の教職員と県教育委員会だけだ。

「さっくん。泉水《いずみ》さんに、なに言われたの？」

「いや……特に。強《し》いて言えば、クラス委員を頼《たの》んだことくらいかな」

「それだと、さっくんから泉水《いずみ》さんに話しかけるほうが自然じゃない。泉水《いずみ》さんも、さっくんになにか用があったんじゃないの？」

「……あいさつされただけだよ。これから一年、よろしくお願いしますって」

藍良《あいら》は納得《なっとく》していないようだった。泉水《いずみ》とは結構な時間会話していたし、疑うのもわかる。

そもそも俺《おれ》も、誤魔化《ごまか》す必要があったんだろうか？　生徒と平等に接しなければならないという職業病かもしれない。言《い》い換《か》えれば強迫観念《きょうはくかんねん》だ。

「そうだ。俺《おれ》も藍良《あいら》に聞きたいことがあったんだ。泉水《いずみ》の名前が出て、思い出したよ」

話題を変えた。不自然にならないよう、気をつけながら。

「藍良《あいら》は、ノート作家ってわかるか？」

「泉水《いずみ》さんが自己紹介《じこしょうかい》で言ってた気がするけど……ぜんぜん。初めて聞いたわ」

「授業ノートをユーザーの間で共有できるアプリがあるらしいんだ。藍良《あいら》も、もし興味があればやってみたらどうだ？」

「興味ないからやらない」

にべもなかった。

「……藍良《あいら》って、スマホは持ってるのか？」

「持ってないけど」

小中学生のスマホ所有率はそこまで高くないが、高校生になると一気に上がるのは統計で示されている。藍良《あいら》も、そろそろ欲《ほ》しいと思っているんじゃないだろうか。

「藍良《あいら》。今度、俺《おれ》がスマホを買ってやろうか？」

「いらない」

にべもない。マジかよ。

「ＳＮＳ……だっけ？　使い方がよくわからないし、なにが楽しいのかもよくわからないから必要ない。防犯目的なら、防犯ブザーをお父さんからもらってるから、それで充分《じゅうぶん》よ」

なんというか、今時の女子高生とは真逆に位置しているというか、だからこそ祖父の愛娘《まなむすめ》らしいというか……ぶっちゃければ、そんな彼女《かのじょ》が俺《おれ》は好きだ。

ただ、スマホがあったほうが藍良《あいら》は友だちを作りやすいはずだ。そういう意味では心配になってしまう。こんなとき、本当の親だったらどうするべきなんだろうな……。

「スマホがあれば、さっくんと電話とかメッセージのやり取りができるのかもしれないけど、私はこうしてるほうが好きだし……やっぱり必要ないかな」

藍良《あいら》は気持ち、俺《おれ》に寄《よ》り添《そ》ってきた。肩《かた》と肩《かた》が触《ふ》れあいそうな距離《きより》。

「今度……お風呂《ふろ》、一緒《いっしょ》に入ろ？」

……またその手のイタズラか。

「よいではないか、よいではないか」

　よくねえんだよ。

「さっくん、どうする？」

「……どうするもこうするもねえだろ」

「反応が遅《おそ》かった。さっくん、迷ったんだ？」

「あのな……」

「私と一緒《いっしょ》にお風呂《ふろ》入るの、想像したんだ？」

　俺《おれ》は大げさに嘆息《たんそく》する。

「……怒《おこ》った？」

「怒《おこ》ってない。呆《あき》れただけだ」

「私のこと、叱《しか》る？」

　俺《おれ》は藍良《あいら》の頭にポンと手を置いた。

「ゲンコツ……じゃなかった。誤魔化《ごまか》しただけ？」

「もう寝《ね》る時間だ。藍良《あいら》、おやすみ」

　俺《おれ》は手を離《はな》し、立ち上がった。まだ座《すわ》ったままの藍良《あいら》を尻目《しりめ》にリビングを出る。

「……さっくんのバカ」

　去《さ》り際《ぎわ》、そんな言葉が聞こえた。

俺《おれ》は自室に戻《もど》って布団《ふとん》を敷《し》く。……藍良《あいら》は俺《おれ》に叱《しか》って欲《ほ》しいのか？　子として、親から？　俺《おれ》と祖父を重ねたいから？　祖父を偲《しの》んでのことなのか？

いつだったか、祖父からこんな話を聞いたことがあった。

ボランティア活動の一環《いっかん》で、現地の者たちと会合をしていると、祖父の仲間のひとりがスマホを盗《ぬす》まれたと言い出した。治安が悪い地域では往々にしてあるそうだ。祖父はその仲間に、現地の者たちにはなにも言うなと釘《くぎ》を刺《さ》したあと、仲間のスマホに電話をかけた。

すると、会合に参加していたひとりの荷物から、着信音が鳴った。祖父はその荷物の所有者に言ったそうだ。彼《かれ》が落としたスマホを拾ってくれたのは、キミかと。ありがとう、と。

その会合は滞《とどこお》りなく進むことになり、結果としてボランティア活動は成功に終わったそうだ。

教えたがりの祖父は、なにかの教訓として俺《おれ》にこの話をしたのだろう。スマホを盗《ぬす》んだことを追及《ついきゅう》するより、この会合をスムーズに進ませたほうが利益になる。そういう意味だったのだと思う。変に波風を立てたって、損するだけ。社会人になった今の俺《おれ》なら理解できる。

だから俺《おれ》も、生徒を叱《しか》らない。叱《しか》れないんだ。

俺《おれ》は大学在学中、塾講師《じゅくこうし》のバイトをしていた。塾《じゅく》では、生徒からのアンケートの結果によって待遇《たいぐう》が変わることになる。いくらマジメに授業を行っていても、生徒から嫌《きら》われてしまったらアンケート用紙でマイナス評価をつけられ、減給される。最悪の場合は解雇《かいこ》になる。

学校も似たようなものだった。生徒を叱《しか》りつけ、傷つけてしまうと、保護者から苦情が飛んでくる。教員は学校の評判を落としたことで、上から注意を受けることになる。

大学とは違《ちが》い、義務教育の延長のような高校では、生徒はなにを学ぶのかよりも誰《だれ》から学ぶのかを重視する傾向《けいこう》にある。どうせつまらない勉強なら、好感度の高い先生から教わりたいと思うものだ。理屈《りくつ》よりも感情が勝《まさ》るってことだ。

だから俺《おれ》もよけいな面倒事《めんどうごと》が起こらないよう、生徒に対して堅《かた》すぎず緩《ゆる》すぎずを心がけていた。生徒から憧《あこが》れもされないがナメられることもないという、無難な関係の維持《いじ》だ。

鍵谷《かぎや》なんかは俺《おれ》のそのスタンスが上辺だけの付き合いだと言うのだが、上等だ。やつは恋愛《れんあい》上等《じょうとう》だが、俺《おれ》は上辺上等だ。

先生の本分とは生徒に嫌《きら》われることにある？　それもひとつの真理だろう。だけど、それだけが真実じゃない。今は多様性の時代だ、ナンバーワンにならなくてもいい、もともと特別なオンリーワンなのだ。

だから俺《おれ》は、藍良《あいら》だって叱《しか》らない。このスタンスで今までうまくやってきたのだから、親としても間違《まちが》っていない。そのはずだ。

だけど。

祖父は本当に、そういう意味で、俺《おれ》にあの話を聞かせたのだろうか？

わからない。当時の俺《おれ》に至っては、深く考えもせずに聞き流していた。そして今となっては、祖父に確認《かくにん》を取る術《すべ》を失っている。

もしかしたら、藍良《あいら》に聞けばわかるのかもしれないが……。

「ジャー」

トレジャーが勝手にふすまを開けて部屋に乗《の》り込《こ》んできた。そして俺《おれ》を引《ひ》っ掻《か》いた。

俺《おれ》はキレそうになりながら廊下《ろうか》に投げ捨てた。トレジャーは軽《かろ》やかに着地し、ニヒルなあくびをしたあと寝床《ねどこ》に帰っていった。なんなんだ、なにしに来たんだよ、マジで。

俺《おれ》はいつか、あの畜生《ちくしょう》を猫鍋《ねこなべ》にしてしまうかもしれない。

◎その2

新学期が始まった最初の週を乗《の》り越《こ》え、安息の日曜日が訪《おとず》れた。

俺《おれ》が顧問《こもん》を務める部活も休日は普通《ふつう》に休みなので、出勤する必要はない。希望者対象の土曜授業も、テスト前や受験シーズンに入ってからだ。だから俺《おれ》は家でだらだらできる……ということはなく、持ち帰った仕事を片付けないといけない。ブラック企業《きぎょう》も真っ青な現代の教職員だ。とはいえ、平日よりはさすがに楽ができる。

ちなみに昨日の土曜は、荷ほどきと掃除《そうじ》を始めとする家事があったので、結局早起きをするしかなかった。だが今日は違《ちが》う。藍良《あいら》も俺《おれ》を起こしに来ないはずだ。平日は俺《おれ》が寝坊《ねぼう》したらなぜか添《そ》い寝《ね》をしてくるので、絶対に起きなければならなかったが、今日は思う存分寝過《ねす》ごせるだろう。

ギュルルイイイイイ――――ンンンッッッ！！！

な、なんだ⁉　どこから鳴ってんだこの音⁉　うるさくて寝《ね》られないんだけど⁉

俺《おれ》は飛び起きて、取るものも取りあえず爆音《ばくおん》の発生源へと駆《か》けていく。

庭に出ると、誰《だれ》かが立っていた。そいつは硬《かた》そうな白い仮面を被《かぶ》っている。安全靴《あんぜんぐつ》を履《は》き、分厚い手袋《てぶくろ》をしたその手には、物々しいチェーンソー。

じ、ジェイソンかな？

「なにしてるんだ、藍良《あいら》……」

銀髪《ぎんぱつ》のおかげで藍良《あいら》とわかったが、もしわからなかったら110番していたところだ。

「さっくん、おはよう。でも休日だからって、寝坊《ねぼう》はダメよ。普段通《ふだんどお》りの生活を心がけてね」

仮面を外した藍良《あいら》が、どこ吹《ふ》く風でそんなことを言った。

「……とりあえず、目覚まし代わりの爆音《ばくおん》はそのチェーンソーだったんだな。さっきも聞いたけど、そんなの持ち出してなにやってるんだ？　まさか俺《おれ》を起こすためじゃないよな」

「倉庫の薪《まき》が残り少なかったから、作ろうと思って。庭キャンプをするときに困るから」

よく見ると、藍良《あいら》が持ち出しているのはチェーンソーだけじゃない。丸太が載《の》ったリヤカーと、玉切り台もある。倉庫からこの庭まで運んできたようだ。

焚《た》き火《び》の材料である薪《まき》を手に入れるのは、買うか作るかもらうかになる。経済的にも作業的にも楽なのは、薪《まき》の無料配布を利用することだ。たとえば里山や河川敷《かせんじき》の木を伐採《ばっさい》し、希望者に配るイベントは各地で開かれている。だが総じて人気なので瞬殺《しゅんさつ》する。早朝から並ばなければ薪《まき》を勝ち取れないので、俺《おれ》のようなブラック公務員や藍良《あいら》のような高校生では難しい。

藍良《あいら》が言うには、祖父は知人から良質な丸太を定期的に提供してもらっていたそうだ。薪《まき》じゃないのが祖父らしいというか。丸太なら薪《まき》以外の用途《ようと》にも使うことができるのだ。DIYも趣味《しゅみ》だった祖父なので、ウッドデッキのテーブルやチェアの素材にしていたんだろう。

「……でも藍良《あいら》、なんでチェーンソーなんだ。薪《まき》なら斧《おの》やナタで割るだけで充分《じゅうぶん》だろ。ていうか、その丸太は薪《まき》を作るには太すぎるだろ……刃《は》が最後まで通らないぞ」

「だからこそのチェーンソーなの。さっくん、わかってるじゃない」

「い、いや、さっぱりわからないから。すべてが意味不明だから。そもそもの話として、キミひとりでそんな危険な刃物《はもの》を扱《あつか》うんじゃない。ケガしたらどうするんだ」

大怪我《おおけが》にでも発展したら、監督《かんとく》不行き届きの俺《おれ》は親失格の烙印《らくいん》を押《お》されてしまう。

「私、お父さんがスウェーデントーチを作るの見てたから、ケガなんかしないもの」

藍良《あいら》は強がったように答えた。

ようやく事の顚末《てんまつ》を理解できた。スウェーデントーチとは、別名ウッドキャンドル。薪《まき》と焚《た》き火台兼用《びだいけんよう》のキャンプギアとして使うことができる。玉切りにして切《き》り込《こ》みを入れた丸太の上に直接鉄板を置いて、肉や野菜を焼けるのだ。

そのためのチェーンソーと防護用の仮面、玉切り台だったようだ。まだ丸太を切っていないので、チェーンソーの動作確認《どうさかくにん》をしたところだったんだろう。

「私、テントはひとりで組み立てたし。次はスウェーデントーチをひとりで作ろうかなって」

順序があまりにもおかしい。テントに比べて難易度が跳《は》ね上《あ》がってる。スウェーデントーチを自作するなんてよほどの強者《つわもの》だけだ、使ってみたいなら店で買うのが普通《ふつう》なのだ。

……要するに、じいちゃん。強者《つわもの》の中の強者《つわもの》だったあんたのせいだ。

「なんにしろ、藍良《あいら》。そのチェーンソーを俺《おれ》に渡《わた》してくれ。いつまでも持ってると危ないぞ」

「……でも」

「でももへチマもない。早くよこすんだ」

ギュルルルイイイイイ――――ンンンッッッ！！！

「威嚇《いかく》すんなよ!?　危ないって素手《すで》って言ってんだろ!?」

「さっくんこそ私と違《ちが》って素手なんだから、下手に渡《わた》しちゃったらケガするかも。だからさっくんはまず顔を洗って、着替《きが》えて、朝ご飯を食べてきて。ダイニングにとっくに用意してあるから。このチェーンソーを返《かえ》して欲《ほ》しくば健康的な生活を送ることね、わかった？」

くっ……！　なんかよくわからん交換条件《こうかんじょうけん》を提示されてる！

「待ってろ、すぐ戻《もど》ってくるから。それまで絶対にチェーンソーを動かすんじゃないぞ！」

「もう。しょうがないから待っててあげる」

負けた気分になりながら俺《おれ》は家に引き返し、顔を洗って着替《きか》えて朝飯をかっ食《く》らってついでにハミガキも済ませて超速《ちょうそく》で庭に戻《もど》ってきた。

「さっくん、早すぎ……。ちゃんとよく嚙《か》んで食べた？」

「食べたよ」

「ウソつき」

「朝飯、うまかったよ。いつもありがとうな」

「……ウソつきなんだから」

照《て》れ隠《かく》しでそっぽを向く。まあご機嫌《きげんと》取りは成功したということで。

「じゃあ改めて、スウェーデントーチを作るとするか」

「え……？　さっくん、危ないって言って反対してたのに」

「キミひとりで作るのは反対ってだけだ。正しい方法でやれば、危険はないからな」

俺《おれ》も大学時代に探検部の活動として経験しているので、藍良《あいら》に教えることはできる。じいちゃん、あんたも生きていればいつかは藍良《あいら》に教えていたのかもしれないな。

「藍良《あいら》。俺《おれ》が教えるから、やってみるか？」

「うんっ、もちろん。さっくん、ありがと！」

俺《おれ》は用意した防護用のヘルメットとゴーグル、手袋《てぶくろ》、安全靴《あんぜんぐつ》を装着する。それから丸太をふたりで持って玉切り台に固定したあと、切る長さにチョークで印を付ける。

　チェーンソーにおける事故の大半は足だと言われる。間違《まちが》って刃《は》が触《ふ》れてしまわないよう、切る際は両足を大きく広げる。俺《おれ》が一度模範《もはん》としてチェーンソーの持ち方を見せ、藍良《あいら》に渡《わた》す。電源を入れ、刃《は》が回り始めたら、フルスロットルで一気に下ろす。ためらってしまうとキックバックが起こり、事故につながる。勇気が必要な一瞬《いっしゅん》だ。

　藍良《あいら》は、その勇気を持っていた。俺《おれ》の指示通り、思い切りよく刃《は》を下ろした。迷いのない行動——否《いや》が応《おう》でも俺《おれ》を信頼《しんらい》しているのが伝わってくる。

　ほどなく玉切りされた丸太が転がった。断面は少し曲がっていたが、問題なく使えそうだ。

　次はこれに十字の切《き》り込《こ》みを入れていく。今度は一気に下ろすのではなく、チェーンソーの重みでゆっくりと切るイメージだ。刃《は》が傾《かたむ》かないよう、ハンドルはしっかりと握《にぎ》る。

　藍良《あいら》は要領を得たようで、初めてとは思えないほど綺麗《きれい》に仕上げてみせた。

「私、コツつかんだかも。今度、包丁代わりに使ってみようかな。食材を切り刻んだりとか」

「……チェーンソーを利用した調理方法も聞いたことがあるけどさ。その仮面を着けたままでそんなことを言うのは、普通《ふつう》にホラーだからやめて欲《ほ》しい。

　めでたくスウェーデントーチは完成した。次は、癒《い》やしの焚《た》き火《び》タイムだ。休日の今日、藍《あい》良《ら》は庭キャンプがしたかったんだろうし、俺《おれ》もその気持ちに乗りたくなった。

「さっくん。焚《た》き火《び》も、私ひとりでやってみていい？」

「ああ。俺《おれ》が教えるよ」

藍良《あいら》はうれしそうにうなずいた。学校ではほとんど見せない笑《え》み、屈託《くったく》のない笑顔《えがお》。

防火シートの上にスウェーデントーチを設置する。切《き》り込《こ》みに着火剤《ちゃっかざい》を挟《はさ》み、ファイヤースターターで火を点《つ》ける。ここからいかに丸太本体に炎《ほのお》を移すかがポイントになる。

木が湿《しめ》っていると火はなかなか育たない。だが薪《まき》や丸太が保管されている倉庫は、祖父のおかげで湿気《しっけ》対策《たいさく》も万全《ばんぜん》だ。藍良《あいら》が火吹《ひふ》き棒《ぼう》で空気を送っていくと、切《き》り込《こ》みから安定した炎《ほのお》が立《た》ち昇《のぼ》るようになる。こうなれば数時間は燃え続けるだろう。

昔、祖父が言っていた。火は手のかかる子どもだと。いきなり大きな薪《まき》を与《あた》えたところで、乗《の》り越《こ》えられない。よく燃えることなく、そこで成長を止めてしまう。だから、うまく道を作ることが必要になる。まるで先生と生徒の関係。そして、親子の関係だ。

そういえばじいちゃんは、手のかかる子ほどかわいいとも言っていたな……。

藍良《あいら》は焚《た》き火《び》も無事ひとりで成功させた。スウェーデントーチは平らなので、そのままケトルが置ける。お湯を沸《わ》かし、ふたりでコーヒーを淹《い》れて飲んだ。

「私、初めてミル挽《ひ》きコーヒーを淹《い》れたとき、挽《ひ》くのが粗《あら》すぎて色も味も薄《うす》くなっちゃったんだ。でもお父さんは、カフェインの取り過ぎは身体《からだ》に悪いから、これくらいでちょうどいいって言ってくれたの。私はよけい、次はちゃんと淹《い》れようって思ったんだけどね」

藍良《あいら》が淹《い》れてくれたミル挽《ひ》きコーヒーは、申し分ない濃《こ》さだった。きっと料理も、何度も失敗しながら上達したんだろう。上達しすぎな気もするが。

「アウトドア料理だって、もうひとりで作れるようになったのよ。お父さんから教わって……ほんとはキャンプの技術も教わりたかったけど……でも今は、さっくんがいてくれる」

藍良《あいら》はキャンプ好きだ。俺《おれ》も請《こ》われれば技術を教えたいと思うが、こうも考える。藍良《あいら》は俺《おれ》以外の誰《だれ》かとグループキャンプをしてもいいんじゃないかと。そうすれば友だちを作れるだろう、俺《おれ》が大学時代に祭里《まつり》という彼女《かのじょ》を作ったように。まあフラれてるんですけどね。

沢高《さわこう》にはアウトドア活動の部活はない。だが、キャンプ仲間を作る方法はほかにいくらでもある。たとえばキャンプコミュニティを見つけ、そこのオフイベントに参加したり。アウトドア雑誌やアウトドアメーカーが企画《きかく》するキャンプカレッジなんてのもある。近場のワークショップに足を運ぶだけでも、初心者キャンパーや犬連れキャンパーと出会うことはできるはずだ。

「なあ、藍良《あいら》。グルキャンに興味はないか？」

「……グループキャンプのこと？　それなら今、さっくんとしてるじゃない」

「俺《おれ》以外の仲間とキャンプしたくならないのかなあと思って」

「したくならない」

断言。清々《すがすが》しいほどの断言。

「……藍良《あいら》はさ、休日に誰《だれ》かと遊んだりしなくていいのか？」

「遊んでるじゃない、さっくんと」

「……俺《おれ》以外とは？」

「さっくん以外なら、トレくんになるかな」

藍良《あいら》はピュウッと指笛《ふ》を吹いた。すると、トレジャーが従者のごとくテントから出てきた。

そう、テントだ。庭の片隅《かたすみ》に立てられていたコンパクトなテント。

「アレってこの猫《ねこ》の寝床《ねどこ》だったのかよ……」

「室内用の寝床《ねどこ》もあるから、トレくんの別荘《べっそう》みたいなものだけどね。天気が悪い日は、トレくんもずっと家の中にいるし。ていうかさっくん、あのテントをなんだと思ってたの？」

「てっきり物置代わりにでもしてるのかと……」

「広い倉庫があるし、そんなの必要ないじゃない」

「……そもそも猫《ねこ》が住んでるなんて普通《ふつう》は思わないだろ。ペットといえば小屋じゃないのか」

「それは犬だと思うけど……ペット用の折りたたみテントっていうのは今時どこでも売ってるよ？　災害時にペットと一緒《いっしょ》に避難《ひなん》する場合に使えるから、巷《ちまた》で人気みたいね」

たとえば非常持ち出し袋《ぶくろ》に必需品《ひつじゅひん》をそろえておくのも、人間だけではなくペットに対しても常識になっているらしい。知らなかった。ペットなんか一度も飼ったことがないわけで。

寄ってきたトレジャーに藍良《あいら》が手を差し出すと、肉球でソフトタッチして応えた。藍良《あいら》があごの下を撫《な》でると、ごろごろと喉《のど》を鳴らす。俺《おれ》にはいつも不遜《ふそん》な態度なのにえらい違《ちが》いだ。

「この猫《ねこ》、いつから飼ってるんだ？」

「私が小学校に入学した頃《ころ》だったから……だいたい九年前になるのかな」

とすると、俺《おれ》が藍良《あいら》と会わなくなって二、三年が過ぎた頃《ころ》になる。

「さっくん。以前はこの庭にレンゲツツジが咲《さ》いてたこと、覚えてる？」

「……蜜《みつ》を吸ったら、じいちゃんに怒《おこ》られた記憶《きおく》はあるな」

「うん。レンゲツツジの蜜《みつ》は甘《あま》くておいしいけど、実は毒性があるのよね。猫《ねこ》にとっても同じだから、間違《まちが》って食べちゃわないように、庭にはもう植えないようにしたんだって」

藍良《あいら》の話によれば、トレジャーは祖父がどこからか連れてきた猫《ねこ》らしい。祖父は動物保護団体にも寄付していたので、その関係から譲《ゆず》り受《う》けたんだろう。

祖父は旅に出る間、藍良《あいら》をひとりにしていた。だから、藍良《あいら》が寂《さび》しがらないようにペットを飼うことにしたんだろう。もしかしたら俺《おれ》が顔を出さなくなったことも影響《えいきょう》したかもしれない。

猫《ねこ》の品種は不明とのことだ。同じく出自が不明な藍良《あいら》なので、よけい親近感が湧《わ》くのかもしれない。俺《おれ》の目から見ても、藍良《あいら》はトレジャーをとてもかわいがっている。

藍良《あいら》は、ばいばいと手を振《ふ》った。トレジャーは「ジャー」と一声鳴いて、寝床《ねどこ》に戻《もど》った。

「私……昔は、お父さんさえいてくれればいいと思ってた。でも今は、お父さんがいないから……トレくんと、ついでにさっくんがいればいいかな」

藍良《あいら》はちょっと恨《うら》めしげにそう言った。

「だから、さっくん。私はべつに、友だちなんかいなくていい。昔からそうだったんだから、とっくに慣れてる。今さらなの。だからよけいな心配しなくていいの、わかった？」

藍良《あいら》は腰《こし》に手を当てる。俺《おれ》の懸念《けねん》は筒抜《つつぬ》けだったようだ。

「だいたい、さっくんだってグループキャンプよりソロキャンプのほうが好きなんでしょ？」

「……まあ、そうだな」

「なんでソロキャンプが好きなのか、聞いていい？」

理由は、家出キャンプがクセになったから。正直に言うのは恥《は》ずかしい。過去に家出キャンプをしていたことはもう藍良《あいら》に話しているが、それでもだ。だから、こう言う。

「ひとりって、自由だからさ。他人に合わせなくていい分、好きなことに集中できる。自分の本心だけを追求できる。好きなキャンプ飯も好きなだけ味わうことができるからな」

言《い》い換《か》えれば、自分と向き合うことができる。グループでは、友人や恋人《こいびと》の意思も介在《かいざい》するため、自分の言動もまたそれに流されがちだ。でも、ソロは違《ちが》う。自分の意思でどこに行き、なにをしたいのかを誰《だれ》はばかることなく考えることができ、実現できる。そうすることで、自分でもよくわかっていなかった自身の本質を、再発見することだってあるだろう。

「そっか。さっくん、私も同じ。私も自由が好きだから、やっぱり友だちはいらないかな」

俺《おれ》の言葉に乗っただけの答え。だからそれは、藍良《あいら》の本心ではないのだろうと感じた。

今日は庭キャンプということで、昼食もキャンプ飯に決まった。

藍良《あいら》と違《ちが》って俺《おれ》は朝飯を食べてからそれほど時間が経《た》っていないが、問題ない。少しずつゆつくり食べるつもりだ。酒のツマミにはちょうどいい。

そう、キャンプといえば酒だ。藍良《あいら》の前ではあまり飲めないのが難点だけどな。

「さっくんは、アウトドア料理ではよく肉と野菜を焼いてたって聞いたけど。具体的にどういう料理を作ってたの？」

「そのまま普通《ふつう》に、肉と野菜を焼いて食べてたよ。あえて名付けるなら炭火バーベキューだ」

今日のところはスウェーデントーチがあるため、炭火の出番はないのだが。

「でも、さすがにバーベキュー以外の料理も作ってたでしょ？」

「作ってないけど」

祭里《まつり》に凝《こ》ったアウトドア料理を作ってもらったことは何度かあるが、ソロキャンプでは炭火で焼いた肉と野菜を塩や醤油《しょうゆ》で食べることだけを貫《つらぬ》いていた。宗教上の理由はないからな？

藍良《あいら》は信じられないといった顔をしたあと、哀《あわ》れむような目つきをした。あの、傷つくんだけど。ゴミを見るような目つきをされるよりも心が痛くなるんだけど。

「さっくん……待ってて。私がさっくんのためにバーベキュー以外のアウトドア料理を作ってあげる。まっとうなキャンプご飯を提供してあげるからね」

……いちおう祭里《まつり》に食べさせてもらっていたんだけどな。だが、言える雰囲気《ふんいき》じゃない。藍《あい》良《ら》は俺《おれ》に元カノがいたことを知らないし、教えたらどういう反応をされるのか怖《こわ》い気もする。

藍良《あいら》はキッチン代わりのウッドデッキに、クッカーや食材や調味料を次々と用意した。それからいつものエプロンを装備し、アウトドア料理に取りかかる。

まずはオリーブオイルを注いだメスティンをスウェーデントーチに置き、パスタを半分に折って投入した。軽く混ぜ合わせたあと、キッチンペーパーの上に取り出す。揚《あ》げ時間《じかん》はだいたい三十秒といったところだ。

それから塩を振《ふ》る。セクシーな塩振《しおふ》りではなく、職人のように素早《すばや》く鮮《あざ》やかな塩振《しおふ》りだった。

皿に盛り付け、出来上がり。所要時間は五分に満たない。

「どうぞ、揚《あ》げパスタよ。次の料理ができるまで、これを食べて待っててね」

洋風居酒屋のツマミとして有名な一品だ。自家製は初めて食べる。俺《おれ》は一口つまんでみた。

その瞬間《しゅんかん》、俺《おれ》の足は酒を持ってくるために家の冷蔵庫に向かっていた。我に返ったとき、すでに缶《かん》ビールのプルタブを開けていた。

この絶妙《ぜつみょう》な塩味と油加減の揚《あ》げパスタ！　こんなのビールに合わないわけがねえ！

「さっくん、ビールは一日500ミリリットルまでよ。だからゆっくり飲んでね」

言われなくてもわかっている。この一週間で俺《おれ》のアルコール摂取量《せっしゅりょう》は藍良《あいら》によって調教されたからな、おかげで今もミニサイズの缶《かん》を開けている。ちびちび飲んで長く楽しんでやるぜ！

「お待たせ、さっくん。次のメニューは、アヒージョよ」

揚《あ》げパスタからのアヒージョは、メニューの流れとして完璧《かんぺき》だろう。パスタを揚《あ》げて余ったオリーブオイルを有効活用できるのだ。そして肝心《かんじん》のアヒージョの具材は、牡蠣《かき》だった。

「牡蠣《かき》の旬《しゅん》は冬から始まって、ちょうどこの時期が一番になるの。三月、四月から産卵《さんらん》の準備に入ることで、身が栄養を蓄《たくわ》えてふっくらする。濃厚《のうこう》でクリーミーになるのよ」

香りからして美味なのがわかる。実際に口に入れると、気がついたらミニサイズのビールは空になっていた。くそっ、ペース配分を狂《くる》わせやがる。もう一缶《かん》、ミニサイズのビールを持ってこようか？　いや、ビール以外の酒を飲むという手もある。だって藍良《あいら》は次の調理に取りかかっている。その料理に合わせた酒をチョイスするべきだ。

「はい。次のメニューは、ホイル焼きよ」

素材を最大限に活《い》かした料理だ。祖父と一緒《いっしょ》に食べた北海道産のジャガイモを思い出した。ジャガイモばっかり焼くもんで、最初はうまくても途中《とちゅう》で飽《あ》きが来ることもあった。

だが今回、藍良《あいら》が用意したのはそれを反面教師にしたかのようにバリエーションに富んでいた。ソーセージ、ベーコン、タラ、サワラ、イカ、ホタテ、ナス、ニンジン、ブロッコリー、エノキ、エリンギ、マイタケ、シイタケ——肉や魚介《ぎょかい》や野菜やキノコといった数々の食材の旨《うま》味《み》を閉《と》じ込《こ》め、凝縮《ぎょうしゅく》し、塩とバターで味と香りをさらに引き立たせている。

食の爆弾《ばくだん》——いや、食の花火だ。

どれも頬張《ほおば》ると、口の中で力強さと繊細《せんさい》さが交互《こうご》に弾《はじ》け、火花のように舞《ま》い散《ち》った。もはや芸術作品だ。ビールもいいが、絵画を眺《なが》めるように充分《じゅうぶん》に堪能《たんのう》するには焼酎《しょうちゅう》も欲《ほ》しくなる。

「お父さんは、房総《ぼうそう》の名水で割った焼酎《しょうちゅう》をよく飲んでたわ。焚《た》き火《び》の前で飲むのが至福の一時だって言って。コーヒーを飲むときも、同じようなこと言ってたけどね」

コーヒー党であり酒飲みだった祖父の影響《えいきょう》で、藍良《あいら》が作る料理はアウトドアであってもツマミに最適だ。俺《おれ》も藍良《あいら》のツマミがあれば無限に飲めそうだった。だがミニサイズの缶《かん》ビールを空にした今、さらに焼酎《しょうちゅう》も飲んだら晩酌《ばんしゃく》は諦《あきら》めるしかなくなる。

うん、諦《あきら》めよう。俺《おれ》は未来に生きているんじゃない、今を生きている。この時間に飲まなければなんのための酒なのか！

「さっくん、お待ちどおさま。次のメニューは、パスタよ」

最初が揚《あ》げパスタだったから、どこかで普通《ふつう》のパスタも来ると思っていた。実際、藍良《あいら》はラージメスティンで二人分のパスタを茹《ゆ》でたあと、フタにパスタをよけながら具材を炒《いた》めていた。レモンや山椒《さんしょう》、粉チーズで味を調《ととの》えていたのも見えていた。順番的にこれがシメだろう。

「春野菜のパスタを作ってみたの。まだ使ってない春野菜があったからね」

これまでも菜の花や春キャベツ、アスパラガスは食卓《しょくたく》に並んでいたが、ほかにも春野菜はある。このパスタは新玉ねぎ、さやえんどう、たけのこを使っていた。

「さっくん、どう？」

「ふ、普通《ふつう》かな」

「そっか、よかった」

俺《おれ》は春野菜パスタを食べる手が止まらなくなっていた。ちびちびいくはずの焼酎《しょうちゅう》も、気がついたら飲み干していた。藍良《あいら》が食後のデザートとして作ってくれた焼きリンゴを、俺《おれ》は複雑な気分でいただいた。

食事の満足感と、もう今日は酒を飲めない喪失感《そうしつかん》が、俺《おれ》をいつまでも苛《さいな》んだ。

昼食後、スウェーデントーチの火を消した。

コップ半分の水だけで消えてくれるし、乾燥《かんそう》させれば再利用することも可能だ。翌週の休日にまた焚《た》き火《び》をすることもできるわけだ。

「さ、さっくん。どうしよう……いつの間にか椅子《いす》に穴が開いちゃってる」

藍良《あいら》が眉尻《まゆじり》を下げて俺《おれ》に見せてくる。たしかに虫食いのような穴が開いていた。どうも焚《た》き火《び》の際に、飛んだ火の粉がチェアのシートを襲《おそ》ったようだ。

祖父ならこんなヘマは絶対にしないのに。俺《おれ》はまだまだ、祖父のようには火を操《あやつ》れていない。

「私、編み物はできるけど……この生地《きじ》を縫《ぬ》い直《なお》すのはちょっと無理かも……」

「大丈夫《だいじょうぶ》。俺《おれ》がすぐに補修するよ」

俺《おれ》はソロキャンプ用に常備している補修シートを持ってくる。穴が隠《かく》れる大きさに切って、破損箇所《はそんかしょ》にピタッと貼《は》る。これだけで、ぱっと見ではわからない程度には穴がふさがる。

「わ……すごい。これが文明の利器っていうものなの？」

……藍良《あいら》、おまえは本当に現代を生きる女子高生なのか？　異世界人じゃないんだよな？

俺《おれ》は祖父と違《ちが》ってDIYが得意なわけじゃないし、今後も補修シートのような便利グッズは利用するつもりだが、それだけではどうしようもない場合もある。たとえば、薪《まき》の調達。藍良《あいら》は倉庫の薪《まき》が足りなくなったと言っていたし、食後の運動がてら丸太を斧《おの》で割ることにした。

その間、藍良《あいら》はクッカーや食器の洗い物をしてくれた。それが終わった頃《ころ》、俺《おれ》も薪割《まきわ》りを一段落させた。タオルで汗《あせ》を拭《ぬぐ》っていると、藍良《あいら》はトレジャーとフリスビーで遊び出した。

藍良《あいら》が合図を送ると、トレジャーは尻尾《しっぽ》をぴんと立て、まるでスプリンターのスタートよろしく緊張感《きんちょうかん》を漂《ただよ》わせる。そして藍良《あいら》がかけ声と共に投げると、トレジャーは一目散に追いかけていく。目標めがけて軽《かろ》やかにジャンプし、空中でパシッと見事にキャッチした。

肉球で。

いや、手なのかよ。くわえるんじゃないのかよ。まあ犬と口の構造が違《ちが》うし、猫《ねこ》には難しいのかもしれないが。フリスビーを藍良《あいら》に返すとき、トレジャーは悠々《ゆうゆう》とくわえていたけれど。

「ていうか、猫《ねこ》のくせにフリスビーができるんだな……」

「前にも言ったじゃない、普通《ふつう》にできるって」

これを普通《ふつう》と呼んでいいのか？　手でキャッチするとか聞いたことないんだけど？

「さっくんもやってみる？　トレくんに好かれてるし、きっと付き合ってくれるよ。おまえが投げたものなら仕方なく取ってきてやろうって感じで」

俺《おれ》が付き合ってもらう立場なのかよ。この家のヒエラルキーはどうなってるんだ？

藍良《あいら》から受け取ったフリスビーを、試《ため》しに投げてみる。というか、投げるのは初めてだ。おかげで勝手がわからず、フリスビーはぜんぜん飛ばずに地面に落ちた。

トレジャーは追う素振《そぶ》りすら見せずにあくびをしていた。……ムカつくんだけど？

「さっくん、それじゃダメ。腕《うで》と腰《こし》の使い方がなってない。投げ方、私が教えてあげるね」

キャンプでは俺《おれ》が教える側だったが、フリスビーでは藍良《あいら》から教わる立場になっていた。

フリスビーの基本的な投げ方はバックハンドだそうで、腰《こし》の高さで水平にスイングし、腰《こし》の回転と足のステップによる体重移動を活《い》かしながら、リリースの瞬間《しゅんかん》に手首のスナップを利《き》かせるのだそうだ。うん、よくわからない。おかげでフリスビーは墜落《ついらく》してばかりだ。

「さっくん、肩《かた》の力が入りすぎ。大事なのはリラックスすることよ。私にチェーンソーの使い方を教えてくれたよね。それと同じ感じでやってみて？」

その例は、とてもわかりやすかった。俺《おれ》はついに、フリスビー投げに成功した。

トレジャーが追いかけていき、軽《かろ》やかにジャンプして、空中でペシッとはたき落とした。あれ、ちょっと待って。藍良《あいら》のときと違《ちが》くね？　トレジャー、おまえキャッチしてないよな？

「成功ね。さっくん、おめでとう」

「ジャー」

俺《おれ》としては、煽《あお》られているようにしか思えなかった。

フリスビーで運動したあとは、休憩《きゅうけい》タイムに入る。横になるためにテントを張る。

俺《おれ》が教えずとも、藍良《あいら》はひとりで組み立てた。河川敷《かせんじき》で立てたのはソロサイズのものだったが、今回はファミリーサイズのものだ。

「さっくん、一緒《いっしょ》にテント入ろ？」

藍良《あいら》が小悪魔《こあくま》っぽく誘《さそ》ってくる。この大きさなら、ふたりで横になることもできるだろう。昔と違《ちが》って寄《よ》り添《そ》う必要はない。

だが俺《おれ》は、断った。

「俺《おれ》はこっちで寝《ね》るよ」

藍良《あいら》がテントを立てている間、俺《おれ》はハンモックを設置していた。ロープワークの手際《てぎわ》は祖父に敵《かな》わないだろうが、藍良《あいら》のテント設営よりは早く終えていた。

「おやすみ、藍良《あいら》」

藍良《あいら》の言葉を待たず、俺《おれ》はハンモックに身体《からだ》をあずけた。藍良《あいら》は怒《おこ》るだろうか？　頬《ほお》を膨《ふく》らませたり、唇《くちびる》をとがらせたり、そっぽを向いたりするんだろうか。

だが、どれも違《ちが》った。藍良《あいら》は寂《さび》しそうに微笑《ほほえ》んでいた。

「うん……。さっくん、おやすみ」

藍良《あいら》はそして、トレジャーと一緒《いっしょ》にテントに入っていった。

まぶたを開けると、空が赤い。昼寝《ひるね》を終えた時間は夕方だった。寝過《ねす》ぎてしまったようだ。

「さっくん、コーヒーどうぞ」

すでに起きていた藍良《あいら》が、寝起《ねお》きの俺《おれ》にコーヒーを淹《い》れてくれた。昼寝前《ひるねまえ》に消していた焚《た》き火《び》が、また燃えている。藍良《あいら》がひとりで着火したようだ。

「こら、ひとりでやるんじゃない。火を使うときは、俺《おれ》が見ているときだけにしてくれ」

「私、もうひとりでも焚《た》き火《び》できるよ？」

「それでもだ。火だけじゃない、薪《まき》を作るときも必ず俺《おれ》に声をかけるんだぞ」

強めに言う。叱《しか》ることを苦手にする俺《おれ》としては、めずらしい。普段《ふだん》と違《ちが》ってブレーキがかからなかったのは、寝起《ねお》きであまり頭が回っていないせいだろう。

「じゃあ……私がキャンプするときは、さっくんはいつもそばにいるの？」

「そうなるな。キミがキャンプするときは、俺《おれ》も一緒《いっしょ》だ」

せめて、藍良《あいら》が自立するまでは。

「うん……えへへ」

藍良《あいら》は笑っていた。年相応の笑顔《えがお》、人形のような冷たい佇《たたず》まいとは正反対のぬくもり。

「さっくん。晩ご飯も、私がアウトドア料理を作ってあげるね」

声が弾《はず》んでいる。そんなふうに言われると俺《おれ》もうなずきたくなるが、さすがに断った。

「それはやめておこう。夜の後片付けは大変だからな」

焚《た》き火《び》料理の後片付けは明るいうちに済ませたほうがずっと楽だ。明日も休日なら翌朝に片付けることもできるが、俺《おれ》たちには学校がある。藍良《あいら》も理解したのか、残念そうにする。

「でも、藍良《あいら》。庭キャンプは続けられるぞ。家のキッチンで作った料理を、外で食べるだけでも立派なキャンプだ。今日はウッドデッキで星空の下のディナーと洒落込《しゃれこ》もうか？」

「さっくん……うんっ！」

周囲は暗くなり始めている。明かりとして、ランタンを置いた。庭キャンプ用のランタンはガス式のものだ。LEDよりも風情《ふぜい》があるが、熱を持つために取《と》り扱《あつか》いには注意が必要になる。

俺《おれ》たちはスウェーデントーチの後始末をして、テントとハンモックを片付けた。その頃《ころ》には完全に陽《ひ》が落ちた。夜は冷えるので、俺《おれ》たちは厚着をしてから夕食の準備に取りかかる。

雲ひとつない夜空には、藍良《あいら》の好きなおとめ座が瞬《また》いていた。

「あっ……ランタン、消えちゃった」

ガスが切れたようだ。ウッドデッキの明かりがないと、星見にはいいだろうが、食事のほうはままならなくなる。

藍良《あいら》はすぐにガスボンベを取《と》り替《か》えようとする。それくらいならと、俺《おれ》もつい藍良《あいら》ひとりに任せてしまった。

「きゃっ」

小さな悲鳴が聞こえた。ランタンから手を離《はな》した藍良《あいら》が、苦しげに表情をゆがめていた。

「藍良《あいら》、どうした？」

「ち、ちょっとさわっちゃって……」

藍良《あいら》は右手の人差し指にヤケドを負っていた。ランタンの上蓋《うわぶた》に触《ふ》れてしまったようだ。初心者キャンパーにありがちのミスだ。俺《おれ》も過去、経験したことがある。

「すぐに水場で冷やそう。それから手当てだ」

俺《おれ》は藍良《あいら》を洗面所に連れていく。患部《かんぶ》を冷やせば、痛みが緩和《かんわ》される。使うのは水道水だ。氷や保冷剤《ほれいざい》のように極端《きょくたん》に冷たいと、逆に悪化する恐《おそ》れがある。

冷やしたあと、ヤケド用の軟膏《なんこう》を塗布《とふ》し、穴を開けた食品用ラップで患部《かんぶ》を覆《おお》って細菌感染《さいきんかんせん》を防ぐ。食品用ラップを使うのは、ガーゼでは患部《かんぶ》とくっついてしまって剝《は》がすときに痛みを伴《ともな》うからだ。穴を開けるのは、密封状態《みっぷうじょうたい》では雑菌《ざっきん》の繁殖《はんしょく》につながる恐《おそ》れがあるからだ。

幸いヤケドは軽度だったので、痕《あと》は残らないだろう。藍良《あいら》の手は白くて細くて綺麗《きれい》だし、傷にならなくて本当によかった。

「藍良《あいら》、痛みはどうだ？」

「もうぜんぜん平気……さっくん、すごい」

「経験者は語るってやつだ。でも痛くないからって、今日のところは右手を使うなよ」

「えっ……でも、それだと晩ご飯が……」

「俺《おれ》が作るよ。いつも作ってもらってばかりだし、たまには俺《おれ》に振《ふ》る舞《ま》わせてくれ」

俺《おれ》は藍良《あいら》に安静を言《い》い渡《わた》し、キッチンに立つ。

エプロンはいらない、というかひとり暮らしのときだって一度も着けたことがない。そのはずだったのだが、藍良《あいら》にダメ出しをされてエプロン着用を強制された。藍良《あいら》愛用のエプロンだ。

「さっくんがひとりで料理するの心配だから、私が後ろで見てるね」

キャンプ時と立場が逆転してしまっている。

米はすでに炊《た》いていたので、俺《おれ》が作るのは米に合わせた料理だ。というわけで、ひとり暮らしで定番だった自炊《じすい》メニューを採用する。

肉と野菜をフライパンで炒《いた》め、塩コショウと醤油《しょうゆ》で味付けし、炊《た》いた米に載《の》っけるだけの雑な料理。星空の下のディナーとしては、貧相《ひんそう》にもほどがある。

なのに、キッチンに立つ俺《おれ》を後ろで見ていた藍良《あいら》は、一言も口を出さなかった。

皿に盛り付け、ウッドデッキに運び、ふたりでいただきますをした。

「味気ない料理で悪いな」

「ううん……おいしい。さっくんのご飯、おいしい」

藍良《あいら》は笑顔《えがお》を見せてくれた。満天の星空にも負けない微笑《ほほえ》み。

「でも、ちょっと塩気が強い。さっくん、塩分の取り過ぎはダメだからね」

健康に対するこだわりだけは忘れていないようだった。

ディナータイムのあとは洗い物を済ませ、バスタイムに入る。

藍良《あいら》は右手が使えないので、左手だけで頭を洗ったり身体《からだ》を洗ったりすることになる。大変だろうが、俺《おれ》は手伝えない。

俺《おれ》が自室で仕事を進めていると、風呂上《ふろあ》がりの藍良《あいら》が訪《おとず》れた。いつもより時間がかかっていたのは、やはりヤケドの影響《えいきょう》だろう。編み物の道具を持ってくるのは変わらなかったが。

「藍良《あいら》、今日のところは右手を使うなって言ったろ？」

「うん。だから、左手だけで編み物しようかなって」

「……そんなことできるのか？」

「できるところはできるよ」

ほんとだろうか。編み物の知識なんて皆無《かいむ》の俺《おれ》なので、なにも言い返せない。

俺《おれ》は机に向き直る。俺《おれ》の仕事中、藍良《あいら》はよけいな音を立てない。だから集中できる。とはいえ、健康的な就寝時間《しゅうしんじかん》である十時が近づくと藍良《あいら》は決まってこの行動を取る。

「さっくん、まだお仕事？」

藍良《あいら》は俺《おれ》の背中に寄りかかる……どころか、ごろごろと頰《ほお》ずりした。柔《やわ》らかい感触《かんしょく》とこそばゆい感触《かんしょく》が一緒《いっしょ》くたに襲《おそ》いかかる。

「ごろごろ……かぷかぷ」

「ちょっ、なにしてんだ！　やめろ！」

しまいには耳を甘噛《あまが》みしてきやがった。おまえ、その行為《こうい》は押《お》し倒《たお》されても文句言えないやつだからな？　未成年を本気で押《お》し倒《たお》すのは自殺するのと同義だからやらないけどさ！

「さっくん、痛かった？　痛くしないならやってもいい？」

「……そういう問題じゃねえんだよ」

「じゃあ、よきかなよきかな」

よくもないんだよ。

「さっくん、昔からぶっきらぼうだったけど。なんていうか、今はちょっと違《ちが》うっていうか」

藍良《あいら》は俺《おれ》の背中に抱《だ》きついたまま、どこか悩《なや》ましげに耳元でささやいた。

「ヤケドの手当てをしてくれるくらい、優《やさ》しかったりするんだけど……それでもやっぱり、どこか冷めてるっていうか。こうしてそばにいても……昔よりも遠くに感じるっていうか」

「………………」

「さっくん……歳《とし》取って枯《か》れちゃったの？　桜みたいに」

今は四月中旬《ちゅうじゅん》。この地域の桜はもうすべて散っている。

「でも……桜なら、また花を咲《さ》かせられるのかな？」

俺《おれ》が反応に困っていると、藍良《あいら》は「お仕事の邪魔《じゃま》してごめんね」と言って、また編み物に戻《もど》っていった。やっぱり反応できなかった俺《おれ》は、憮然《ぶぜん》としながら仕事に戻《もど》る。

十時を回ったところで、後ろから寝息《ねいき》が聞こえてきた。

「すー……」

藍良《あいら》が壁《かべ》に寄りかかりながら眠《ねむ》っていた。いつも十時頃《ごろ》に寝《ね》ているのに加えて、庭キャンプで疲《つか》れていたんだろう。俺《おれ》は嘆息《たんそく》し、仕事を切り上げることにした。

藍良《あいら》の手には編みかけの毛糸がそのままになっている。見る限り、あみぐるみではないようだ。星のような模様が描《えが》かれていて、流れ星の軌跡《きせき》のような部分もあって……。

「まさか……これって」

痛みが走った。そこは頭なのか、胸なのか、もしくはほかの部位なのか。判断はできなかった。できるのは、かぶりを振《ふ》ってこのわずらわしい痛みを払拭《ふっしょく》することだけだった。

とにかく藍良《あいら》を部屋に連れていかないと。こんな状態で寝《ね》たら風邪《かぜ》を引いてしまう。

俺《おれ》はためらいながらも、藍良《あいら》の身体《からだ》を抱《だ》きかかえた。お姫《ひめ》さま抱《だ》っこってやつだ。藍良《あいら》の体重は軽く、運動不足の俺《おれ》の腕力《わんりょく》でも苦もなく持ち上げることができた。

むしろ問題なのは重さよりも柔《やわ》らかさだ。藍良《あいら》はまだまだ子どもとはいえ、肉付きは女性そのものだ。本当、女の身体《からだ》ってなんでこんなに心地好《ここちよ》いんだろうな……。

藍良《あいら》の手が俺《おれ》の服をぎゅっと握《にぎ》った。起きてはいない、無意識のようだ。その仕草を幼少期と重ねながら、俺《おれ》は藍良《あいら》の部屋まで連れていき、ベッドに寝《ね》かしつけた。

藍良《あいら》の部屋に入ったのはこれが初めてじゃない。一緒《いっしょ》に住んでいるし、用事で何度か入っている。色にしろ物にしろ、全体的にレイアウトがやわらかい。整理《せいり》整頓《せいとん》が行き届いていて、清潔感もある。ただなんというか、機器類が極端《きょくたん》に少ない。テレビはない、スマホもタブレットもない、オーディオも一切《いっさい》ない。薄々《うすうす》感じていたが、藍良《あいら》は機械オンチなのかもしれない。

その代わりと言っていいのかわからないが、あみぐるみが至るところに並んでいる。藍良《あいら》が自作したものと、編み方を教わったという先代の家政婦が編んだものも含《ふく》まれているんだろう。

藍良《あいら》の身体《からだ》の上に毛布をかけたあと、俺《おれ》は部屋を出ようとしたが、できなかった。藍良《あいら》の手が、俺《おれ》の服をまた握《にぎ》っていた。どこにも行《い》かないで欲《ほ》しい、そう訴《うった》えるようにして。

俺《おれ》はしゃがんで、藍良《あいら》の手を握《にぎ》った。

藍良《あいら》は安心したのか、俺《おれ》の服をゆっくりと離《はな》した。

「お父……さん……」

寝言《ねごと》が聞こえた。

藍良《あいら》は今、祖父の夢を見ているのか？　藍良《あいら》は夢の中でも祖父を追いかけているのか？　冒《ぼう》険家《けんか》を目指すために。出自を探すために。将来の夢を叶《かな》えるために。

藍良《あいら》の寝顔《ねがお》は、穏《おだ》やかだ。

……よかった。見ているのが祖父の死を後悔《こうかい》するような悪夢じゃなくて、よかった。

なあじいちゃん。あんたの死に顔も、穏《おだ》やかだったよ。納棺師《のうかんし》が整えてくれたんだろうけど、それでも俺《おれ》は、あんたが苦しまずに死んだのだと信じてる。

走馬灯ってのがあるらしいが、じいちゃんにとってその思い出は楽しいものばかりだったの

か？　だから穏《おだ》やかに死んだのか？　いや、そんなイージーモードの人生なんか存在しないよな。あんたはきっと、生きることがどんなに辛《つら》くても、死ぬときは笑顔《えがお》でありたかったんだ。

一度しかない人生、笑って死ねる人生がいい、だから僕《ぼく》は冒険《ぼうけん》にいく――ある冒険家《ぼうけんか》がそんなふうに言っていたらしい。じいちゃんよりも有名な冒険家《ぼうけんか》の言葉だ。

俺《おれ》はさ、じいちゃん。あんたの笑顔《えがお》が無理やりで、我慢《がまん》していただけだったのだとしても、その意思を尊重したい。だから俺《おれ》も、あんたの死で涙《なみだ》を我慢《がまん》することができたんだ。

藍良《あいら》の手を握《にぎ》りながら、俺《おれ》はそんなことを思《おも》い巡《めぐ》らせていた。

4章　それぞれの秘宝

◎その1

週が明けた。俺《おれ》はいってきます、藍良《あいら》はいってらっしゃいの定番のあいさつをかけ合う。

「でも私たち、どうせなら一緒《いっしょ》に学校向かってもいいと思うんだけど？」

「よくない。誰《だれ》かに見られたら、変な噂《うわさ》が立つかもしれないだろ」

「私は気にしないよ？　親子関係を隠《かく》したほうがいいっていうのはわかるけど、同居してることまで隠《かく》さなくたっていいと思うし」

なんでだよ。むしろ親子でもないのに一緒《いっしょ》に暮らしていたら、そのほうが問題だ。藍良《あいら》だってクラスメイトによからぬ目で見られるかもしれないのだ。

「俺《おれ》が出勤したあと、最低でも十五分を置いて登校するんだぞ。戸締《とじ》まりも頼《たの》んだからな。わかったか、星咲《ほしざき》？」

藍良《あいら》ではなく星咲《ほしざき》と呼ぶ。念を押《お》すようにして。

「さっくん、やっぱり冷たい……。昨夜のこと、お礼を言おうと思ってたのに」

眠《ねむ》ってしまった藍良《あいら》を部屋に連れていったことか。俺《おれ》が抱《だ》きかかえたことや手を握《にぎ》ったことの記憶《きおく》は、藍良《あいら》にはないだろうけど。

「気にするな。それと、学校では間違《まちが》ってもさっくんなんて呼ぶんじゃないぞ」

校内においてニックネームは最も避《さ》けるべき呼称《こしょう》だ。生徒が先生をあだ名で呼ぶのもそうだし、それ以上に先生が生徒をあだ名で呼ぶことは問題視される。生徒には平等に接するべき、という倫理規程《りんりきてい》に反するからだ。

「というわけで、もし愛称《あいしょう》で呼んでも俺《おれ》はなにも反応しないからな。ゆめゆめ忘れないように、出席番号二十六番の星咲藍良《ほしざきあいら》さん？」

「……見取《みどり》先生のバカ」

ふくれっ面《つら》を作る藍良《あいら》に見送られ、俺《おれ》は一足早く家を出る。朝の職員会議や授業準備がある分、教員は生徒よりも早く学校に向かうことになる。生徒に部活の朝練でもない限りは。

こんな具合に、俺《おれ》と藍良《あいら》は行動の時間帯をずらしている。行きだけじゃなく、帰りも気をつけないといけない。学校と自宅が比較的《ひかくてき》近所なのもあって、同じ家に帰宅しているところを生徒や保護者に見られないよう、これまでだって必要以上に注意を払《はら》ってきたつもりだ。

俺《おれ》は通学路や校門で出会った生徒と朝のあいさつを交《か》わす。職員室でも先生方におはようございますとあいさつしながら自席に着く。

「おはようございます、見取《みどり》先生」

和歌月《わかつき》先生もちょうど顔を見せた。前年度もそうだったが、彼女《かのじょ》は俺《おれ》とだいたい同じ時間に出勤する。たまに寝坊《ねぼう》するようで、遅刻《ちこく》ギリギリになることもあるのだが。

朝の職員会議が始まった。各学年の主任から連絡事項《れんらくじこう》が伝達される。その途中《とちゅう》、職員室の扉《とびら》が開いて遅刻《ちこく》常習犯の鍵谷《かぎや》が小走りで入ってきた。

「あれ、もう会議始まってる？　サーセン、道が渋滞《じゅうたい》してましてして。不可抗力《ふかこうりょく》なんでオレのせいじゃないっす、許してください」

いやおまえ、俺《おれ》や和歌月《わかつき》先生と同じで車通勤じゃないだろ。だから以前は俺《おれ》とよく仕事帰りに居酒屋に行ってたんだろ。たまに和歌月《わかつき》先生も誘《さそ》って三人で飲んでたんだろうが。

反省の色がまったく見えない鍵谷《かぎや》に、鶴来《つるぎ》先生がただちに注意を言《い》い渡《わた》す。

「鍵谷《かぎや》先生、早く席に着いてください。会議で聞《き》き逃《のが》していたところはほかの先生ではなく私に聞きに来てください。そのときに思う存分、遅刻《ちこく》の言い訳をしてくださいネェ？」

「……かしこまりました。お手柔《てやわ》らかにお願いします」

いつものパターンだ。鍵谷《かぎや》もよく懲《こ》りないと思う。というより、鶴来《つるぎ》先生に嫌《いや》みを言われるのが実は好きだったりするのか？　快感になってきたとか？　おまえ、マゾだったんだな。

職員会議が終わり、へらへらする鍵谷《かぎや》とペチペチする鶴来《つるぎ》先生を横目で見ていると、和歌月《わかつき》先生が話しかけてきた。

「あの、見取《みどり》先生。最近はなんだかオシャレですね」

「……えっと。それって、以前までの僕《ぼく》はオシャレじゃなかったってことでしょうか」

「ふええっ⁉　あうあうあっ！」

和歌月《わかつき》先生はあたふたモード時の語彙《ごい》が豊富だなあと思う。さすが国語科教員だ。

「そそそうじゃありません！　最近は服装がパリッとしてますし、髪《かみ》もサラッとしてますし、お髭《ひげ》もツルッとしてると言いますか！　でも先生は以前から素敵《すてき》なままだと思います！」

「あ、ありがとうございます」

共に業務をすることが多い和歌月《わかつき》先生なので、前年度と比べて俺《おれ》の身なりが変わったのを不思議に思ったようだった。

たしかに、シャツやスラックスは藍良《あいら》がアイロンがけをしてくれている。朝早くから起こされるため、髪《かみ》を綺麗《きれい》に整えたり髭《ひげ》を丁寧《ていねい》に剃《そ》ったりする時間もできる。それが影響《えいきょう》したようだ。

ひとり暮らしの頃《ころ》はどれもこれも面倒《めんどう》だったのに。藍良《あいら》のおかげで健康的な食生活はもちろんのこと、それ以外の生活にも好影響《こうえいきょう》が出ていたわけだ。

和歌月《わかつき》先生は赤くなったまま銅像のように動かなくなっていたので、俺《おれ》は担当するクラスのHRに向かうことにした。

こうして廊下《ろうか》を歩く時間は、いつも今日一日の仕事について頭で整理するようにしている。

クラス担任の業務は、一言で言えば学級運営。そして学級運営のゴールは生徒の自立だ。

叱《しか》ることが苦手な俺《おれ》も、指導はする。最低限、諭《さと》すくらいはする。泉水《いずみ》に対し、先生ではなく生徒と信頼関係《しんらいかんけい》を築《きず》いて欲《ほ》しいと諭《さと》したのだってその表れだ。

押《お》しつけるよりも共に歩むスタンスを取っていると言ったら、美化しすぎか？　まあ、このスタンスを守るにも率先垂範《そっせんすいはん》しなければならない。たとえば生徒に時間を守るよう指導するのなら、まずは言い出しっぺの俺《おれ》が守る。間違《まちが》っても鍵谷《かぎや》のように遅刻《ちこく》はしない。ＨＲも授業も、チャイムの直後には必ず教室に入る。俺《おれ》はいつもそうしている。

今日もまたチャイムが鳴り終わるのとほぼ同時に、教室の扉《とびら》を開けた。この瞬間《しゅんかん》は少しばかり緊張《きんちょう》する。スイッチのオンオフのような感じだ。日常が非日常に切《き》り替《か》わる……いや、非日常が日常に切《き》り替《か》わる？　まあどっちでもいい、俺《おれ》の言いたいことをわかってもらえるなら。

俺《おれ》が教室に現れると、それを見た生徒たちの談笑《だんしょう》がフェードアウトしていく。皆《みな》、蜘蛛《くも》の子を散らすように自席に戻《もど》っていく。その際、誰《だれ》かのスマホが鳴った。

「みんな、チャイムが鳴り終わる前には席に着くように。スマホも切っておくようにな」

進学校だけあってＨＲや授業中にＳＮＳやゲームをやるような不良はさすがにいないが、電源を切り忘れる生徒はいる。この注意はしばらく定番になるだろう。

俺《おれ》は教壇《きょうだん》に立ち、生徒の出欠を確認《かくにん》する。出席番号の上から順番に名前を呼びかける。

「泉水流梨《いずみるり》」

はい、と目が覚めるような、気持ちの良《い》い返事が返ってくる。出席番号一番の彼女《かのじょ》のおかげで、このあとに続く生徒も感化され、はきはきと答えてくれる。

年度初めの学級運営を考えると、理想的な空気が出来つつある。泉水《いずみ》には感謝ばかりが募《つの》る、ある一点の要素をのぞけば。

そう。泉水《いずみ》はなぜか出欠確認《しゅっけつかくにん》を続ける間、一時も俺《おれ》から視線を外さない。まばたきする時間すらもったいないと言わんばかりの、まがうことなき凝視《ぎょうし》だ。さすがに気になって泉水《いずみ》に視線を向けると、目が合ってしまう。泉水《いずみ》は愛想良《あいそよ》く笑う。天使のように笑う。俺《おれ》は苦笑いだ。

新しい週が始まった今日からは、生徒に日直の仕事を任せることになる。最初は泉水《いずみ》からだ。このHRの時間にそう告げると、泉水《いずみ》はやっぱり気持ちの良《い》い返事をした。この調子ならほかの生徒の見本になってくれるだろう。

日直の仕事は、授業時の号令、授業後に板書を消す、移動教室時に教室を消灯する、そして学級日誌を書いて提出するといったところだ。もちろん俺《おれ》への凝視《ぎょうし》は含《ふく》まれていない。

HR後、俺《おれ》は学級日誌を泉水《いずみ》に渡《わた》そうとした。その前に、今度は藍良《あいら》と目が合った。藍良《あいら》もまた微笑《ほほえ》んだ。周囲が気づかないくらい、ささやかに。

俺《おれ》も、声をかけない代わりに微笑《ほほえ》んだ、つもりだ。ぎこちなかったと思う。こういうのは慣れてないいんだ、許してくれ。叱《しか》るのと同じくらいにな。でもきっと、泉水《いずみ》に対する苦笑いよりはマシだったと思う。生徒を選《え》り好《ごの》みしてるんじゃない、自然とそうなっただけだからな？

俺《おれ》は泉水《いずみ》に学級日誌を渡《わた》す。日誌の内容はどの高校もほぼ同じだろう。その日の連絡事項《れんらくじこう》や授業の内容、今日一日のクラスの様子、そして生徒個人の意見や感想を書く所感欄《しょかんらん》がある。

特にこの所感は、学級運営において重要になる。日直の生徒がなにかしら学校に不満があれば対応するし、悩《なや》みがあれば相談に乗るつもりだ。

とはいえ、学級日誌は教員だけじゃなくクラスメイトにも読まれるものなので、具体的な不満や悩《なや》みは書きづらい。だからクラス担任は、生徒のわずかなサインを見逃《みのが》さない。日誌に少しでも違和感《いわかん》を覚えたら、すぐに対処するよう心がけている。

学級日誌には担任からのコメント欄《らん》もある。生徒のモチベーションを上げたり、メンタルを整えたりするための言葉を記さないといけない。このネタ探しは結構な労力だったりする。

俺《おれ》は、祖父から教わったことわざを引用することが多かった。ネタが切れたら、国語科教員の和歌月《わかつき》先生が偉人《いじん》や著名人の名言に詳《くわ》しいので、その知恵《ちえ》をよく借りていた。

ともあれ俺《おれ》は、受け取った学級日誌にコメントを記し、翌日に泉水《いずみ》に返して、そして泉水《いずみ》が次の日直に渡《わた》すことになる。そうやって日直は順繰《じゅんぐ》りに続いていく。面倒《めんどう》に思う生徒もいるだろうが、我慢《がまん》して欲《ほ》しい。俺《おれ》だって学生時代は面倒《めんどう》だったんだからさ。

「見取《みどり》先生。日直のお仕事、承《うけたまわ》りました。きっと先生のご期待に応えてみせます」

泉水《いずみ》は模範的《もはんてき》な敬語で受け答えした。優等生として満点の言葉遣《ことばづか》い……というか、いつもより声が明るいような？　うれしがっているのか？

「先生。私、うれしいです」

自分でもそう言った。ストレートに。

泉水《いずみ》は愛想《あいそ》が良《い》いし気遣《きづか》いもできる子だが、直截的《ちょくせつてき》に過ぎるところもある。知的好奇心《ちてきこうきしん》……いや、物事をはっきりさせたがるタチなのかもしれない。

「いつも私から話しかけてばかりで、先生からはぜんぜん話しかけてもらえませんから。だから私はうれしいんです。先生、聞かせてください。先生はサディストですよね？」

なんでそうなる。焦《じ》らしプレイをしてるわけじゃねえよ。それはむしろ祭里《まつり》のオハコだ。

俺《おれ》が話しかけないのは、その必要もなく泉水《いずみ》が話しかけてくるからだ。HR後や授業後には、執拗《しつよう》に質問してくる。それも勉強や学校生活についてではなく、プライベートなことばかり。

そんな泉水《いずみ》に対し、俺《おれ》は誤魔化《ごまか》してばかりいた。視線を感じると思うといつも彼女《かのじょ》に見られているし、観察でもされているようで居心地《いごこち》が悪いったらない。なんで俺《おれ》にそこまで構うのか、なるべく遠回しに聞いたことはある。泉水《いずみ》は決まってこう答えていた。

「先生と関係を持ちたいからです」

卑猥《ひわい》な意味じゃないのはわかっている。彼女《かのじょ》はそういった下世話な冗談《じょうだん》を好まない。優等生然とした印象もそうだし、小中学校の評価を見ても間違《まちが》いない。

泉水《いずみ》には、先生よりもクラスメイトと仲良くなれと言ってあるのに。いや、彼女《かのじょ》はたしかに言われた通り、クラスメイトとすでに仲良くなったようだった。

ほかの先生に確認《かくにん》を取ると、休み時間は友だちに囲まれているそうだ。あっという間にクラスの人気者になったらしい。彼女《かのじょ》の人当たりの良さを考えれば、さもありなんだ。

なのに彼女《かのじょ》は俺《おれ》を見つけると、クラスの友だちを放り出してこちらに寄ってくるのだ。もはや意味がわからない。

一方、藍良《あいら》はいつもひとりでいるようだった。恐《おそ》る恐《おそ》る話しかけるクラスメイトもいるのだが、藍良《あいら》は拒絶《きょぜつ》している。自ら孤独《こどく》を好んでいるように見える。ほかの先生はそう言っていないし、俺《おれ》が見守っている間も藍良《あいら》はひとりぼっちだ。泉水《いずみ》とは反対で友だちを作っていない。

……家でもっと藍良《あいら》と話し合うべきか？　クラスに馴染《なじ》むのに力を貸そうかって。俺《おれ》の立場ではあからさまな助力はできないが、相談に乗ることはできる。

だが、藍良《あいら》は断る気がする。気にしないでと言って。友だちはいらないと言って。これも一種の反抗期《はんこうき》なんだろうか？

「先生、質問をしても構いませんか？　私は先生に言われた通り、クラスメイトとの信頼関係《しんらいかんけい》を築いたつもりです。次は先生との関係を築かせてください。よろしいでしょうか？」

ため息をつきたくなる。もちろん生徒の前で、そんな突《つ》き放《はな》した態度は取れないが。

「あのな、泉水《いずみ》。先生は生徒から質問されたり相談されたら、それに答えたいって思う。それが教師というものだからな。でも、質問の意図がわからなければ答えようがないんだ」

「意図なら、先生と関係を持ちたいからだと何度も言っているじゃないですか」

じゃあここで、関係を持ちたい理由を尋《たず》ねたら、好きですとでも答えるつもりなのか？　泉水《いずみ》はおそらく俺《おれ》に好意を持っている。でなければ、こんなことはしない。それはそれで、なぜそうなったのかわからないのだが。俺《おれ》たちはこの学校で初めて出会ったのだから。

こういう生徒には、どう対処するべきなんだろうな……。俺《おれ》が苦手とする、叱《しか》るべきシチュエーションともなんか違《ちが》うし。そもそも研修でも習っていない。学んでいるのは、女子高生とは恋愛禁止《れんあいきんし》であるということだけ。恋仲《こいなか》になったら、そこに同意があろうと性暴力として扱《あつか》われるということだけだ。彼女《かのじょ》の好意につけ込《こ》んで手を出したら、俺《おれ》は社会的に死ぬだろう。

「……泉水《いずみ》、そろそろ休み時間が終わりそうだ。もう行っていいか？」

「わかりました。不要不急のつもりはありませんが、先生のお仕事の邪魔《じゃま》をしたいわけでもありません。お手数をおかけしました」

泉水《いずみ》との話を終え、教室を出る前にまた藍良《あいら》を探す。物静かに席に着いていた。また俺《おれ》と目が合ったのは、藍良《あいら》が俺《おれ》たちの様子を見ていたからだろうか？

藍良《あいら》はもう、俺《おれ》に微笑《ほほえ》むことはしなかった。

ＨＲを終えたあとは、職員室で仕事をする。

二時間目に、担任するクラスで世界史の授業がある。一時間目は空きなので、その間に授業構成を考えながら板書の下書きを進めていく。

当たり前だが、教師の仕事で最も重要なのが授業になる。授業には流れがある。学年という大きな流れから、学期という中くらいの流れ、コマという小さな流れ。

それらを念頭に、パズルのピースを埋《う》めるイメージで授業構成をまとめる。和歌月《わかつき》先生なんかは起承転結を意識しているそうだ。このあたりも国語科教員らしい。

流れには必ず到達点《とうたつてん》がある。仕事というのはゴールセッティングがすべてなのだと研修でも習っている。旅行をするときだって、最初に決めるのは目的地だ。それで初めて、交通手段や宿泊先《しゅくはくさき》などを決められるようになる。

それと同じで、授業でもまずゴールを決める。そこに向かってなにを書き、なにを話し、なにを学《まな》んで欲《ほ》しいのか、目的から逆算していくことになる。

旅行でたとえたが、これは冒険《ぼうけん》にも置《お》き換《か》えられるだろう。冒険家《ぼうけんか》はどこかに到達《とうたつ》するために冒険《ぼうけん》をしている。そのゴールにこそ、秘宝が眠《ねむ》っている。教員もまた生徒の自立というゴールに到達《とうたつ》するために冒険《ぼうけん》をしているわけだ。べつに命の危険はないけどな。

チャイムが鳴った。一時間目の授業が終わり、次は二時間目。俺《おれ》は板書の下書きを頭にたたき込《こ》んでクラスに向かう。休み時間の終わりを告げるチャイムが鳴ったあと、教室に入る。

起立、礼、着席。日直の泉水《いずみ》が模範《もはんてき》的な号令を発する。ほんと、俺《おれ》に構ってくることさえなければ素晴《すば》らしい優等生なのに。

講義をしながらカツカツとチョークで板書を進めていく。世界史の授業はその性質上、ほかの教科よりも板書が多い。そのぶん生徒も多くノートを取るので、無駄話《むだばなし》をしたり居眠《いねむ》りをしたりする暇《ひま》がない。俺《おれ》としてはそういった面倒《めんどう》な注意をしなくていいからとてもありがたい。

板書を一段落させ、生徒のほうを向く。藍良《あいら》はマジメにノートを取っている。

泉水《いずみ》はといえば、俺《おれ》を見ていた。

藍良《あいら》と違《ちが》い、ノートを取っていない。スマホで黒板の写真を撮《と》るのは禁止なので、そうではないようだが……ノート作家だったら率先《そっせん》してノートを取るべきなんじゃないのか？

泉水《いずみ》の、花が咲《さ》いたような天使の笑顔《えがお》。だが俺《おれ》には、それが悪魔《あくま》の笑顔《えがお》にしか見えなかった。

だってさ、今回だけじゃないいんだ。黒板から振《ふ》り向《む》くと必ず目が合うんだ。つまり彼女《かのじょ》はノートを取る時間よりも俺《おれ》を見ている時間のほうがずっと長いってことだ。もしかしたらノートを一度も取らずに最初から最後まで俺《おれ》を見ているかもしれないんだ。怖《こわ》すぎるだろ！

俺《おれ》はもう泉水《いずみ》に視線を振《ふ》らないことを心に決めて、また黒板に向き直った。

授業を終え、休み時間に入った。生徒たちが授業中には見せない顔を見せる時間だ。

人が変わったように明るく振《ふ》る舞《ま》う生徒もいれば、逆に授業では活《い》き活《い》きしていたのに今は疲《つか》れたように机に突《つ》っ伏《ぷ》す生徒もいる。

生徒の思わぬ一面をチェックするのもクラス担任の仕事だ。子どもは成長が早いし、性格の変化もめまぐるしい。過去の評価はあっという間に古くなり、使い物にならなくなる。情報は常にアップデートしていかなければならない。

「見取《みどり》先生」

……またおまえか、泉水《いずみ》。

「先生。シャツに埃《ほこり》がついていますよ？」

え？　てっきりいつもの質問攻《しつもんぜ》めかと思ったのに。

「えっと……どこだ？」

「私が取ってあげます」

言うや否《いな》や俺《おれ》に接近し、手を伸《の》ばして、胸のあたりにそっと触《ふ》れた。

「先生、シャツの趣味《しゅみ》が良《い》いですね」

距離《きょり》が近いまま、ささやくように言った。

「先生が持っているシャツは全部で五着でしょうか？　一着は入学式のようなフォーマルなもの、あとの四着はカジュアルなもの。入学式から一週間、学校があった日は今日を入れて六日、そのうち一日が入学式なので、通常授業が五日間。五日目で一日目のシャツに戻《もど》りました。そういうサイクルなんですね。入学式のようにネクタイはしないんですね。日頃《ひごろ》はカジュアルスタイルを好むんですね。堅《かた》すぎず、さりとて緩《ゆる》すぎずで、バランスに気を遣《つか》っているのがよくわかります。言《い》い換《か》えれば、生徒と一定の距離《きょり》感《かん》を常に保っているんです」

俺《おれ》はとっさに後ずさった。警鐘《けいしょう》が鳴っていた。そのせいで心臓が暴れ、その音を彼女《かのじょ》に聞か

れたくなかった。気がつけば、背筋に冷たい汗《あせ》が流れていた。

たとえば和歌月《わかつき》先生のように、俺《おれ》と一年以上も一緒《いっしょ》に仕事をしていれば身だしなみに気づくこともあるだろう。受け持ったクラスの生徒だって、必然的に担任の教師と接する機会が多くなるし、観察眼に優《すぐ》れていればこういった発言もありうるのかもしれない。

だが、泉水《いずみ》とはまだ六日間しか接していない。たしかに彼女《かのじょ》は俺《おれ》をよく見ていたが、それは視線という物理的な意味だけじゃなかったらしい。知的好奇心《ちてきこうきしん》を超《こ》えた、得体の知れないなにか——強引《ごういん》に落《お》とし込《こ》むなら、探偵《たんてい》か？　いや、好意が発展したストーカー？

まさか、放課後に俺《おれ》を尾行《びこう》したりしないだろうな……？　こっちは藍良《あいら》と一緒《いっしょ》に暮らしていることを隠《かく》さなければならないというのに。

「ごめんなさい、先生。埃《ほこり》というのはウソです。間近で先生のシャツを見たかったんです。そして触《ふ》れてみたかっただけなんです。先生は、シャツにしっかりアイロンをかけているんですね。身だしなみに気を遣《つか》う男性は嫌《きら》いじゃありませんが……少し意外でした」

教員というのは生徒の模範《もはん》なので、そのあたりは気をつけている。藍良《あいら》のおかげでこれまで以上に清潔感が保たれている。

だけど、なんで泉水《いずみ》はそれを意外だと思うんだ？　おまえに俺《おれ》のなにがわかるって言うんだよ？　いいかげん、マジで怖《こわ》くなってきたんだけど……？

「あの、先生。質問ではなく……相談事、よろしいでしょうか？　大切なお話があるんです」

やめてくれ。本気の本気でやめてくれ。まさか告白するつもりじゃないだろうな？

とはいえ、生徒に悩《なや》み事《ごと》があるのなら無下にはできない。一も二もなく相談に乗るしかない。

それが俺《おれ》の仕事だ。教師のサガだ。いくら頭の中で告白を断ったら包丁で刺《さ》されるんじゃないかとかホラーなことを思《おも》い描《えが》いていたって、俺《おれ》は泉水《いずみ》の味方であるべきなのだ。

「見取《みどり》先生？」

「……あ、ああ。キミのその大切な話っていうのは……今ここで聞いてもいいのか？」

「いいえ。できればふたりきりで、まとまった時間があるときにお願いします」

俺《おれ》は冷《ひ》や汗《あせ》をだらだらかきながらも、平静を装《よそお》ってうなずいた。

「じゃあ、放課後でいいか？　帰りのHRが終わったあと、時間を作るようにするよ」

泉水《いずみ》はありがとうございますと淑《しと》やかにお辞儀《じぎ》をし、ようやく去っていった。俺《おれ》が大きく脱《だつ》力《りょく》すると、藍良《あいら》と目が合った。俺《おれ》たちのことを見ていたようだ。

藍良《あいら》はささやかに笑《え》む……どころか、ぷいっと顔を背《そむ》けた。もちろん照《て》れ隠《かく》しの仕草じゃない。不機嫌《ふきげん》、苛立《いらだ》ち。もうひとつ言うなら、嫉妬《しっと》のような感情も見て取れた。

俺《おれ》は、後ろ頭をかくしかなかった。

◎その2

年度初めにクラス担任が気を揉《も》むことのひとつに、委員選出というものがある。

今日の最後の授業は、その委員選出のためのLHRが行われる。クラス担任の俺《おれ》が教壇《きょうだん》に立ってその旨《むね》を告げ、まずはクラス委員長に泉水《いずみ》を指名したことを伝えた。

泉水《いずみ》は起立して、頭を下げた。周囲から拍手《はくしゅ》が鳴る。思った通り誰《だれ》も異存はないようだ。

俺《おれ》は次に、泉水《いずみ》以外のクラス役員を選出する旨《むね》を告げる。副委員長、書記、会計といったところだ。

その後は泉水《いずみ》を中心に、クラス役員と協力し合ってその他の委員選出を行ってもらう。最初に立候補を募《つの》り、もし立候補者がいなかったら推薦《すいせん》、推薦《すいせん》もなかったら担任の俺《おれ》が決める、という流れだけ提示して、俺《おれ》はもう前に出ないつもりでいる。

今回に限らないが、生徒を主体にすると物事が進まない恐《おそ》れもある。特に誰《だれ》かを推薦《すいせん》するのはどの生徒も難しいだろう。入学式から一週間しか経《た》っていない今、前の学校で知り合いだったならまだしも、初めて出会った相手とそこまでの関係はなかなか築けない。

だからと言って教師があまり出張ってしまうと、今だけじゃなく今後にも影響《えいきょう》が出てしまう。困ったときに教師に頼《たよ》るクセがついてしまうのだ。

実際にクラスを動かしていくのは、あくまで生徒たち。主体性を身につけるための学びの場、教育とは授業だけを指しているわけじゃない。まあ、そんなふうに生徒の自立を促《うなが》しているとはいえ、口を出すべきところはちゃんと出す。見守ることと見捨てることは履《は》き違《ちが》えない。

俺《おれ》はまず、クラス副委員長の立候補を募《つの》った。だが、誰《だれ》も名乗り出ない。次に推薦《すいせん》を募《つの》る。

「はい」

泉水《いずみ》が、待ち構えていたかのように真っ先に手を挙げた。

「星咲藍良《ほしざきあいら》さんを推薦《すいせん》します」

途端《とたん》、教室内がざわつく。俺《おれ》も同様に驚《おどろ》いた。

俺《おれ》は動揺《どうよう》を隠《かく》しながら藍良《あいら》に目を向ける。藍良《あいら》も俺《おれ》と同程度に驚《おどろ》いているようだった。

なぜ泉水《いずみ》は藍良《あいら》を推薦《すいせん》するのか？　この場の全員が疑問に思っているだろう。

とはいえ、推薦理由《すいせんりゆう》を問い詰《つ》めることはしない。推薦《すいせん》した者よりも、推薦《すいせん》された者がそれを受けたいかどうかのほうが大事だからだ。本人の意思がすべてにおいて勝《まさ》るのだから。

「星咲《ほしざき》、どうする？　嫌《いや》なら嫌《いや》と言ってくれ。やりたいなら、やりたいと言ってくれ」

「……べつにやりたいわけじゃありませんけど。でも、副委員長をやってみます」

藍良《あいら》は、泉水《いずみ》の推薦《すいせん》を受けた。また教室内がざわついた。

俺《おれ》は、泉水《いずみ》が推薦《すいせん》したことに比べたら驚《おどろ》きはなかった。藍良《あいら》が受け入れるか否《いな》か、そのどちらもありうると思っていたからだ。

（藍良《あいら》は……もしかしたら、これを機会にクラスに馴染《なじ》もうと考えたかもしれないんだ）

先生としても、親代わりとしても、俺《おれ》はその気持ちを尊重したかった。


その後、クラス役員がすべて選出され、その他の委員も滞《とどこお》りなく決まった。委員長の泉水《いずみ》がうまくクラスをまとめてくれたおかげだ。

泉水《いずみ》の横で、藍良《あいら》も副委員長として立っていた。だが、発言は一度もなかった。表情すら微《び》動《どう》だにせず、人形のような佇《たたず》まいを見せていた。

ＬＨＲが終わると、そのまま帰りのＨＲに入る。俺《おれ》から連絡事項《れんらくじこう》を伝え、最後に日直の泉水《いずみ》が号令をかけ、放課後が訪《おとず》れる。

俺《おれ》が教室を出る前に、泉水《いずみ》が寄ってきた。この時間、彼女《かのじょ》から相談事があるのは覚えている。ひょっとしたら忘れてくれてないかなー、などという淡《あわ》い期待は打《う》ち砕《くだ》かれたわけだ。

「見取《みどり》先生。約束は覚えてらっしゃいますよね？　場所はどこがよろしいでしょうか？」

「……その前に、日直の仕事は？　日誌は書いたのか？」

泉水《いずみ》は当然とばかりに書き終えた日誌を差し出した。

「これで日直の仕事はすべて終わりました。ですので先生には私からの大切なお話を聞いてもらいたいと思います。ふたりきりになれて、たとえ悲鳴が上がろうと絶対に邪魔《じゃま》されない場所が望ましいのですけど、その条件に最もふさわしい場所はどこになりますでしょうか？」

こえーよ！　なんか密室殺人の現場が出来上がりそうになってるよ！　誰《だれ》かタスケテ！

「先生？」

「……社会科教室の隣《となり》の準備室でいいかな？」

「わかりました。社会科教室は先生が顧問《こもん》をしている部活の部室ですね。活動は週に数回だけで、今日はちょうど活動日ではありません。内緒話《ないしょばなし》をするのに打ってつけですね」

なんでそこまで知ってるんだよ！　探偵《たんてい》かよと疑ってたのは冗談《じょうだん》でしかなかったのに！

俺《おれ》は恐《おそ》れおののきながら廊下《ろうか》を歩く。社会科準備室までの道のりを先導するまでもなく、泉水《いずみ》は俺《おれ》の隣《となり》を歩いている。新入生なのに特別教室の位置まで把握《はあく》しているようだった。

「……泉水《いずみ》、ちょっと聞いていいかな」

気持ちを落ち着かせながら尋《たず》ねる。

「なんで星咲《ほしざき》を副委員長に推薦《すいせん》したんだ？」

「彼女《かのじょ》なら立派に務めてくれると思ったからです」

迷わずに言った。事前に用意していた答えだろう。ほかのクラスメイトから尋《たず》ねられてもそう答えるに違《ちが》いない。

「じゃあ、なんで星咲《ほしざき》が立派に務めてくれると思ったんだ？」

「逆に聞かせてください。先生は、星咲《ほしざき》さんには務まらないと思っているんですか？」

「……そうは思ってないよ」

「でしたら、私の行動は間違《まちが》っていなかったことになりますね。ホッとしました」

社会科準備室に着いた。俺《おれ》が先に入り、泉水《いずみ》を中に招く。ここには社会科の教材や資料が所《ところ》狭《せま》しと置いてある。こういった準備室は、各教科に一室ずつ設けられている。

生徒から相談を受ける際は、生徒指導室を使うこともある。だがその教室を利用するには申《しん》請《せい》が必要だ。申請《しんせい》した場合、主任の鶴来《つるぎ》先生の耳にも自然と入ることになる。

上司に頼《たよ》るのは、相談内容がわかってからでも遅《おそ》くない。というか、本気で告白だった場合は俺《おれ》の立場が鍵谷《かぎや》と変わらなくなってしまう。それは嫌《いや》すぎる。

泉水《いずみ》に椅子《いす》を勧《すす》め、俺《おれ》も座《すわ》る。これで場が整った。

「見取《みどり》先生。お時間をいただき、ありがとうございます。実は、相談事というのは……」

俺《おれ》は固唾《かたず》を呑《の》んで、言葉の続きを待つ。

「私……先生のこと……」

違《ちが》うよな、告白じゃないよな？　告白を断ったら隠《かく》し持《も》ってた包丁を突《つ》き出《だ》すんじゃないよな？　お願いだから違《ちが》うと言って！　神さまタスケテ！

「先生のこと……ちょっと、騙《だま》してしまいました。まずは謝《あやま》らせてください、すみません」

泉水《いずみ》は神妙《しんみょう》に頭を下げた。ど、どういうこと？

「私が星咲《ほしざき》さんを副委員長に推薦《すいせん》したのは、彼女《かのじょ》がクラスで孤立《こりつ》していたからなんです。役員になることで、少しでもクラスに馴染《なじ》みやすくなればと思って。委員長の私も接する機会が多くなりますし、そのぶん彼女《かのじょ》を手助けできると思ったんです。ですけど、彼女《かのじょ》なら副委員長を立派に務められると言ったのもウソじゃありません。廊下《ろうか》で尋《たず》ねられたときに、正直に答えようか迷ったんですけど……誰《だれ》かに聞かれる可能性もあったので。申し訳ありません」

泉水《いずみ》は再び頭を下げた。一方の俺《おれ》は、相当間《ま》抜《ぬ》けな顔をしているだろう。

「じ、じゃあ……キミの相談事って、星咲《ほしざき》がクラスで友だちを作っていないこと？　クラスメイトとして心配しているから、先生に頼《たよ》ったってことでいいのか？」

「はい。私は先生からクラス委員長を任されたわけですし、安心安全な学級運営に尽力《じんりょく》しなければなりません。問題が起こったら早めに先生のお耳に入れるべきだと思ったんです」

な、なんて素《す》晴《ば》らしい優等生だ……。俺《おれ》の中で彼女《かのじょ》の評価は天使から悪魔《あくま》に堕《お》ちかけていたのに、また悪魔《あくま》から天使に返《かえ》り咲《ざ》いた。俺《おれ》の思考もたいがい現金だな。

泉水《いずみ》の懸《け》念《ねん》はもっともだ。俺《おれ》だってこういったことは予想していた。小中学校でも藍良《あいら》は友だち作りに苦労していたし、一時期は不登校にもなっていたくらいなのだ。

藍良《あいら》にはなにも非がなくても、出る杭《くい》は打たれる。学校のような狭《せま》いコミュニティであればなおさら。社会人になれば理《り》不《ふ》尽《じん》なことなんていくらでも降りかかるが、学生のうちからそんな責め苦を負うことはない。そんな生徒を守るために、俺《おれ》のような教員が存在する。

「泉水《いずみ》、先生に話してくれてありがとう。感謝するよ」

「お礼は必要ないと思いますが……そもそも先生だって、私が伝える前から気づいていたんじゃないですか？　だとしたら、私がしたのはよけいなお世話でしかありません」

「キミはクラス委員長に任命した先生の期待に応えてくれた。先生の期待以上に応えてくれたんだ。だから、ありがとうと言ったんだよ」

「……なるほど。そういう返しですか。あの人の気持ちが少しわかりました」

いつもはきはきしゃべる泉水《いずみ》にしてはめずらしく、小さな声で独りごちた。

「先生、相談に乗っていただいてありがとうございました」

泉水《いずみ》は、これで話は終わりとばかりに三度目となる礼をした。

「えっと……泉水《いずみ》。先生はまだ、キミの相談事についてどんなふうに対応するのかなにも言っていない。それでいいのか？」

「はい。先生のお気持ちがわかったので。先生はきっと星咲《ほしざき》さんのために全力を尽《つ》くすのでしょうね。あの人が妬《や》くくらいに」

「……あの人って？」

「先生が今、思《おも》い浮《う》かべた人物です」

「…………」

「先生は私に見られているだけではありません。先生はきっと、先生が考える以上に、多くの人に見守られています」

それでは、と部屋を出ていこうとする泉水《いずみ》に、俺《おれ》はしぼり出すように声をかける。

「……キミは、なぜ俺《おれ》に近づくんだ？」

俺《おれ》、と言ってしまった。先生じゃなく、俺《おれ》と。素《す》を出してしまった。

「私が先生に近づくのは、もちろん、先生と関係を持ちたいからです」

泉水《いずみ》は澄《す》まし顔《がお》でそう答えた。すでに常套句《じょうとうく》と化している。

だから俺《おれ》は、こう思う。その言葉は、本心を誤魔化《ごまか》すためのものなのだろうと。

泉水《いずみ》が部屋を出ていったあとも、俺《おれ》はしばらく動けずにいた。


社会科準備室から職員室に戻《もど》ってきた。泉水《いずみ》からの相談事を、主任の鶴来《つるぎ》先生に報告するべきかどうか迷いながら。

泉水《いずみ》に言われた通り、藍良《あいら》が孤立《こりつ》しているのは俺《おれ》も知っていた。だが俺《おれ》は、具体的な対応策は取っていなかった。新学期が始まってまだ一週間だし、様子を見守ることに徹《てっ》していた。

だが、俺《おれ》は知っていたはずだ。おそらく今後も、藍良《あいら》は孤立《こりつ》を続けるのだと。

藍良《あいら》が副委員長を受け入れたのは、クラスに馴染《なじ》もうとする気持ちが少しはあったからだろう。だが、結局のところそれは藍良《あいら》の力だけでは難しい。周囲の協力がどうしても必要になる。

そして藍良《あいら》は、過去にその協力を得られなかった……。

（……だから今の藍良《あいら》は、半ば諦《あきら》めているんだ）

だったら、俺《おれ》が一刻も早く助けるべきだ。

もともと面倒事《めんどうごと》というのは、後回しにすればするほど大きくなるようにできている。問題が起こったときは即対応《そくたいおう》、というのは学校に限らずどの職場でも基本だろう。隠《かく》したり誤魔化《ごまか》したりしたことで倒産《とうさん》に追《お》い込《こ》まれた会社、辞職に追《お》い込《こ》まれた会社員は枚挙にいとまがない。

(じゃあやっぱり、俺《おれ》以外の教員にも報告くらいはするべきか?)

藍良《あいら》の孤立《こりつ》を上が知ったら、イジメに発展しないかとびくびくするだろう。イジメの事実が発覚した瞬間《しゅんかん》、学校は加害者と同レベルのバッシングを受けるのだ。イジメ問題が解決されようがされまいが、解決に向けて努力しようがしまいが、学校の評判は落ちることになる。だからこそ学校は、問題そのものを隠蔽《いんぺい》する傾向《けいこう》にある。

しかもこの時期は、来年度の教科再編で多忙《たぼう》を極《きわ》めている。だから十中八九、それを理由に上はこう命じる。クラス担任のおまえが責任をもって解決しろと。もし発覚して世間に知《し》れ渡《わた》ったら、おまえがその不祥事《ふしょうじ》の人身御供《ひとみごくう》になれと。

まあ公僕界隈《こうぼくかいわい》では普通《ふつう》のことだ。トカゲの尻尾《しっぽき》切りなんて日常茶飯事《にちじょうさはんじ》、そのリスクと引《ひ》き換《か》えに安定した給与《きゅうよ》を享受《きょうじゅ》しているようなものなのだ。世間がどんなに不景気でも、公務員のボーナスはほぼ変わらないからな。

それに、学校では不祥事《ふしょうじ》が起こるたびに校内研修が行われ、残業が増えることになる。それもサービス残業だ。そんなのは俺《おれ》だってご免《めん》だ。とばっちりを食うほかの教員は、俺《おれ》以上に恨《うら》み辛《つら》みを募《つの》らせることになるだろう。この問題は俺《おれ》ひとりで解決したほうが得策なのだ。

藍良《あいら》とは共に暮らしているため、その機会にも困らない。俺個人《おれこじん》で解決する環境《かんきょう》は整っている。というわけで、俺《おれ》は泉水《いずみ》の相談事を誰《だれ》にも報告しないことに決めた。

通常業務に戻《もど》り、まずは泉水《いずみ》から受け取った学級日誌を確認《かくにん》する。

所感欄《しょかんらん》には、さっきの相談事が書かれているかもしれない。いや、彼女《かのじょ》は誰《だれ》にも聞かせたくなさそうだった。藍良《あいら》が傷つくのを恐《おそ》れてのことだろう、俺《おれ》も同意だ。これを機に藍良《あいら》の妙《みょう》な噂《うわさ》でも立ってしまったら、最悪な展開だ。

俺《おれ》は気を取り直して学級日誌に目を通す。授業を始めとする今日一日の出来事がつつがなく記されている。そして肝心《かんじん》の所感欄《しょかんらん》には、こう書かれていた。

『この秋は雨か嵐《あらし》か知らねども今日の勤めに田草取るなり。この世に摩擦《まさつ》というものがなくなってしまったらどうなるのでしょう？　見取《みどり》先生の回答をお待ちしております』

……あの、えっと、秋？　今は春だけど？　雨も降ってないし嵐《あらし》どころか快晴ですけど？　で、摩擦《まさつ》？　うん、意味わからんわ！　おかげでコメントの書きようがねえよ！

冒頭《ぼうとう》の言葉は、調子を考えると俳句……いや、短歌か？　じゃあその次の、摩擦《まさつ》がなくなったらというくだりはなんだ？　この短歌の補足か？　つまり泉水《いずみ》はこの短歌の感想を俺《おれ》に求めてるのか？　でも俺《おれ》、こんな歌は初めて見たんだけど？

ネットで調べてみたら、どうも二宮尊徳《にのみやそんとく》の歌らしい。歌の意味にはいろんな解釈《かいしゃく》があるようで、要領を得ない。こういうときは、国語科教員の和歌月《わかつき》先生の出番だ。

「この秋は雨か嵐《あらし》か知らねども今日の勤めに田草取るなり――これは、二宮尊徳翁《にのみやそんとくおう》作の代表的な短歌です。今年の秋も去年と同じように台風が訪《おとず》れて、育てた作物が全滅《ぜんめつ》してしまうかもしれない。だけどそんな不安を抱《いだ》いていたら、雑草を刈《か》るなんて面倒《めんどう》なことはとてもできない。たとえ結果がどうであろうと、今日すべきことは今日しておくことが農業哲学《のうぎょうてつがく》であり、生き方の原点である。為《な》すべきが故《ゆえ》に為《な》したのであって、すべての原因は自分にあり、すべての原因は自分にあり、すべての結果もまた自分にある。ゴールに期待せず、ゴールを目指すという境地。それが人の幸せであると説いている……諸説あるうちのひとつですが、これが私の一番好きな解釈《かいしゃく》です」

……つまり、なんだ？　結果がどうあろうと、挑戦《ちょうせん》するべきだって言いたいのか？　それじゃあまるで、冒険家《ぼうけんか》だ。泉水《いずみ》の意図もそれなのか？　俺《おれ》に近づくのは冒険心《ぼうけんしん》なのか？

その冒険心《ぼうけんしん》が恋心《こいごころ》じゃないことを、切に願ってるからな……？

「ただ……この摩擦《まさつ》のくだりは、短歌には関係していないと思います。いえ、関係しているのかもしれませんが、私にはよくわかりません……。摩擦《まさつ》といえば物理の分野ですし、理科教員の鶴来《つるぎ》先生ならなにかわかるかもしれませんね」

そんなわけで、俺《おれ》と和歌月《わかつき》先生は鶴来《つるぎ》先生のところにこの学級日誌を持っていった。

「この問いを高校一年生が提示することはサプライズであり、実にエレガントですネェ。泉水《いずみ》流梨《るり》さんは我《わ》が校《こう》に名を残す歴史的な生徒になるかもしれませんネェ。見取《みどり》先生、和歌月《わかつき》先生。これは物理界で有名ななぞなぞです。この世に摩擦《まさつ》というものがなくなってしまったらどうなるのか？　答えは『白紙答案』。摩擦《まさつ》がなければエンピツの先がすべって紙に字を書けませんからネェ。彼女《かのじょ》は見取《みどり》先生に白紙のコメントを望んでいるのかもしれませんヨォ」

だがそれは……放置と同じだ。見守るのではなく、見捨てること。教員としては不正解なんじゃないだろうか？

泉水《いずみ》は最初のくだりで冒険心《ぼうけんしん》を説き、最後に白紙答案を説いている。なにかもう、空白のない世界を旅する、現代の冒険家《ぼうけんか》みたいじゃないかよ……。

「見取《みどり》先生、なにか悩《なや》み事《ごと》ですか？」

俺《おれ》が黙《だま》っていると、鶴来《つるぎ》先生がオネエっぽい語尾《ごび》を使わずに言った。

「……あ、いえ。泉水《いずみ》にどうコメントしようか悩《なや》んでいただけです」

「今も昔も、教職員は心を病《や》みやすいと言われています」

鶴来《つるぎ》先生は俺《おれ》の目を見て、そう話した。

「それは単純に激務だけを原因にするものではありません。大切な子を親御《おやご》さんから預かる、その責任と苦労は多大なものです。生徒のために懸命《けんめい》になり、張り切りすぎて空回りしてしまい、最後にはつぶれてしまう教員はたくさんいます。極論を承知で言いましょう、親は自分の子だけを育てればいい、ですが教員はその何十倍もの数の教え子を育てなければいけないのです。つまるところ親の何十倍もの悩《なや》みを、私たちは抱《かか》えていてもおかしくありません」

……一瞬《いっしゅん》、迷った。

俺《おれ》の悩《なや》み——藍良《あいら》について相談しようかと。

だが、やはり思い直す。どうせ上は、俺《おれ》にぶん投げるだけだ。だったら仕事仲間を変に巻《ま》き込《こ》んでもしょうがない。

「見取《みどり》先生。あなたは仕事をソツなくこなしますし、生徒からの人気も上々です。同僚《どうりょう》や上司ともうまくやっています。ソーシャルディスタンスと言えば、聞こえはいいでしょう。ですがそれは、行きすぎればATフィールドになってしまうのではないでしょうか？」

……鶴来《つるぎ》先生、あなた実はアニメ好きだったんですか？

「人と距離《きょり》を縮めるのは怖《こわ》いものです。その分だけおたがいに傷つく恐《おそ》れがあります。でもね、見取《みどり》先生。無理に目を逸《そ》らすことはありません。顔を背《そむ》けることはありません。あなたがいるこの場所は、あなたが思っているよりも、もう少しくらいは優《やさ》しいはずですよ」

「…………」

「悩《なや》み事《ごと》があるなら言ってください。決して抱《かか》え込《こ》まないでください。大人に相談するのは子どもだけの特権ではありません。大人だって相談しても良いのです。生徒が先生に頼《たよ》るだけではなく、先生が先生に頼《たよ》ることもまた許される。それが学校というところです」

……そうか。俺《おれ》は圧倒《あっとう》されていた。鶴来《つるぎ》先生の年の功というやつに打ちのめされていた。

主任だけあって、一年生担当組の俺《おれ》たちのことをよく見ているんだ。俺《おれ》なんか、生徒を見ることだけで手いっぱいだったのに……なのに鶴来《つるぎ》先生は、それに加えて仕事仲間のことも同じように見てくれているんだ。その苦労はいったい、俺《おれ》の何倍に値《あたい》するのだろう？

鶴来《つるぎ》先生。俺《おれ》はあなたのことを尊敬している。祖父が人生の師なら、あなたは仕事の師だ。

まあ、額をペチペチするのはやめて欲《ほ》しいんだけどさ。

俺《おれ》は鶴来《つるぎ》先生に深く頭を下げたあと、自席に戻《もど》った。

和歌月《わかつき》先生は俺《おれ》になにか言葉をかけようとしながらも、あうあうしていた。その態度だけで充分《じゆうぶん》だ。俺《おれ》が困ったとき、彼女《かのじょ》は必ず力になってくれる。それがわかるだけでも心が軽くなる。

「見取《みどり》ちゃん」

隣《となり》から鍵谷《かぎや》が話しかけてきた。

「仕事帰りに飲みにいかん？　オレなんかじゃ頼《たよ》りにならんだろうけどさー、でも愚痴《ぐち》くらい聞いてやれるよ？　仲間に対してそれくらいの甲斐性《かいしょう》は持ってるつもりだけど？」

鍵谷《かぎや》は俺《おれ》たちの話を聞いてたのか？　情報科教員だからなのか知らないが、その情報網《じょうほうもう》は余人《よじん》の追随《ついずい》を許さない。詐欺的《さぎてき》になんでも知ってるようなフリをするのはお手の物なんだよな。

「平日は無理だ。付き合えるのは休日だけなんだ、悪いな」

「アイアイサ」

鍵谷《かぎや》は肩《かた》をすくめたあと、今度は和歌月《わかつき》先生に声をかける。

「和歌月《わかつき》ちゃんはどう？　見取《みどり》ちゃんが一緒《いっしょ》じゃないといつも断るけど、たまにはオレとふたりきりで飲みにいかん？」

「いきません」

きっぱり。押《お》しに弱い和歌月《わかつき》先生らしくない語気だ。

「和歌月《わかつき》ちゃん、オレのこと嫌《きら》いなんだ……」

「あっ、いえいえそのっ、決して嫌《いや》というわけではなくっ」

「まあ和歌月《わかつき》ちゃんのそのいじらしい、秘めた気持ちはオレもわかってるつもりだけど」

「あうあうあっ！　わからないで結構です！」

「それじゃ、お先ー」

鍵谷《かぎや》は好き勝手に場を引《ひ》っ掻《か》き回《まわ》したあと、退勤した。

赤い銅像と化している和歌月《わかつき》先生はそっとしておいて、俺《おれ》は泉水《いずみ》の学級日誌に向き直る。

さて、どうしようか。悩《なや》んだ末、俺《おれ》は彼女《かのじょ》にどう答えるか決めた。


「さっくん……なんで泉水《いずみ》さん、私を副委員長に推薦《すいせん》したと思う？」

その日の夕食時に、藍良《あいら》が困ったように漏《も》らした。

俺《おれ》は本人から理由を聞いているが、藍良《あいら》には伝えないつもりだ。泉水《いずみ》だって藍良《あいら》に伝えていないのだから、よけいなことはしない。俺《おれ》がやるべきは藍良《あいら》を陰《かげ》から支えることだ。

「藍良《あいら》は、なんでだと思う？」

「……わからないから聞いてるのに」

「そのわりに、推薦《すいせん》を受け入れてたじゃないか」

「べつに、断る理由もなかったから。それだけよ」

「もし途中《とちゅう》で副委員長をやりたくなくなったら、言ってくれていいんだからな」

「さっくんは、私にやめて欲《ほ》しいの？」

「いや。続《つづ》けて欲《ほ》しいと思ってるよ」

「じゃあ……とりあえずは、がんばってみる」

図《はか》らずも、会話がうまい具合に流れている。俺《おれ》はこの機を逃《のが》さない。

「藍良《あいら》。ほかにもなにか困ったことがあったら、遠慮《えんりょ》せずに言うんだぞ？」

「困ったこと……それなら、ひとつあるかな」

「なんだ？」

「見取《みどり》先生がデレデレしてること」

で、デレデレ？　しかもわざわざ先生呼びをするところに悪意を感じる。

「もしかして……泉水《いずみ》のことか？」

「うん。先生が色目を使う教え子に鼻の下伸《の》ばしてるのって、とても不健全だと思う」

そんなふうに見えてたのかよ！　誤解もはなはだしいんだけど！

「……あのな、藍良《あいら》。泉水《いずみ》は俺《おれ》に相談事があったんだよ。それでいろいろ話を聞いてただけなんだ。だからやましいことはなにもしてない」

「相談事って？」

「それは……さすがに言えない。泉水《いずみ》のことを思えば」

「ふうん。さっくん、泉水《いずみ》さんに優《やさ》しいんだ」

藍良《あいら》はそっぽを向いた。照《て》れ隠《かく》しではない、不機嫌《ふきげん》のほうのクセ。

「さっくん、私には冷たいくせに……」

「い、いや、冷たくはしてないだろ？　学校では普通《ふつう》に先生と生徒の関係を保ってるし、家でだって親子の関係をちゃんと考えてるんだから」

藍良《あいら》はなにも答えなかった。不満顔で目の前の食事に戻《もど》ってしまった。

俺《おれ》は藍良《あいら》と、学校で距離《きょり》を置いていた。だがそれは、ほかの生徒と同じ距離感《きょりかん》を保っていたに過ぎない。じゃあ、家ではどうだっただろう？

俺《おれ》は親子の距離感《きょりかん》をよく知らない。実の両親どころか家系そのものを嫌《きら》っている俺《おれ》なので、普通《ふつう》の家族というものの実感に欠けている。だが教師の俺《おれ》は保護者と接する機会が多かったので、家族とはこうあるべきだろうという一般論《いっぱんろん》は理解しているつもりだ。

……そういえば鶴来《つるぎ》先生から、距離《きょり》を縮めることを恐《おそ》れるなって言われたな。

ほかに困ったことはないか尋《たず》ねてみても、藍良《あいら》はもう答えなかった。俺《おれ》はどうも、会話の流れをうまく活用できなかったらしい。

今夜は早めに風呂《ふろ》に入った。藍良《あいら》よりも早い一番風呂《いちばんぶろ》だ。いつもは仕事終わりに入るのだが、食事中のもやもやを洗い流したくなった。

シャワーを浴びている途中《とちゅう》で気づいた。シャンプーが空になっている。祖父が使っていたものだったのだが、ついになくなった。寂《さび》しさを覚えるが、詰《つ》め替《か》えはできるかもしれない。

予備は浴室になかったので、藍良《あいら》に頼《たの》んで持ってきてもらうしかない。食事中は少し気まずくなってしまったが、ケンカとは違《ちが》うし、そもそも藍良《あいら》は引きずらないタチだ。

豪快《ごうかい》に笑ってばかりいた祖父も、細かいことを気にしなかった。藍良《あいら》もまた然《しか》りで、俺《おれ》のようにうじうじしない。それがまぶしい光のようで、直視が難しかったりもするのだが。

俺《おれ》は浴室の扉《とびら》を少し開けて、藍良《あいら》に声をかけた。はーい、と遠くから気の良《い》い返事が返ってくる。このシチュ、夫婦《ふうふ》みたいだな……って、なんでだよ。普通《ふつう》に家族でいいだろうが。

俺《おれ》は湯船に浸《つ》かりながら、藍良《あいら》が新しいシャンプーを持ってきてくれるのを待つ。こうしていると、また悩《なや》み事《ごと》が頭をもたげる。

どうしたら、藍良《あいら》は友だちを作れるのか。俺《おれ》は教師としてなにができるのか、親としてなにができるのか。答えの出ない思考ばかりがぐるぐる回る。

浴槽《よくそう》の湯を手ですくって、顔を洗った。たたきつけるように、何度も強く。

「さっくん、言われた通り持ってきたよ」

浴室の外から藍良《あいら》の声が聞こえた。ありがとう、そこに置いておいてくれ、と俺《おれ》が答えるよりも先にガチャリと扉《とびら》が開いた。

あろうことか、藍良《あいら》は浴室に入ってきた。

藍良《あいら》はバスタオル姿だった。服と違《ちが》い、身体《からだ》のラインが丸わかりだ。彫刻《ちょうこく》のように整った美しい肢体《したい》。そして、バスタオルを押《お》し上《あ》げる魅惑的《みわくてき》なふくらみの形。

俺《おれ》は目を白黒させ、口をパクパクさせながら、湯船の中で反射的に股間《こかん》を隠《かく》した。

「さっくん。シャンプー、詰《つ》め替《か》えておくね」

藍良《あいら》は空の容器に詰《つ》め替《か》え用のシャンプーを注ぐ。

そうか、詰《つ》め替えるために浴室に入ってきたのか。バスタオル姿なのも服が湿気《しっけ》で濡《ぬ》れないようにするためか。うんうん、それなら納得《なっとく》できる……わけねえだろ！　シャンプーの詰《つ》め替《か》えくらい俺《おれ》ひとりでできるんだからさ！

藍良《あいら》が詰《つ》め替《か》えている最中、バスタオルがはだけそうになる。のぞいている柔肌《やわはだ》の面積が広がる。暖気と湿気《しっけ》で艶《つや》っぽく火照《ほて》った、その谷間……いいかげん目を逸《そ》らすべきだった。

「さっくん、ほかに必要なものはない？　ボディソープはまだ足りてる？　背中も流してあげよっか？　恥《は》ずかしがらなくていいよ……昔はふたりで一緒《いっしょ》にお風呂《ふろ》入ってたじゃない。私、さっくんの……そのときに見てるもの。さっくんも……私の、見たでしょ？」

やめてくれ！　若気の至りだったんです！　ロリコンじゃないんです信じてください！

「私……あの頃《ころ》より、成長したよ？　今の私の……見たい？」

藍良《あいら》は妖艶《ようえん》に微笑《ほほえ》む。小悪魔《こあくま》めいた言動。からかうときの仕草。

「さっくん、大丈夫《だいじょうぶ》よ。さすがに、下はちゃんとはいてるから」

上はつけてねえってことじゃねえか！

度が過ぎたイタズラに、疲労《ひろう》する。さすがに我慢《がまん》の限界だった。

「藍良《あいら》、シャンプーを持ってきてくれて助かった。もう充分《じゅうぶん》だ。早く出ていってくれ」

「……さっくん、やっぱり冷たい」

藍良《あいら》はムッとする。

「全部冗談《じょうだん》だったけど……ほんとに脱《ぬ》いでやろうかな」

……その言葉も冗談《じょうだん》だよな？　そうだよな？

「さっくん、期待した？」

「……してない」

「怒《おこ》った？　叱《しか》る？」

「怒《おこ》ってないし、叱《しか》らない」

「じゃあ……どうするの？」

「どうもしない。早く出ていけ」

藍良《あいら》は、なにかに納得《なっとく》したように、寂《さび》しそうにうなずいた。

「さっくんは……やっぱり、忘れてるのね」

最後にそう言い残し、浴室を出ていった。

……忘れてる？　俺《おれ》が、藍良《あいら》と祖父を忘れていたから、しばらくこの家に顔を出さなかったってことか？　その勘違《かんちが》いはもう解消されたんじゃなかったのか？

わからない、藍良《あいら》の気持ちがわかるようでわからない。わかりそうでわからないから、もういっそわかりたくない。

風呂《ふろ》から上がって、自室に戻《もど》った。仕事机にトレジャーがあくびをしながら乗っていた。俺《おれ》が首根っこをつかもうと手を伸《の》ばすと、カウンターで引《ひ》っ掻《か》いてきやがった。

この痛みより、心の痛みのほうが、いつまでも気になっていた。

◎その3

それから数日後のことだった。

「み、見取《みどり》先生。お耳に入れたいことがあるのですが……」

放課後の職員室で、和歌月《わかつき》先生がおどおどと声をかけてきた。挙動もそわそわしているが、その瞳《ひとみ》は揺《ゆ》らがずにまっすぐだ。

俺《おれ》は彼女《かのじょ》を、逆境型だと思っている。いざというときに頼《たよ》りになるタイプ。

「見取《みどり》先生、実は……」

和歌月《わかつき》先生の話は、藍良《あいら》についてだった。クラスで孤立《こりつ》しているのは今も変わらないが、それに加えて悪い噂《うわさ》も立っているらしい。和歌月《わかつき》先生はたまたまその噂《うわさ》を聞いたそうだ。

俺《おれ》はこれまで何度か、藍良《あいら》について妙《みよう》な噂《うわさ》を立てられたら最悪だと考えていた。間違《まちが》いなくイジメに発展してしまうからだ。恐《おそ》れていたことが、ついに起こってしまったのだろうか。

和歌月《わかつき》先生いわく、星咲藍良《ほしざきあいら》は男と同棲《どうせい》している、といったような噂《うわさ》らしい。

「和歌月《わかつき》ちゃんの言ってること、本当だよ。SNSでも話題になってるから」

鍵谷《かぎや》が横から口を出した。鍵谷《かぎや》はさっそく教え子とグループチャットをしているようで、生徒間の話題をリアルタイムに把握《はあく》している。

その情報によると、クラスで噂《うわさ》がささやかれるようになったのは、入学式の直後かららしい。

……そんなに早く？　俺《おれ》は驚《おどろ》きを隠《かく》せない。

「こんなのすぐなくなる噂《うわさ》だと思ったんだけどね。だからオレ、見取《みどり》ちゃんには言ってなかったんだけど……リアルでも話題に上るようになったのなら、対処が必要かもしれないね」

俺《おれ》と藍良《あいら》が同居していることまではバレていないようだ。だが、誰《だれ》かに見られたのかもしれない。出勤と登校、退勤と下校の時間はずらしていたというのに。

しかも男と同棲《どうせい》とか、悪意を感じる内容だ。藍良《あいら》をますます孤立《こりつ》させようという意図が、見《み》え隠《かく》れしている。

（いったい……誰《だれ》がこんな噂《うわさ》を？）

実際に見た者がいたとしても、その事実を握《にぎ》りつぶすことは可能だ。俺《おれ》に親子関係を隠《かく》し通《とお》せと命じた上層部は、それだけの力を持っている。その方法には、俺《おれ》ひとりが全責任を負って沢高《さわこう》からオサラバすることも含《ふく》まれるわけだが。

なんにしろ、あまり噂《うわさ》が広まるとそれだけ対処に時間がかかってしまう。なにより、藍良《あいら》の耳にまで入ったら傷つけることになるだろう。

いや……藍良《あいら》もすでに知っていてもおかしくない。こういった噂《うわさ》は、教員よりも生徒のほうがずっと耳が早いものだ。

「SNSを見る限り、噂《うわさ》はまだ見取《みどり》ちゃんのクラスの中だけに留《とど》まってるようだけど……。このまま放置してたら、ほかのクラスに飛び火する危険もあるかな」

「見取《みどり》先生。そうならないために、私はどのように対処すべきでしょうか？　なんでも言ってください、私は副担任として……いえ、それ以上に先生のお力になりたいです」

「見取《みどり》ちゃん、オレも同じだかんね。変に遠慮《えんりょ》されるほうが、オレらは困るんだからさー」

……まったく。俺《おれ》は仲間に恵《めぐ》まれたんだろうな。だけどさ、誰《だれ》かに頼《たよ》るってのは勇気が要《い》るんだよ。頼《たよ》った相手も巻《ま》き込《こ》んでしまうから。その責任まで負えるほど俺《おれ》は強くないから。

だけど、それでも。

夢を見ることよりは軽い気がしたから、俺《おれ》は言った。

「ふたりとも……頼《たの》む。噂《うわさ》がこれ以上広がらないよう、力を貸してくれ」

鍵谷《かぎや》と和歌月《わかつき》先生は、同時にうなずいた。その言葉を待ってましたと言わんばかりに。

「和歌月《わかつき》先生は、次の学級通信でこのことを周知してもらえますか？　星咲《ほしざき》の名前は出さず、風紀を乱すだけの根も葉もない噂《うわさ》が横行していることを伝えるようにしてください」

「わかりました。保護者の協力を得るわけですね。お任せください」

「鍵谷《かぎや》は、ＳＮＳで釘《くぎ》を刺《さ》してくれ。噂《うわさ》の方向をうまく誘導《ゆうどう》してくれるとありがたい」

「イエッサ。星咲藍良《ほしざきあいら》ちゃんを傷つけない方向に持ってくよ。任せてくれな」

「おやおや。主任の私を仲間外れにして欲《ほ》しくはありませんネェ」

地獄耳《じごくみみ》の鶴来《つるぎ》先生が、額をペチペチしながらやって来た。

「歳《とし》を取ると、若者に説教がしたくなっていけません。見取《みどり》先生、お耳汚《みみよご》しにお付き合いください。教師という仕事は、孤独《こどく》です。多数の生徒の前にたった一人で立ち続けるのですからね。言わば人形のようにして。だからこそ、頼《たよ》れる相手が必要になります。本心をさらけ出す場が必要になるのです。悩《なや》みを乗《の》り越《こ》えるのは、一人では難しい……だから私は言いたいのですよ。先生にはパートナーを得《え》て欲《ほ》しいと。支え合える相手を作ってもらいたいと」

真っ先に反応したのは、鍵谷《かぎや》だった。

「へえ？　見取《みどり》ちゃんのパートナーってソレ、副担の和歌月《わかつき》ちゃんのことかな？」

「あうあうあっ！　おおお恐《おそ》れ多《おお》いです！　私なんかじゃ務められません！」

……この会話はスルーするとして。たぶん鶴来《つるぎ》先生は見抜《みぬ》いているんだ。俺《おれ》が教職に未練がないことを。いつでも辞《や》めていいと、冷めた考えを持ってしまっていたことを。

「見取《みどり》先生。上がなにを言ってきても、私が防波堤《ぼうはてい》になりましょう。お好きなように動いてもらって構いません。困っている部下に力を貸すのが上司の本懐《ほんかい》ですからネェ」

「……ありがとうございます、鶴来《つるぎ》先生」

「いえいえ。こちらこそありがとうございます。見取《みどり》先生はようやく仕事仲間に頼《たよ》ってくれました。私たちを信頼《しんらい》してくれた証《あかし》です。ようやく、信頼関係《しんらいかんけい》を築くことができたのです」

俺《おれ》は、生徒にはクラスメイトと信頼関係《しんらいかんけい》を築けと言ってきた。なのに俺自身《おれじしん》、できていなかった。率先垂範《そっせんすいはん》しなければならないのに、なにもできていないじゃないか。笑っちまう。

俺《おれ》は頭を下げた。顔を隠《かく》すように。情けなく歪《ゆが》んでいる今の顔を、誰《だれ》にも見せたくなかった。

「お帰りなさい、さっくん」

帰宅すると、藍良《あいら》が玄関《げんかん》で出迎《でむか》えた。妙《みょう》な噂《うわさ》も忘れさせるくらいの、普段通《ふだんどお》りの態度で。

藍良《あいら》は噂《うわさ》を知っているのだろうか。知っているなら、もう傷ついているかもしれない。知らないのなら、俺《おれ》が口にすることで傷つくかもしれない。

藍良《あいら》はクラスで孤立《こりつ》しているし、知らない可能性のほうが高い。しかし、いつかは耳に入るだろう。だったら俺《おれ》から告げるべきだ。藍良《あいら》を変に不安がらせないためにも。

だが藍良《あいら》は、揶揄《やゆ》なんか今さらだと言って気にしないのだろうか。そうやって、たったひとりで我慢《がまん》を続けるのだろうか……。

「さっくん……なんか、元気ない？」

悩《なや》んでいる姿が、そう見えたようだ。

俺《おれ》は適当に誤魔化《ごまか》すしかなかった。おかげで結局、この場では口にできなかった。俺《おれ》は次の機会を待つことにした。

……俺《おれ》ってほんと、ヘタレだな。こんなんじゃ、祭里《まつり》にフラれたのも当然だ。


着替《きか》えるために自室に戻《もど》った。

ふーっ、と長いため息。ジャケットを脱《ぬ》ぎ、それをハンガーにかける気力もなく、座布団《ざぶとん》の上に倒《たお》れ込《こ》むように座《すわ》った。

もう一度長いため息をついている途中《とちゅう》で、スマホが鳴った。相手は祭里《まつり》だった。

「……もしもし」

『なにその、死んだような声。彼女《かのじょ》からの電話なんだからうれしそうにしてよね！』

毎度のやり取りに付き合う気力も湧《わ》かない。だったら電話を無視すればよかっただろうに、なんで出てしまったんだか。自分で自分がわからない。わかりたくもない。

『さっくん、なにか悩《なや》み事《ごと》？　それならお姉さんが嬉々《きき》として聞いてあげるよ？』

嬉々《きき》とするんじゃねえよ。俺《おれ》はおまえのオモチャじゃねえんだよ。

ふと気づいた。電話の向こうから、水が流れるような音がしている。川のせせらぎ……か？

「……おまえ今、どこにいるんだよ。釣《つ》りでもしてるのか？」

『ぜんぜん。私にそんな趣味《しゅみ》ないことくらい、さっくんも知ってるでしょ』

「おまえの趣味《しゅみ》が温泉なのは知ってるけどさ」

『うん。入浴中に電話かけてるの。露天風呂《ろてんぶろ》だから、夕陽《ゆうひ》を浴びた富士山《ふじさん》が綺麗《きれい》に見えるよ～』

「また静岡に温泉旅行かよ……それか山梨のほうか？」

『山梨だよ。前回は静岡の伊豆《いず》だったから、今回は山梨の富士吉田《ふじよしだ》に来てみたんだ～』

富士吉田市《ふじよしだし》は、あらゆる場所から四季折々の富士山《ふじさん》を望めることで有名だ。露天風呂《ろてんぶろ》から眺《なが》めるその富士山《ふじさん》も絶景に違《ちが》いない。うらやましいったらない。

「……って、ちょっと待て。今日って週の真ん中の平日だぞ？　なのに旅行してるのか？」

『うん。さっくん、私と一緒《いっしょ》に旅行いってくれないから、これ見よがしに平日に来てやったの。さっくんが私に慰《なぐさ》めて欲《ほ》しいって泣いて頼《たの》んでくれるようにね～』

「意味不明な対抗意識《たいこういしき》を燃やしてるんじゃねえよ……。ていうか、また有休取ったのかよ」

『うん、もちろん。一ヶ月に最低一回は取れるんだ。取らないと逆に怒《おこ》られるんだよ～』

なんだソレ！　どんなホワイト企業《きぎょう》だよ！　うらやましいなんてもんじゃないんだけど！

『そろそろ晩ご飯の時間だし、温泉上がったらご当地のアレを食べないとね～』

「富士吉田《ふじよしだ》の名物ってなんだよ……吉田《よしだ》うどんか？」

『それも有名だけどさ、富士山《ふじさん》を見ながら食べるならやっぱ、溶岩焼《ようがんや》きステーキでしょ！』

溶岩焼《ようがんや》きとは、富士山《ふじさん》の溶岩石《ようがんせき》で食材を焼く調理法のことらしい。そんなご当地グルメは知らねえよ。もちろん俺《おれ》の不勉強のせいだ、地理教員なのにすみません。

「……じゃあもう、そろそろ電話切るぞ」

『わっ、なんでそうなるの。さっくんの悩《なや》み事《ごと》、まだ聞いてないのに』

「べつに悩《なや》み事《ごと》なんかねえんだよ」

『ふうん？　私にすら言うのをためらうほどの悩《なや》み事《ごと》なんだ。それなら私もマジメに聞くよ。もう絶対に茶化したりしない。でも難しいことはわかんないから三文字でまとめてね？』

できるやつは存在しねーよ。そういう態度が茶化してるって言うんだよ。いや、祭里《まつり》はそれでも大真面目なのかもしれないが。

尻《しり》に敷《し》かれている俺《おれ》は結局、悩《なや》み事《ごと》を吐露《とろ》した。

藍良《あいら》の噂《うわさ》について。それだけじゃなく、気がつけば藍良《あいら》に関する悩《なや》みをすべてぶちまけていた。友だちを作ろうとしなかったり、かと思えば俺《おれ》のことを小悪魔《こあくま》みたいに誘《さそ》ったり。

藍良《あいら》の気持ちがわからない。藍良《あいら》の本心がよくわからない。

俺《おれ》が職業柄《しょくぎょうがら》、いくら子どものサインに敏感《びんかん》だからって限度がある。完全にわかり合うことなんてできっこない。親代わりに後悔《こうかい》はしていないが、音を上げそうになっている。

『ふうん。なんだ、そういうことなんだ。私、藍良《あいら》さんの気持ちがよくわかるなあ』

……はあ？　なんだソレ。俺《おれ》がわからないのに、なんでおまえがわかるんだよ。

「あのさ、適当言ってるなよ。マジメに聞くんじゃなかったのか」

『それはこっちのセリフだよ。さっくんこそマジメなの？　適当なんじゃないの？　藍良《あいら》さんと上辺の付き合いしてるだけなんじゃないの？　さっくんは藍良《あいら》さんの父親になったのに、さっくんが嫌《きら》ってるご両親と同じことを藍良《あいら》さんにやってるんじゃないの？』

「…………」

俺《おれ》が言葉を失っていると、祭里《まつり》はたたみかけるように言う。

『藍良《あいら》さん、間違《まちが》いなくさっくんに惚《ほ》れてるよ』

俺《おれ》は言葉どころか、思考すら失いそうになった。

だがどうにか頭は回ってくれた。待て待て、なんでそうなる。身に覚えがない。惚《ほ》れられることなんて、なにもしていない。やったのは、親代わりとして引き取ったことくらい。

だったら芽生えるのは、恋愛《れんあい》じゃなくて家族愛だろ？

『藍良《あいら》さんは、さっくんにもっと構《かま》って欲《ほ》しいんだろうね。なのにさっくんは、無下にしてばかりいて。ほんと、甲斐性《かいしょうな》無しなんだから。逃《に》げることばっかり考えてるんだから』

さすがにカチンときた。声を荒《あら》げそうになって、どうにか押《お》し止《とど》めた。努めて冷静に言う。

「……祭里《まつり》。おまえに、なにがわかるんだよ」

『さっくんを助けることができなかった私は、彼女失格《かのじょしっかく》だったことがわかってるよ』

「…………」

祭里《まつり》……もしかして、おまえ……。

『さっくんは、藍良《あいら》さんと本気で向き合ってる？　傷つくのを怖《こわ》がってない？　私も同じだったからわかるんだよ。過去の私も傷つくのが怖《こわ》くて、さっくんと向き合えなかった。助けが必要なさっくんを助けることができなかった。大切な相手であればあるほど、目を背《そむ》けてしまう……求めていたはずの宝物をいざ目の前にすると、あまりにまぶしくて直視できないように。それってきっと、その人を幸せにできる自信と勇気が、なかったからなんだろうね』

……そう、なのか。祭里《まつり》が俺《おれ》に別れを切り出した理由は、それなのか。

俺《おれ》も同じだ。俺《おれ》も、大切だったものから目を背《そむ》けた。傷つくのが怖《こわ》いから見ることを拒絶《きょぜつ》した。夢を見るとき、その夢も俺《おれ》を見ているから。

これが、夢を捨てた俺《おれ》の、成れの果てだ。

だからこうも思うんだ。俺《おれ》が藍良《あいら》を親代わりとして引き取ったのは、夢を諦《あきら》める口実が欲《ほ》しかったから。捨てたと言いながらもすがりついていたから、今度こそ本当に捨てたかった。

夢を捨てること——藍良《あいら》との夢を捨てることの贖罪《しょくざい》として、俺《おれ》は藍良《あいら》を保護したんだ。

楽になりたかったんだよ。もういいかげん、苦しむことに耐《た》えられなかったんだよ……。

『でもね。今の私はその勇気を持ってるよ。根拠《こんきょ》もなにもない自信を持ってるよ。だから言う、さっくんは大丈夫《だいじょうぶ》。なにもかもうまくいくよ。辛《つら》いこともあるだろうけど、辛《つら》い分だけがんばれば、絶対に報《むく》われるよ。たとえば今、私の裸《はだか》を好きなように想像していいんだよ？』

俺《おれ》は笑った。無理にでも笑った。この感情を吐《は》き出《だ》すにはそれしかなかった。

『さっくん。よければ今度、一緒《いっしょ》に旅行いこうね。そのほうがご当地グルメはおいしいもん。ふたりで食べるってだけで、最高の調味料になるからね。これってさ、夢にも置《お》き換《か》えられるかもね。ひとりで見るより、ふたりで見たほうが、その夢は叶《かな》えやすいんじゃないかな。どんなに重い夢でも、ひとりよりもふたりで背負ったほうが、軽いに決まってるんだから』

「……祭里《まつり》。相談に乗ってもらったことは感謝するけど、いいかげんよけいなお世話だよ」

『そっか。じゃあそろそろ、さっくんのことは藍良《あいら》さんに任せるよ。ばいばい』

電話が切れた。

俺《おれ》のことを藍良《あいら》に任せるってなんだよ、藍良《あいら》のことを俺《おれ》に任せるって言ったほうが正しいだろうが。今の俺《おれ》は藍良《あいら》の親なんだから。その役割を果たすべきなんだから。

俺《おれ》は着替《きが》えを始めるが、頭の中では祭里《まつり》との会話がいつまでも居座《いすわ》っていた。

……藍良《あいら》と本気で向き合っていない？　そんなつもりはなかった。そもそも学校では、先生と生徒の関係を維持《いじ》しないといけないんだ。

だが、もしかしたらそれ以上に構ってやれなかったのだろうか。意識しすぎて、必要以上に避《さ》けていたのだろうか。

それだけじゃない、家の中でも本当の親ではない、あくまで親代わりだと考えて距離《きょり》を置いてしまっていたのだろうか。

藍良《あいら》にとっては、それが不満だった。だから、ムキになったように誘《さそ》っていた？ 俺《おれ》に構ってもらうために。俺《おれ》を振《ふ》り向《む》かせるために。

藍良《あいら》は、俺《おれ》のことが好きだから……。

『さっくん、私と約束してくれる？ えっとね、約束っていうのはね、私のことを……』

脳裏《のうり》に差《さ》し込《こ》んだ記憶《きおく》の断片《だんぺん》。俺《おれ》はすぐにかぶりを振《ふ》って追《お》い払《はら》った。

その際、視界の隅《すみ》になにかを捉《とら》えた。

……なんだコレ？ いったいいつからあったのか、部屋の棚《たな》にあみぐるみが飾《かざ》られている。

藍良《あいら》が毎夜のように編んでいたものだろう。それは人型をしていて、特徴《とくちょう》のない顔をしているが、服の色や形に見覚えがあった。俺《おれ》が通っていた中学校の制服にそっくりだ。

だからわかった。これは、俺《おれ》だ。過去、藍良《あいら》と一緒《いっしょ》に遊んでいた頃《ころ》の俺《おれ》。

そしてその両手に、しずく形のなにかが握《にぎ》られている。星のような独特な網目《あみめ》模様《もよう》で拵《こしら》えてある。これもまた、見覚えがある。

ドリームキャッチャー――

アメリカインディアンに古くから伝わる魔除《まよ》けだ。寝室《しんしつ》に飾《かざ》ることで、悪夢から守ってくれる。この編み目で悪い夢を捕《と》らえ、良《い》い夢だけを人のもとに届けると言われている。

昔、旅の土産《みやげ》として祖父からもらったことがある。それは円形だったが、これはしずく形。

別名、ティアドロップ。まるで、涙《なみだ》のようで。藍良《あいら》の祈《いの》りが込《こ》められているようで。

祖父の死で、まだ涙《なみだ》を流していない俺《おれ》を、優《やさ》しく諭《さと》しているかのようで……。

その意味を知った瞬間《しゅんかん》、頬《ほお》に熱いものが流れた。

え、ウソだろ？　なんだよ、コレ。

——涙《なみだ》。

おいおいやめてくれよ。俺《おれ》はもう祖父の死に整理をつけてる。だから泣かない。藍良《あいら》の親になると決めたときにそう誓《ちか》ったんだ。率先垂範《そっせんすいはん》、親は子の模範《もはん》であるべきだ。

——涙《なみだ》。

なのに止まらない。しずく形のそれが止めどなく伝い、雨のように濡《ぬ》らしながら落ちていく。

『本当の自由を手に入れた将来のおまえなら、託《たく》すに値《あたい》するだろう』

『お兄ぃの呪《のろ》いってさ……本当は家族じゃなくて、おじいちゃんなんじゃないの？』

『見取《みど》りさん、この育自という言葉を忘れないでください』

『先生はきっと、先生が考える以上に、多くの人に見守られています』

『この場所は、あなたが思っているよりも、もう少しくらいは優《やさ》しいはずですよ』

『私は副担任として……いえ、それ以上に先生のお力になりたいです』

『変に遠慮《えんりょ》されるほうが、オレらは困るんだからさー』

『どんなに重い夢でも、ひとりよりもふたりで背負ったほうが、軽いに決まってるんだから』

クソッタレ……！　どいつもこいつも、なんなんだよ！　俺《おれ》に構うな！　俺《おれ》を見るなよ！　放っておけよ！　鬱陶《うっとう》しいんだよ！　俺《おれ》をこれ以上、責めるように見るんじゃねえよ……！

叫《さけ》びそうになりながらこのあみぐるみをつかみ、投げ捨てようとして。

そうだ。祖父からもらったその土産《みやげ》だって、もうとっくに捨てたんだ。

だから、今だって。

「クソッ……なんでだよ……なんなんだよ、コレ……」

俺《おれ》は、藍良《あいら》のドリームキャッチャーを抱《だ》いていた。泣きながら、未練がましく抱《だ》いていた。

バカか、俺《おれ》は。認めたくないのに。傷つきたくない、だから向かい合いたくなかったのに。

『さっくん、私と約束してくれる？　えっとね、約束っていうのはね、私のことを……』

『さっくんは……やっぱり、忘れてるのね』

違《ちが》う。覚えている。本当は忘れたことなんて一度もなかった。俺《おれ》はヘタレで、意気地《いくじ》無《な》しだったから、捨てられなかったんだよ。

その夢は、そんな俺《おれ》だから、いつか背負い直してくれることを待っていたのだろうか。

ひとりじゃなくていい。ふたりでもいい。誰《だれ》かが一緒《いっしょ》に背負ってくれるなら、俺《おれ》は——

「もう。さっくん、遅《おそ》いよ」

ダイニングに入ると、腰《こし》に手を当てた藍良《あいら》が待ち構えていた。

「晩ご飯、冷めちゃうじゃない。早くいただきます、しよ？」

俺《おれ》が答えないでいると、藍良《あいら》は怪訝《けげん》な顔をしたあと、なにかに気づいて瞳《ひとみ》を丸くした。

「さっくん……目が赤いよ？　どうかしたの……？」

「藍良《あいら》。話があるんだ。大切な話だ」

まだ夕飯は器《うつわ》に盛られていない。食事をテーブルに並べる前に、向かい合って座《すわ》るよう促《うなが》した。俺《おれ》の空気を感じ取ったのか、藍良《あいら》も素直《すなお》に従ってくれた。

「話は全部で三つあるんだ。一つ目は、以前にじいちゃんから聞いた話だ」

海外ボランティアの会合で、仲間のスマホが盗《ぬす》まれた話。祖父は盗《ぬす》みを働いた現地の者を追《つい》及《きゅう》せず、逆に拾ってくれてありがとうと礼を伝えた。この教えとは、なんだったのか。

「それが……さっくんの大切な話？」

「ああ。大切なことにつながる話だ。じいちゃんはなにが言いたかったのか……もし藍良《あいら》が知ってるなら、教えてくれないか」

「それなら簡単よ。単純なことだから」

藍良《あいら》は、当たり前のことのように答えた。

「お父さんは、その人が本当に落としたスマホを拾ってくれたことがわかったのよ。お父さん、ウソかどうかを見抜《みぬ》くのがうまかったからね。それはきっと、お父さんは相手との距離《きょり》を縮めるのが上手だったから。仲良くなるのが得意だったからだと思う。仲良くなるコツは、偽善《ぎぜん》でもいいから相手を信じること。私だって、私が好きな人を、信じたいと思うからね」

……そうか。藍良《あいら》はよく俺《おれ》のウソを見破っていた。それは俺《おれ》を信じていたからなんだろう。

「二つ目の話だけど。今度、俺《おれ》と一緒《いっしょ》にキャンプに出かけないか？　休日を利用してさ」

「……え？」

「これまでのような庭キャンプや河川敷《かせんじき》キャンプじゃない、遠出をした本格的な野外キャンプ。じいちゃんもいつかは藍良《あいら》と一緒《いっしょ》にしただろう、テント泊《はく》のキャンプだ。どうかな？」

「テント泊《はく》って……さっくん、いいの？」

「いいかどうか尋《たず》ねてるのは、俺《おれ》のほうだよ」

「でも……さっくん、テントが苦手よね？　テントに入れないのよね？　いくらキャンプが好きだからって、今のさっくんはテントの中で休むことができないのよね……？」

その通りだ。

俺《おれ》はキャンプを趣味《しゅみ》にしているのに、テントの中に入ることができない。過去とは違《ちが》って、今の俺《おれ》はそのような体質になっている。

「……藍良《あいら》。なぜ、俺《おれ》がテントに入れないと思うんだ？」

「だってさっくん……いつも部屋の明かりを点《つ》けたまま寝《ね》てるから。河川敷《かせんじき》キャンプや庭キャンプをしたときだって、テントに入らなかったから……」

俺《おれ》がデイキャンプしかしないのは、本当は仕事に忙殺《ぼうさつ》されているからじゃない。テントで泊《と》まりたくないからだ。ソロキャンプを好むのは、それを周囲に知られたくないからだ。

この体質は誰《だれ》にも言っていなかった。祭里《まつり》にさえ隠《かく》していた。

なのに、藍良《あいら》は気づいていた。

そういうことなんだ。俺《おれ》と違《ちが》い、藍良《あいら》は俺《おれ》のことをよく見ている。本気で向き合っていたからこそ、本質に気づくことができた。いつだって本当の俺《おれ》を見てくれていたんだ。

だから、藍良《あいら》。俺《おれ》もまた、本気でおまえと向き合いたいと思ったんだ。

「これが三つ目、最後の話だ。クラスで妙《みょう》な噂《うわさ》が流れてるんだけど、藍良《あいら》は知ってるか？」

「それ……私が男の人と一緒《いっしょ》に暮らしてるって噂《うわさ》？」

「そうか。藍良《あいら》も知ってたんだな」

「うん」

「その理由は、噂を流したのが、キミ自身だからか？」

大きな間が生まれた。

藍良《あいら》は、表情を動かしていない。驚《おどろ》いて二の句が継《つ》げなくなっているわけじゃない。無機的な人形の佇《たたず》まい。心の壁《かべ》、本心を隠《かく》すための拒絶《きょぜつ》の仮面。

男と同棲《どうせい》しているという噂《うわさ》には、不自然な点があった。俺《おれ》と藍良《あいら》が同じ家に住んでいる現場を誰《だれ》かが目撃《もくげき》し、それが噂《うわさ》の発端《ほったん》になったのなら、男と同棲《どうせい》ではなく先生と生徒が同居、という内容で広まるのが自然だ。入学式直後の噂《うわさ》だし、俺《おれ》が先生だとわからなければ、その男は家族だと思うだけだ。たとえば兄。間違《まちが》っても男と同棲《どうせい》、なんて風評は生まれない。だとしたら、噂《うわさ》を広めることのできるのはひとりだけ。藍良《あいら》の自作自演だけだ。

藍良《あいら》は、小さな吐息《といき》と共に首肯《しゅこう》した。表情はまだ人形のまま変わらない。

「そうよ。噂《うわさ》を流したのは私。どうせ私は友だちを作ることができないんだから、最初から嫌《きら》われてやろうと思って。そのほうがせいせいする。だから私は、こんな噂《うわさ》を流したのよ」

「俺《おれ》はな、藍良《あいら》。キミが今、そんなふうにウソをついた理由を、聞きたかったんだよ」

今度こそ藍良《あいら》は絶句した。

ついに人形の仮面が壊《こわ》れ、素顔《すがお》がのぞいた。思春期の少女の素顔《すがお》。

そう。藍良《あいら》の自作自演は、クラスで孤立《こりつ》している時点でありえない。噂《うわさ》を広める手段がなにもないからだ。もし俺《おれ》が、藍良《あいら》の孤立《こりつ》すら知らないほどの関係しか築けていなかったら、今のウソを見破ることはできなかった。藍良《あいら》のもっともらしい理由付けに騙《だま》されていただろう。

つまり藍良《あいら》は、誰《だれ》かが流した噂《うわさ》を、自分のために利用しているに過ぎない。

「俺《おれ》は、噂《うわさ》を流しているのが自分だと装《よそお》っている理由を聞きたかったんだ。もし俺《おれ》が気づかなかったら、キミはどこかのタイミングで自分から打ち明けたはずだ。なぜキミは、わざわざそんなウソをつこうとする？　あえて傷つこうとする理由は……なんなんだ？」

「……傷つく？　私が？」

藍良《あいら》は自嘲《じちょう》した。先ほどまでの動揺《どうよう》を、修復した冷たい仮面の奥《おく》に押《お》し込《こ》めながら。

「ねえ、さっくん。私は一度だって、友だちが欲《ほ》しいとは言わなかったよね？」

「そうだな。キミはたしかに友だちが欲《ほ》しいと思っていない。それは事実だと思うよ」

「だったら……」

「だからと言って、キミが学校で孤立《こりつ》することはない。キミの過去の評価を見る限り、クラスに馴染《なじ》むのに苦労はしているようだったけど、最後には馴染《なじ》むことができていた。友人とまではいかなくても、クラスメイトと普通《ふつう》に会話を交《か》わし、普通《ふつう》に接していた。小学校も中学校も、孤立《こりつ》なんかしていなかった。なのにキミは、沢高《さわこう》ではあえて独りになったんだ」

さらには噂《うわさ》を利用して、ますます孤立《こりつ》を深めようとしていた。なにが藍良《あいら》を、そうさせるのか。先生として知るべき？　親代わりとして知るべき？　どちらも合っているだろう。

そして、見取桜人《みどりさくらと》というひとりの男としても、知るべきだ。

「さっくんの……バカ」

藍良《あいら》はテーブルに両手をつき、席から立ち上がった。そして俺《おれ》をにらみつける。

そのスカイブルーの瞳《ひとみ》には、星のような涙《なみだ》が満ちていて、今にも流れ落ちそうだった。

「私は、さっくんに見《み》て欲《ほ》しかった。私を見《み》て欲《ほ》しかった。もっと構《かま》って欲《ほ》しくて、怒《おこ》って欲《ほ》しくて、叱《しか》って欲《ほ》しかった。もっと本気で接《せっ》して欲《ほ》しかった。だから、思った。私が問題児になれば、そうなると思った。さっくんはもっと私のことを想《おも》ってくれると考えたの！」

「藍良《あいら》！」

大声で名を呼んだ。

こんなに声を荒《あら》げたのは、生まれて初めてだった。おかげですでに喉《のど》が痛い。それ以上に、心が痛い。藍良《あいら》を傷つけてしまったかもしれないから、怖《こわ》くて怖《こわ》くてたまらない。

「藍良《あいら》……おまえは、すごいよ。俺《おれ》よりよほど勇気がある。俺《おれ》は誰《だれ》かに見られたくないのに、おまえは逆に、誰《だれ》かに見られたいんだから。それで傷つくことだって、恐《おそ》れないんだから」

俺《おれ》は傷つくのが怖《こわ》い。近づくことで傷つくのが怖《こわ》い。痛いのは嫌《いや》だ。だって、俺《おれ》は夢に近づいたら、その夢に傷つけられた。消えないトラウマを植え付けられたんだ。

だからこれまで叱《しか》れなかった。痛いのを恐《おそ》れる俺《おれ》だから、相手にも痛い思いをさせるのが、どうしても耐《た》えられなかった。

だけど、そんなふうにヘタレで意気地無《いくじな》しな俺《おれ》でもさ……今は、こう言わせてくれ。

「藍良《あいら》、おまえを叱《しか》るよ。いくら傷つくことを恐《おそ》れないんだとしても、二度とこんなことをするな。おまえが傷つくと、俺《おれ》も傷つくんだ。どんな傷よりも痛く感じるんだからさ……」

そのとき、藍良《あいら》の瞳《ひとみ》に盛り上がっていた涙《なみだ》がその重さと深さに耐《た》えきれず、ついにこぼれた。

「さっくん……私のこと、キミじゃなくて、おまえって呼んでくれた……」

その涙《なみだ》に哀《かな》しみの色は見えなかった。傷ついているようには見えなかった。

藍良《あいら》は、俺《おれ》を信じているから。

たとえ傷ついたのだとしても、必ず癒《い》やせることを信じているから。

庭キャンプで負った藍良《あいら》のヤケドも、今はもう傷痕《きずあと》もなく、綺麗《きれい》に癒《い》えている。

「昔みたいに、おまえって呼んでくれた……。やっと、私を見てくれた……。やっと、私を信じてくれた……。もっと私を見《み》て欲《ほ》しくて、信《しん》じて欲《ほ》しくて……さっくんも、私に頼《たよ》って欲《ほ》しかった……。子どもが親に悩《なや》み事《ごと》を話すだけじゃなくて……親が子どもに悩《なや》み事《ごと》を話したっていいじゃない……。私たち、約束したじゃない……一緒《いっしょ》に冒険《ぼうけん》の旅に出ようって」

俺《おれ》が忘れようと努力して、どうにかして逃《に》げたくて、だけど今日まで覚えていたその約束。

『さっくん、私と約束してくれる？　えっとね、約束っていうのはね、私のことを……冒険《ぼうけん》のパートナーにしてくれること！』

冒険家《ぼうけんか》には、共に旅に出るパートナーがいる。最も頼《たよ》りになる相手がいる。

でなければ、危険がつきまとう冒険《ぼうけん》の旅では生き残れない。パートナーがいなければ、負傷したり不調を訴《うった》えた際に誰《だれ》にも助けてもらえない。そう、ひとりで亡《な》くなった祖父のように。

だから冒険家《ぼうけんか》とパートナーは、おたがいのことを知るために共に生活することが多い。まるで家族のようにして。パーティを組むとは、家族になるという意味がある。

祖父はきっと、藍良《あいら》が成人したら自分のパートナーにしただろう。将来的に藍良《あいら》をパートナーにしたいからこそ、ほかにパートナーを作らず、長く単独行を続けていたんだ。

いつか祖父は、俺《おれ》にこう話したことがある。

自由とは孤独《こどく》だと。孤独《こどく》の果てに、秘宝を見つけたのだと。ただひとりの存在があるのなら、

共に旅に出られなくても、我《わ》が家《や》ではその者のために生きられるのだと。

だからこそ、秘宝を求めるための冒険《ぼうけん》とは──どこかに到達《とうたつ》するための冒険《ぼうけん》とは、生きることそのものなのだと、祖父は俺《おれ》に語っていた。

「私は、さっくんと一緒《いっしょ》に冒険《ぼうけん》したい……。さっくんと一緒《いっしょ》に生きたい……。さっくんと一緒《いっしょ》に同じ夢を見たい……。それが悪夢なんだとしても、私も一緒《いっしょ》に見たかったの……」

俺《おれ》は、藍良《あいら》に寄《よ》り添《そ》った。

勇気を奮って、藍良《あいら》の頭をこの手で撫《な》でた。

「さっくんの手……お父さんの手には似てないのに……ちょっとだけ、同じに感じる……」

叱《しか》ることができなかったのと同様、これまで頭を撫《な》でてあげられなかったのも、距離《きょり》を縮めて傷つき合うのを恐《おそ》れていたからだった。

だから今、俺《おれ》たちは本当の意味で、家族になれたのかもしれない。

「……藍良《あいら》。大切な話は、もうひとつあったよ。こうして誰《だれ》かに言うのは、初めてだ」

そうして俺《おれ》は、この体質におちいった過去の事故を藍良《あいら》に話した。


それは大学三年生時の夏休み。

就職活動が始まる前に、今のうちに遠出の旅行をしたかった。それもただの遠出じゃない。

国内ではなく、人生初の海外キャンプだ。

憧《あこが》れのバックパッカー。マイベストギアを選別し、バックパックひとつを背負い、キャンプをしながら世界を自由に旅してみたかった。冒険家《ぼうけんか》と名乗るのはおこがましいが、いつかはその称号《しょうごう》が欲《ほ》しかった。憧《あこが》れの祖父のような存在になりたかったのだ。

俺《おれ》はパスポートを取り、たったひとりで海外に渡《わた》った。

大学の探検部の仲間には内緒《ないしょ》にしていた。つき合っている祭里《まつり》にも言わなかった。もし教えたら一緒《いっしょ》についてきそうだし、俺《おれ》は一度くらい自由気ままなテント旅をしてみたかった。

土地によってはキャンプサイトに限らず、庭があるゲストハウスなんかでも自前のテントで泊《と》まることが許された。そのぶん治安が悪かったりもするのだが、良《い》い意味でも悪い意味でも自由だった。だから俺《おれ》は自分で思っていた以上に浮《う》かれてしまったのかもしれない。

俺《おれ》は、日本と違《ちが》って安全対策がずさんな、キャンプ場とは名ばかりの緑豊かな野山でキャンプをした。そして俺《おれ》は痛感することになる。

思《おも》い込《こ》みで動くことほど怖《こわ》いものはない。こうであって欲《ほ》しいという願望は、いつしかこうあるはずだという短絡的《たんらくてき》な断定に変わってしまっていた。

前日は悪天候だったにもかかわらず、その日は目に痛いほどの晴天だったから、俺《おれ》は浮《うわ》ついた気持ちでキャンプを敢行《かんこう》した。

そして土石流に遭《あ》い、為《な》す術《すべ》もなく生き埋《い》《う》めになった。

運よく隙間《すきま》があったおかげで窒息《ちっそく》は免《まぬが》れたが、身体《からだ》は1ミリも動かせず、長時間狭《せま》くて暗い空間に閉《と》じ込《こ》められた。こんな状態でもし眠《ねむ》ったら俺《おれ》は間違《まちが》いなく死ぬだろう。

俺《おれ》は眠《ねむ》らないよう、自分自身に必死に語りかけていた。そうやって気を紛《まぎ》らわせなければ、おかしくなってしまいそうだった。今の俺《おれ》が、心の独り言が多いのはその影響《えいきょう》かもしれない。

眠《ねむ》い眠《ねむ》い眠《ねむ》い。苦しい苦しい苦しい。でも死にたくない死にたくない死にたくない。死ぬほど痛いこの時間が続くなら、いっそ殺せ！　死にたくないけど殺してくれよ！

正気を失いそうな時間を経て、俺《おれ》は最後には救助隊に助けられた。

この旅で俺《おれ》が得たのは、冒険家《ぼうけんか》の自由なんかではなくトラウマだった。俺《おれ》は、閉所恐怖症《へいしょきょうふしょう》と暗所恐怖症《あんしょきょうふしょう》を併発《へいはつ》した。

俺《おれ》は命があったことだけでも感謝すべきなんだろう。だからこの症状《しょうじょう》は誰《だれ》にも言わなかった。自業自得《じごうじとく》なんだから、同情される権利はない。知った相手も、困るだけだ。

親はさすがに知ることになったので、これを機に息子《むすこ》の俺《おれ》を腫《は》れ物《もの》のように扱《あつか》い始《はじ》めた。一族の恥《はじ》だと考えたのだろう、俺《おれ》の事情はどの親族にも隠《かく》し通《とお》していたようだ。

唯一《ゆいいつ》の救いは、妹の彩葉《いろは》だった。彩葉《いろは》は、俺《おれ》が事故に遭《あ》った前後でなにも態度を変えなかった。生意気なことを言っては、髪先《かみさき》を指でクルクルしていた。

それが、俺《おれ》にとってどれだけ救いになっていたか。だから俺《おれ》は、妹が好きなのだ。

閉所恐怖症《へいしょきょうふしょう》と暗所恐怖症《あんしょきょうふしょう》をわずらった俺《おれ》は、周囲には悟《さと》られないよう治療《ちりょう》を受けた。だが改善の兆候は見られなかった。心因性の病は個人差が激しく、確立した治療法《ちりょうほう》がない。

俺《おれ》はこれを病気ではなく体質だと断定した。治る見込《みこ》みがないのならそうするしかなかった。結果として、俺《おれ》は冒険家《ぼうけんか》の夢を諦《あきら》めた。閉所を恐《おそ》れ、暗闇《くらやみ》すら恐《おそ》れる俺《おれ》は、キャンプ泊《はく》ができない。冒険家《ぼうけんか》としては致命的《ちめいてき》だ。

だから俺《おれ》は夢を捨て、誤魔化《ごまか》しながら生きることにした。

『どうにもならないことは、忘れることが幸福だ』

なあじいちゃん。あんたはどういう意図で、この言葉を教えたんだ？　叶《かな》えられない夢を見続けるのは、自分を傷つけるだけで苦しいから、だから捨てろ？

違《ちが》う気がしてならない。

だって俺《おれ》は、忘れようと思えば思うほど、忘れられなかった。

この、過去のトラウマを。

そして、トラウマ以上に俺《おれ》を惑《まど》わせる、キャンプの魅力《みりょく》を。

憧《あこが》れ続《つづ》けた冒険家《ぼうけんか》の夢を。

俺《おれ》が教職に就《つ》いたのだって、その未練があるからだ。藍良《あいら》、おまえの言葉は合ってたよ。俺《おれ》は冒険家《ぼうけんか》を目指していたから地理を学んだ。たとえ、この世界に空白の地理がないのだとしても、俺《おれ》は祖父の足跡《そくせき》をたどりたかった。祖父がたどった冒険《ぼうけん》の地を、いつかこの足で巡《めぐ》りたいと思っていた。藍良《あいら》、おまえと同じだ。俺《おれ》も、じいちゃんを追いかけたかったんだ。

塾講師《じゅくこうし》のバイトをしながら地理教員を目指していたのは、その一環《いっかん》だった。親にこの夢を邪魔《じゃま》されたくなかったんだ。俺《おれ》を公務員にしたがる親を黙《だま》らせるために、公立の教師を目指すふうを表向きに装《よそお》うのは、自由の前提条件である権力を得るためには理に適《かな》っていたんだよ。

一度はガラクタと成り果てた夢。錆《さ》び付《つ》いたオモチャのように、動く度《たび》にギギギと不快な音を立てるのが困りもの。その音に耳をふさぎながら、俺《おれ》は惰性《だせい》のように教職を続けていた。

だけど。

悪夢の中をさまよっていた俺《おれ》の前に、おまえが立った。

星咲藍良《ほしざきあいら》が、俺《おれ》と再会してくれた。

幼かった頃《ころ》の想《おも》い出《で》をよみがえらせる、そのまぶしい光を、俺《おれ》に差してくれたんだ。

就寝《しゅうしん》の時間を迎《むか》えた。

部屋の明かりを落とす。こうして暗闇《くらやみ》の中で眠《ねむ》るのは、六年ぶりくらいになるだろう。

俺《おれ》は恐怖《きょうふ》と戦いながら、光を請《こ》う。悪夢ではない幸せな夢を望む。

『なあ、ドングリ。人にとって最も勇敢《ゆうかん》な言葉は、なんだと思う？』

じいちゃんの声がする。過去の俺《おれ》は、面倒《めんどう》くさそうにしながら聞き流すだけだった。

『それはな、助《たす》けて欲《ほ》しいという、その一言だ』

なぜだろう。過去には聞き流していたその想《おも》い出《で》が、今の俺《おれ》には救いに映る。

「藍良《あいら》……」

怖《こわ》い。死にたいほど怖《こわ》い。いっそ殺せと思う。心が壊《こわ》れるんじゃないかと危惧《きぐ》するくらいに身体《からだ》が震《ふる》える。助《たす》けて欲《ほ》しい。俺《おれ》を、助《たす》けて欲《ほ》しい。俺《おれ》は、藍良《あいら》に助《たす》けて欲《ほ》しい……！

俺《おれ》がその手を強く握《にぎ》ると、藍良《あいら》もまた、この手を強く握《にぎ》り返《かえ》した。

「うん……。私は、あなたを助けるよ」

俺《おれ》に寄《よ》り添《そ》う彼女《かのじょ》。手をつなぎながら、添《そ》い寝《ね》をする。

カーテンの隙間《すきま》から差す星明かりに濡《ぬ》れた彼女《かのじょ》は美しく、そのぬくもりは求めていた光明のようで、家族と等しい絆《きずな》のようでいて。

一人よりも、二人のほうが、テントはあたたかくて――

「おやすみなさい、さっくん」

俺《おれ》はこの夜を、初恋《はつこい》の子と共に、幸せに眠《ねむ》ることができた。

エピローグ

いつか祖父から「旅人の話」という逸話《いつわ》を教わった。

ある町がありました。一人の旅人がその町にやって来ました。町の入り口の門のところに一人の老人が座《すわ》っていました。旅人はその老人に聞きました。

「この町はどんな町？」

おじいさんは聞き返しました。

「あなたが今までいた町はどんな町でしたか？」

旅人は答えました。

「いやあ、前にいた町は嫌《いや》な人ばかりで、ろくな町じゃなかったよ」

おじいさんは答えました。

「そうですか、この町もあなたが前にいた町と同じ町です」

また別の日に、新しい旅人が訪《おとず》れて、おじいさんに聞きました。

「この町はどんな町ですか？」

おじいさんは聞き返しました。

「あなたが今までいた町はどんな町でしたか？」

旅人は答えました。

「私が今までいた町は素晴《すば》らしい町で、人々は親切で、あんなにいい町はありませんでした」

おじいさんは答えました。

「そうですか、この町もあなたが前にいた町と同じ町です」

と。


「見取《みどり》先生。少しお時間、よろしいでしょうか？」

朝のHRを終えた途端《とたん》、泉水《いずみ》が寄ってきた。毎度のパターンといえばそれまでなのだが。

「先日、先生から学級日誌の回答をいただきました。そこには『If you want to go fast, go alone. If you want to go far, go together.』と記されていました。英語なのは、海外のことわざだからです。主にアフリカで広く伝わっている言葉のようですね。私は初めて目にしたのですが……さすがは地理の先生です。自身の不勉強を恥《は》じ入《い》るばかりです」

まあ本当は、ことわざマニアだった祖父から教わったってだけなんだけどな。

「このことわざの意味は、『早く行きたければ一人で進め、遠くまで行きたければ皆《みな》で進め』

――先生、聞かせてください。先生自身は、遠くまで行きたいと思っているのですか？」

「思ってるよ。ひとりじゃなくて、みんなで。みんなの力を借りてな」

「……ありがとうございます」

泉水《いずみ》は瞳《ひとみ》を伏《ふ》せたあと、頭を下げた。まさか礼をもらうとは思わなかった。

「先生、私も遠くまで行きたいと思っています。私という一が知覚するこの全なる世界、そこに隠《かく》された虚数《きょすう》という名の深淵《しんえん》をのぞきたいんです。だから告白します、噂《うわさ》を流したのは私です。星咲《ほしざき》さんを傷つける風評被害《ふうひょうひがい》を広げたのはこの私です。すべては深淵《しんえん》をのぞくために。あの人の上に立つことでそれを叶《かな》えたかったんです。おそらく先生から見れば思春期の過《あやま》ちだと断ずるでしょう、ですが私には必要なことだったんです。どうか信じてください」

うん、中二病かな？

泉水《いずみ》はもう一度、頭を下げた。わかったわかった。泉水《いずみ》、おまえの思想は俺《おれ》のような常人では計り知れないことがわかったよ。できれば俺《おれ》じゃなくて俺《おれ》の妹と語《かた》り合《あ》って欲《ほ》しいと思う。

「とりあえず……泉水《いずみ》。キミにはいろいろ聞きたいことがあるから、昼休みに改めて時間を作ってもらっていいか？」

「見取《みどり》先生、ありがとうございます。先生が私のために時間を作ってくれるだなんて。これであの人は私に嫉妬《しっと》し、私を見てくれます。私はあの人を乗《の》り越《こ》え、遠くに行けるんです」

……なあ、祭里《まつり》。泉水祭里《いずみまつり》さんよ。

泉水流梨《いずみるり》がおまえの妹なのはもう知ってるけどさ、ふたりの仲はいったいどうなってるんだよ。書類を調べたところ、泉水流梨《いずみるり》の住所は千葉県になってるから、単身赴任《たんしんふにん》の親についてきたか、または離婚《りこん》を前提とした親の別居が考えられるんだけどさ。

俺《おれ》からは尋《たず》ねづらいデリケートな事情だから、いつかおまえの口から教えてくれよな。裸《はだか》の写メはいらないからさ。

昼休みを待ち、藍良《あいら》を揶揄《やゆ》する噂《うわさ》について泉水《いずみ》を問いただした。

俺《おれ》と藍良《あいら》が同居しているのは、姉から聞いたとのことだ。やはり祭里《まつり》のことだった。

俺《おれ》は、藍良《あいら》の親代わりになったことを祭里《まつり》に教えている。あいつが電話をかけてくるのは稀《まれ》なのだが、メッセージのやり取りは頻繁《ひんぱん》に行っていたから、その流れで伝えてしまっていた。

そして泉水《いずみ》は、藍良《あいら》が男と同棲《どうせい》しているのだと、ノート共有アプリを利用してクラスのフォロワーに流したそうだ。しかもその噂《うわさ》を、自分の口から藍良《あいら》自身にも教えたらしい。

そんな面倒事《めんどうごと》をしでかした理由を尋《たず》ねると、泉水《いずみ》はこう答えた。

「姉さんが、先生ばかり見ているから。きっと自分のことも先生に見てもらいたいからだと思います。自分から別れを切り出したくせに……だから先生の視線を姉さんじゃなく、星咲《ほしざき》さんに向けようと思ったんです。私が姉さんの上に立つためにも。世界を見渡《みわた》すには、高いところから望まなければならない……私にとっての高いところが、姉さんだったんです」

えっと、うん、やっぱりわからん。どういうことかさっぱりわからん！

「……なあ、泉水《いずみ》。キミは自分がしたことを反省しているのか？」

「いいえ、反省はしていません。私は私のためにやるべきことをしたと思っています。ですが、先生と星咲《ほしざき》さんにご迷惑《めいわく》をかけたことは謝《あやま》ります。申し訳ございません。停学だろうと退学だろうと、いかようにもしてください。私はどんな処分も甘《あま》んじて受け入れるつもりです」

驚《おどろ》きを通《とお》り越《こ》し、呆《あき》れる。そこまでの覚悟《かくご》を持ってやらなきゃならないことだったのかと。

「泉水《いずみ》……キミの処分は、先生に一任されている」

学年主任の鶴来《つるぎ》先生から、自由に動いていいと言ってもらっている。

「だから、泉水《いずみ》。キミには、停学も退学も言《い》い渡《わた》さない。その代わり、キミ自身の言葉でこの噂《うわさ》がデタラメであることをクラスメイトの前で説明《せつめい》して欲《ほ》しい。誠心誠意を込《こ》めて。星咲《ほしざき》のためにそれをしてくれれば、これ以上キミを責めることはしないよ」

「……先生。寛大《かんだい》な処分に感謝いたします。きっと先生のご期待に応えてみせます」

俺《おれ》は思った。泉水《いずみ》は間違《まちが》いなく優等生で、根はきっと良い子だと。ただちょっと、目指しているところがとがっているだけで。冒険家《ぼうけんか》なんていうとがった夢を持つ、俺《おれ》や藍良《あいら》と同じで。

帰りのHRで時間を作り、泉水《いずみ》に噂《うわさ》の真相を説明してもらった。いや、真相じゃない。俺《おれ》と藍良《あいら》が家族であることは伏《ふ》せないといけないのだ。だから泉水《いずみ》には、ただの勘違《かんちが》いだったと説明してもらうしかなかった。そして泉水《いずみ》は、ためらうことなくクラスメイトの前でそう話した。

「すべては私の愚《おろ》かな勘違《かんちが》いから始まった、根も葉もない噂《うわさ》です。この場を借りて星咲《ほしざき》さんに謝罪します。本当に申し訳ございません。私は責任を取って、クラス委員長を辞任します」

……マジかよ。俺《おれ》は、そこまで求めるつもりはなかったのに。

泉水《いずみ》が言った、停学も退学も辞さないという言葉は本当だったってことだ。クラス委員長をこんなに早い時期に辞《や》めたら、内申書《ないしんしょ》に深い傷がつく。進路に大きく響《ひび》くことになる。

とはいえ、この問題を収めるにはこれ以上の方法はない。以前までの俺《おれ》ならこれで決着、万事解決《ばんじかいけつ》とばかりにすべてを終わりにしていただろう。面倒事《めんどうごと》から逃《に》げるように。

「……みんな。泉水《いずみ》からの話は以上だ。次は、みんなの意見を聞《き》かせて欲《ほ》しい」

俺《おれ》も、もっと教え子と向き合ってみようか。もう少しくらいは距離《きょり》を縮め、愛情を持って接してみようか。

あの事故のあとに祭里《まつり》にしてやれなかったことを、妹の流梨《るり》にしてみようか。

「泉水《いずみ》が委員長を辞《や》めることに、反対の者は、挙手してくれないか」

挙手するほうが手間な分、泉水《いずみ》の辞任が決まる可能性のほうが高くなる。まだこのクラスが生まれてから二週間も経《た》っていないのだから、それが普通《ふつう》だ。そう、普通《ふつう》であれば。

だが、クラスメイトと信頼関係《しんらいかんけい》を築いていた、誰《だれ》もが認める委員長気質の泉水《いずみ》ならば。

「はい」

真っ先に挙手したのは、藍良《あいら》だった。

クラスの皆《みな》が驚《おどろ》いていた。中でも、最も驚《おどろ》いていたのが泉水《いずみ》だった。

決然とした雰囲気《ふんいき》の藍良《あいら》につられ、徐々《じょじょ》に挙手の数が増えていく。最後には、クラスの全員が手を挙げていた。

そうだよな。泉水《いずみ》は、藍良《あいら》と信頼関係《しんらいかんけい》を築くことにも、努力してくれたんだもんな。

「満場一致《まんじょういっち》だな。泉水《いずみ》、引き続き委員長を頼《たの》んだぞ。責任は、仕事のほうで果《は》たして欲《ほ》しい」

泉水《いずみ》は席から立ち上がり、頭を下げた。そのまま、なかなか顔を上げなかった。

そのお辞儀《じぎ》は、これまで俺《おれ》が見ていた中でも、群を抜《ぬ》いて長かった。


「さっくん。私、クラスで友だちができちゃった」

その日の夜、夕飯を食べている途中《とちゅう》で藍良《あいら》が切り出した。

「泉水《いずみ》さんに、友だちになって欲《ほ》しいって言われちゃって。それが謝罪や同情の意味だったらお断りだったんだけど、そうじゃなかったから。少なくとも私にはそう見えたんだ。だからつい、いいよって答えたの。おかげで私……ちょっと、スマホが欲《ほ》しくなっちゃった」

ノート作家の泉水《いずみ》はスマホを持っている。藍良《あいら》もスマホを持てば、ふたりで電話やメッセージのやり取りが気軽にできる。

だから思った。今度の休日に藍良《あいら》のスマホを買いにいこうかと。

そして、いつかの休日には、藍良《あいら》とふたりでキャンプ泊《はく》に向かうこともあるのかもしれない。

「藍良《あいら》、聞いていいかな。前にも一度聞いた、将来の夢。藍良《あいら》が一番やりたいこと、なりたいものを改めて教えてくれないか」

藍良《あいら》はこう答えるだろう。冒険家《ぼうけんか》になりたい、一緒《いっしょ》に冒険《ぼうけん》の旅に出たいと。俺《おれ》たちふたり、パートナーの関係として。

きっとその言葉を聞けば、俺《おれ》も覚悟《かくご》が決まるはずだ。

藍良《あいら》が自立したら、俺《おれ》は教職を辞《や》める。この体質を克服《こくふく》し、冒険家《ぼうけんか》の夢を目指す。そして藍良《あいら》の本当の家族を探す。ふるさとを探す旅に、藍良《あいら》と共に出る。

祖父もまた、死ぬまで藍良《あいら》の故郷を探していた。だが結局、見つけることはできなかった。その夢は道半ばで途切《とぎ》れていた。

藍良《あいら》、約束するよ。その夢を俺《おれ》が引《ひ》き継《つ》ぐ。だから一緒《いっしょ》に冒険《ぼうけん》の旅に出よう。

あの日願った、夢を叶《かな》えるため。そのための技術を俺《おれ》が教えるよ。キャンプの技術、冒険《ぼうけん》の技術。学校では教えられない、生きるための技術を、パートナーとして俺《おれ》がおまえに教えるよ。

俺《おれ》の教員免許《きょういんめんきょ》が切れるのも、ちょうど藍良《あいら》が成人する頃《ころ》だ。更新講習《こうしんこうしゅう》を受けるのも面倒《めんどう》だしな。まあ教員の免許更新制《めんきょこうしんせい》がなくなるって話も巷《ちまた》で出てるんだけどさ。

なあじいちゃん、こんな俺《おれ》は先生失格か？　この自由はわがままか？

大丈夫《だいじょうぶ》、先生でいる間は教え子への愛情を忘れない。上辺上等だったはずの俺《おれ》なのに、下手したら恋愛上等《れんあいじょうとう》になりかねないな。まったく、鍵谷《かぎや》のことをバカにできない。

まあいいさ、先のことは考えない。育児は育自。俺《おれ》だってまだまだドングリだ。自棄的《じきてき》な意味じゃないぞ、ドングリには帽子《ぼうし》のような部分があるんだから。それは、柔《やわ》らかい実が外敵に食べられることがないよう、保護するためのものなのだ。

まるで藍良《あいら》だ。藍良《あいら》が俺《おれ》を守ってくれるから、俺《おれ》もまた藍良《あいら》を守ることができるんだ。それが家族であり、パートナーとしての本当のあり方だ。

「さっくん。私の将来の夢は、変わらないよ。昔からずっと、私の中で変わってないよ」

藍良《あいら》は、無機質な人形なんかじゃない、光のようなぬくもりをたたえた微笑《びしょう》を浮かべていた。

「藍良《あいら》のその夢は、俺《おれ》と一緒《いっしょ》に冒険《ぼうけん》に出ることだよな。家族として……親子としてさ」

「違《ちが》うよ」

……え、あれ？　そうなの？　想定の範囲外《はんいがい》なんだけど？

「だって私は、さっくんを『お父さん』とは呼びたくないもの」

そういえば、と思う。

藍良《あいら》はいつになっても、俺《おれ》を父と呼ばない。愛称《あいしょう》の「さっくん」で通している。

もちろん学校では、先生と生徒の関係だけれど。今はれっきとした家族になれたと思うわけで、家の中ではいいかげん父と呼んでくれてもいいんじゃないだろうか。

そう言ったら、藍良《あいら》はクスクスと、イタズラ猫《ねこ》のような含《ふく》み笑《わら》いをした。

「私はさっくんのパートナーになりたい。さっくんの家族になりたい。だけど、さっくんのことをお父さんなんて絶対に言わない。だってそれじゃあ、私の夢が叶《かな》わない」

そして藍良《あいら》は、小悪魔《こあくま》ながらも、大真面目に言うのだった。

「娘《むすめ》のままじゃ、お嫁《よめ》さんになれないもの。夫婦《ふうふ》の関係だって、家族の形なんだから」

あとがき

はじめまして。なかひろと申します。

電撃文庫《でんげきぶんこ》様で書かせていただくのは、本書が初めてとなります。

思い返すと、非常に幸運な巡《めぐ》り合《あ》わせのもとにこの作品は生まれました。

イラストを担当してくださった涼香《りょうか》先生に、以前お仕事をご一緒《いっしょ》したご縁《えん》でお声がけいただき、その後は電撃萌王《でんげきもえおう》編集部の鈴木《すずき》様にご助力をいただきまして、電撃《でんげき》メディアワークス編集部の近藤《こんどう》様にお目にかかることができました。

人生とは出会いである、という言葉が表す通り、こうしてあとがきを書けるのもお三方のおかげです。この場を借りて感謝申し上げます。

話は少し変わりますが、旅先の出会いと言えば、ご当地グルメを思《おも》い浮《う》かべる方も多いのではないでしょうか。

これらは作中にも登場していますが、このご時世ですので旅行は難しいですし、帰省もまた同様だと思います。

私の実家は新潟県の片田舎《かたいなか》にあるのですが、もう二年ほど帰省できていません。そのため、新潟のご当地グルメを懐《なつ》かしく感じることがあります。

新潟のご当地グルメといえば、熱狂的《ねっきょうてき》なファンが多いB級グルメ「イタリアン」。イタリア料理ではなく、ミートソース焼きそばのことです。

定番のご当地グルメなら「へぎそば」「タレかつ丼《どん》」「栃尾揚《とちおあ》げ」といったところでしょうか。

新潟五大ラーメンも、メディアに取り上げられたりと人気があります。

お土産《みやげ》だったら「柿《かき》の種《たね》」「笹《ささ》だんご」「サラダホープ」あたりが有名です。

多くの方に新潟旅行を楽しんでもらえる日が、早く訪《おとず》れることを祈《いの》りつつ、繰《く》り返《かえ》しにもなりますがここからは謝辞となります。


イラストご担当の涼香《りょうか》先生。またご一緒《いっしょ》にお仕事ができたこと、感謝感激です。相も変わらぬ素敵《すてき》な絵の数々に感動しっぱなしでした。すべてのイラストは私の宝物になっています！

編集の鈴木《すずき》様。諸々《もろもろ》お取り次ぎいただいて大変助かりました。おかげさまで無事、出版することができました。ありがとうございました！

編集の近藤《こんどう》様。ひさしぶりの小説執筆《しっぴつ》だったため、ご迷惑《めいわく》をおかけしたところも多々あったかと思います。その都度助けていただき、頭が下がる思いです。感謝の言葉もございません！

ＡＳＭＲご担当の赤松《あかまつ》様と詠野《よみの》様。ＡＳＭＲの脚本《きゃくほん》は不慣れでしたが、丁寧《ていねい》なご指導に本当に助けられました。キャラクターに命を吹《ふ》き込《こ》んでいただいた声優様にも感謝です！

家族の皆《みな》さん。ＳＮＳで近況報告《きんきょうほうこく》はしていましたが、帰省してちゃんと顔を合わせられる日を心待ちにしています。妹にも出産祝いを渡《わた》さないとね。

友人のみんな。オンラインゲームしたりリモート飲み会したりと、直接はぜんぜん会えてないけど、顔を合わせようが合わせまいがやることあんまり変わってないような？

そして、校正のご担当者様、デザイナー様、営業広報様、その他出版に関わってくださったすべての皆々様《みなみなさま》に、心より感謝申し上げます。

最後に、本書をお手に取っていただいた読者様。少しでも楽しんでいただければ、それに勝《まさ》る喜びはありません。

出会いである人生、その旅の途中《とちゅう》で、再び巡《めぐ》り会《あ》えることを願っています。

２０２１年　なかひろ

●なかひろ著作リスト

「娘のままじゃ、お嫁さんになれない！」（電撃文庫）

本書に対するご意見、ご感想をお寄せください。

ファンレターあて先
〒102-8177　東京都千代田区富士見2-13-3
電撃文庫編集部
「なかひろ先生」係
「涼香先生」係

本書は書き下ろしです。

電撃文庫

娘《むすめ》のままじゃ、お嫁《よめ》さんになれない！

なかひろ

2021年11月10日　初版発行

発行者　青柳昌行
発行　株式会社KADOKAWA
〒102-8177　東京都千代田区富士見2-13-3
0570-002-301（ナビダイヤル）
装丁者　荻窪裕司（META＋MANIERA）
印刷　株式会社暁印刷
製本　株式会社暁印刷

ISBN978-4-04-914041-5　C0193　Printed in Japan

電撃文庫　https://dengekibunko.jp/

電撃文庫創刊に際して

文庫は、我が国にとどまらず、世界の書籍の流れのなかで〝小さな巨人〟としての地位を築いてきた。古今東西の名著を、廉価で手に入りやすい形で提供してきたからこそ、人は文庫を自分の師として、また青春の想い出として、語りついできたのである。

その源を、文化的にはドイツのレクラム文庫に求めるにせよ、規模の上でイギリスのペンギンブックスに求めるにせよ、いま文庫は知識人の層の多様化に従って、ますますその意義を大きくしていると言ってよい。

文庫出版の意味するものは、激動の現代のみならず将来にわたって、大きくなることはあっても、小さくなることはないだろう。

「電撃文庫」は、そのように多様化した対象に応え、歴史に耐えうる作品を収録するのはもちろん、新しい世紀を迎えるにあたって、既成の枠をこえる新鮮で強烈なアイ・オープナーたりたい。

その特異さ故に、この存在は、かつて文庫がはじめて出版世界に登場したときと、同じ戸惑いを読書人に与えるかもしれない。

しかし、〈Changing Times,Changing Publishing〉時代は変わって、出版も変わる。時を重ねるなかで、精神の糧として、心の一隅を占めるものとして、次なる文化の担い手の若者たちに確かな評価を得られると信じて、ここに「電撃文庫」を出版する。

1993年6月10日
角川歴彦

二月 公
イラスト／さばみぞれ
声優ラジオのウラオモテ
#01 夕陽とやすみは隠しきれない？
オモテは元気＆清楚なアイドル声優／
ウラはギャル＆根暗地味子な女子高生!?
プロ根性で世界をダマせ！
バレたらアウトの声優ラジオ
Now On Air!!
第26回
電撃小説大賞
大賞
受賞
電撃文庫

隣のクーデレラを甘やかしたら、
ウチの合鍵を渡すことになった
（著）雪仁
（イラスト）かがちさく
「夏臣のからあげ大好きだから
すっごく楽しみ」
微妙な距離の二人が出会い、
時に甘々で少しじれったくなる日々が
始まる——
電撃文庫